MARIA FILOMENA LEPECKI

uma ponte para Istambul

PARCERIA:

Copyright © 2023 Maria Filomena Lepecki
© 2023 Casa dos Mundos/LeYa Brasil

Todos os direitos reservados e protegidos pela Lei 9.610, de 19.02.1998.
É proibida a reprodução total ou parcial sem a expressa anuência da editora.

Produção editorial
Flávia Iriarte
Andressa Tabaczinski

Revisão
Teresa Oliveira

Projeto gráfico
Alfredo Loureiro

Diagramação e capa
Bianca Battesini

Crédito da capa
Padrão sem costura estilo árabe autêntico de ReVelStockArt, do Shutterstock
Gates of Dolmabahçe Palace in Istanbul de Ekaterina Balanova, do Shutterstock

Dados Internacionais de Catalogação na Publicação (CIP)
Angélica Ilacqua CRB-8/7057

Lepecki, Maria Filomena
    Uma ponte para Istambul / Maria Filomena Lepecki. – 1. ed. – São
Paulo : LeYa Brasil, 2023.
    280 p.

ISBN 978-65-5643-301-1

1. Ficção brasileira 2. Istambul – Ficção histórica I. Título

23-4363   CDD B869.3

Índice para catálogo sistemático:
1. Ficção brasileira

LeYa Brasil é um selo editorial da empresa Casa dos Mundos.

Todos os direitos reservados à
Casa dos Mundos Produção Editorial e Games Ltda.
Rua Frei Caneca, 91 | Sala 11 – Consolação
01307-001 – São Paulo – SP
www.leyabrasil.com.br

Para minha mãe, Tereza Luiza Bouissou (i.m.)

CHUVA

Chovia no Ocidente e no Oriente. Os minaretes no alto das colinas desapareceram primeiro, envoltos numa ventania e bruma insistente. Essa garoa fina não molhava muito nem encrespava o mar, e mesmo que as águas cinzas do estreito de Bósforo parecessem calmas, eu sabia que havia correntes perigosas e imprevisíveis abaixo da superfície. Quando ventos gelados sopraram do mar Negro para o mar de Mármara e a ponte tremeu, finalmente acreditei que estava lá.

O engarrafamento, a princípio, não atrapalhou. Fiquei ali meio encantada, olhando de um lado para outro, como se empunhasse uma filmadora antiga, absorvendo o cenário, as buzinas, as lufadas de vento. Quando os vidros começaram a se embaçar continuei lá, parada, buscando as torres e os referenciais, numa tentativa débil de identificar certa ordem no tumulto da cidade.

O clima logo começou a piorar, mas, apesar da chuva e do ar abafado do carro, me senti bem. Por entre os cabos de aço da ponte, avistei a mesquita Ortaköy. Mais à esquerda, o

Palácio Çirağan e o Palácio Dolmabahçe, bem na linha d'água, contrastando sua fachada neoclássica de mármore branco com tudo ao redor. Da janela do táxi busquei os rostos ao redor, faces largas como a minha. Onde estavam as mulheres turcas de ossos grandes? Poderiam ser mais felizes em Istambul? Procurei a Torre Gálata, mas o vento mudou de direção e uma névoa densa terminou por encobrir a colina. Todos os monumentos em seus lugares, exatamente como a imaginação os reteve depois de tantas histórias.

Büyükanne ficaria tão orgulhosa...

Minha infância foi inspirada por Istambul. Tardes preguiçosas dedicadas a bebericar chá de hortelã e ouvir histórias na sala do ar-condicionado. Enquanto o Rio suava do lado de fora, os relatos de minha avó plantavam sementes férteis. *Büyükanne* repetia por vezes e mais vezes: "Vá a Istambul, Arzu. Você precisa conhecer sua terra".

O motorista abriu a janela da frente e o ar fresco trouxe um alívio. Com a manga do casaco esfreguei o vidro embaçado e tentei avistar a Torre da Donzela no meio das águas. Tinha certeza de que estava lá. No hotel, alguém disse que a torre se convertera em restaurante chique. Eu preferia a lenda. Lendas sempre me intrigaram. Possuem uma maneira própria de tocar as pessoas, de se fixar no pensamento fabricando verdades, traquinando. Como se fossem poesia... Como contos de fadas.

O que leva uma menina de cinco anos a escolher sua história de princesa favorita? Para mim, desde o princípio tinha sido a Kiz Kulesi, a torre solitária no meio do Bósforo, a Torre da Donzela... Eu me via ali, como a filha pequena do imperador, vítima inocente de uma terrível maldição: a princesa bizantina seria mordida por uma serpente e morreria. Poderoso ou não, temível ou não, o pobre pai, numa tentativa de salvar sua criança de tão cruel destino, isolou-a por anos e anos na torre de pedra cercada pelo mar. Mas destino é destino e, apesar de todas as medidas de proteção, a profecia se realizou quando uma diminuta serpente venenosa acidentalmente fez o caminho da torre dentro de uma cesta de frutas.

Escutei ao longe o chamado dos muezins para a oração. Logo depois o chamado de várias mesquitas juntas reverberou no estreito como um eco gigantesco. O tráfego continuava parado na ponte e nada, ninguém, nenhum carro se movia. Após vinte minutos, a despeito da vista maravilhosa à minha volta, comecei a perder a paciência. Os ventos fortes recomeçaram, balançando a estrutura da ponte, mas fracos para dissiparem a tensão que senti. De repente, meu estômago ardeu. Talvez fosse um simples *jet lag*... Ou o resultado dos queijos de cabra salgados e azeitonas pretas do café da manhã. E, claro, tinha comido pepinos! Sabia muito bem que, como minha mãe, não conseguia digerir pepinos... Mais provável que eu estivesse apenas ansiosa por estar em Istambul. Tudo ali ao meu alcance: o Império Otomano, os palácios, haréns...

O taxista quebrou o silêncio. Nem ele aguentava mais aquela espera:

– Mais de quatorze milhões de pessoas, 35 quilômetros de Bósforo entre o Mármara e o Negro, e tão pouca ponte! Impossível atravessar! – disse em inglês ruim.

– O quê? – perguntei.

Estava tão distraída que nem formulei resposta.

– América? – continuou ele, em inglês.

– Do Sul. América do Sul... Brasil – respondi também em inglês.

– Brasil? Futebol? Turquia também muito boa de futebol!

– Sim...

– Hotel na Ásia? Não! Madame devia ficar na Europa! Todas as coisas boas lá: muralhas de Constantinopla, Cisternas de Yerebatan, Grande Bazar, Hagia Sophia, Mesquitas...

– Da próxima vez – retruquei logo, sem querer estender a conversa que perturbava minha apreciação.

A garoa persistia e resolvi mudar os planos. Visitaria o Dolmabahçe primeiro e deixaria os pátios abertos do velho Topkapi para mais tarde. Revisei minha programação de viagem: o tour de Éfeso tomaria dois dias, mas visitar a casa da Virgem Maria era uma promessa feita a minha mãe. A Capadócia parecia bem atraente para alguém apaixonada por história e natureza como eu, mas não haveria tempo suficiente. Nove dias na Turquia era pouco diante de tantas possibilidades, mas tudo o que conseguira no trabalho de última hora.

Tráfego ruim é uma situação familiar para uma carioca, no entanto, o engarrafamento da ponte produzia uma série de sentimentos inesperados, além de ameaçar meus planos matinais. Fora a conversa com o taxista, tudo o que podia fazer ali era ler. Examinei os panfletos turísticos do hotel, com muitas fotos e alguns textos:

"O Palácio Dolmabahçe foi construído em terra retirada do mar 350 anos atrás. No início, foi um belo jardim. Daí nome de 'jardim aterrado'. O pomar cercado de ciprestes foi escolhido pelos sultões para jogar çirit. Mais tarde, um sofisticado palácio de madeira foi construído como refúgio de verão até que Mahmud II o escolhesse como residência permanente, deixando para o passado o velho Topkapi

com suas histórias de sangue, crimes e intrigas. Quando Abdülmecid tornou-se sultão em 1839, ordenou a imediata construção de um palácio monumental em estilo europeu no mesmo local. Em 1856, um dos mais luxuosos palácios otomanos foi terminado. Dolmabahçe foi o lar de Abdülmecid até 1861 e do sultão Abdülaziz até sua deposição em 1876..."

O táxi parou de repente na frente do portão principal e não pude terminar a leitura. Reparei que do outro lado da rua havia um estádio de futebol. Guardei os panfletos na bolsa e, enquanto procurava o dinheiro, o motorista ainda perguntou:

– Todos os brasileiros são assim parecidos com os turcos como a madame?

– Não. Há muitos tipos de brasileiros. Adeus.

– Sim, sim... Não esqueça seu guarda-chuva, madame...

Um relógio

E aí estava eu: uma mulher e seu grande guarda-chuva, numa manhã fria de fevereiro, prestes a explorar Istambul. Levei um minuto para me inteirar dos arredores. À minha direita, seria impossível não notar a alta Torre do Relógio. Os panfletos diziam ter sido construída em 1895, pelo sultão Abdülhamid II. Do outro lado da praça, havia uma imponente mesquita. Ventos que sopravam do Bósforo ameaçaram levar meu guarda-chuva assim que segui para o portão imperial. O portão era um exemplo do estilo neobarroco turco, com suas colunas clássicas simétricas, imensas portas entalhadas e pequenas torres de cada lado. Um turista japonês gentilmente tirou uma foto minha em frente ao portão. A *tughra* de Abdülmecid, ou o seu monograma oficial, estava bem visível e formava um círculo com letras douradas em cima do portão. Li que tinha sido construído junto com o palácio, em 1856.

Desejei que minha avó estivesse ali comigo. Fiquei pensando se ela teria visitado o palácio antes de se mudar para o Brasil. Talvez já estivesse aberto para o público. O estilo luxuoso do Dolmabahçe nos remete a uma época de fartas riquezas e contrasta com a maior parte da cidade. Alguns escritores turcos negam que haja nostalgia em Istambul. Eu concordo com os que reconhecem isso. A cidade testemunhou a glória e o declínio de pelo menos três impérios... Muita história. Muita nostalgia... Uma sensação de *hüzün*... O sentimento de resignação após a queda... Monumentos e ruínas estão por todo lado, entremeados com edifícios modernos, como lembretes de glórias passadas.

Eu me senti bem animada ao cruzar o portão. Muitas coisas aconteceram na cidade, no palácio. Tantas histórias. Haveria uma história para mim também em Istambul?

Uma vez dentro do jardim cercado, o vento forte diminuiu e deu lugar a um silêncio profundo, somente interrompido por meus passos no caminho de pedras e areia. Pinheiros elegantes se enfileiravam à distância como sentinelas avançadas. Arbustos bem podados e postes de ferro emolduravam o caminho para uma grande fonte redonda em frente ao palácio. E, apesar do chafariz estar desligado, era fácil imaginá-lo funcionando na primavera e jorrando água pelos bicos dos seis cisnes de metal.

Minha entrada era para a visita em grupo e me juntei aos outros turistas que esperavam na frente das escadas. Casais de idades diferentes e um grupo de adolescentes barulhentos seriam a minha companhia. Uma mulher loura reclamou em inglês. Parecia irritada com os guardas:

– Vamos lá, já estamos aqui há muito tempo! Está frio, sabiam? Onde está o guia?

Os guardas a ignoraram e eu cheguei mais perto para perguntar:

– Há quanto tempo estão esperando?

– Vinte minutos. Muito chato! E não dão nenhuma informação... O guia deve ter ido fazer um lanchinho... – disse ela, atraindo a atenção dos outros que começavam a acenar a cabeça, concordando.

Ela aproveitou para continuar:

– Vamos ver, com você agora somos quinze. Talvez estivessem esperando mais um para formar o grupo – declarou um pouco menos irritada.

– Então devem estar felizes com a minha chegada... – disse, entrando no jogo também.

– Exatamente. Estão vendo ali? Parece que aquele homem vai ser o nosso guia – comentou, virando-se para mim e se apresentou: – Sou Tracy, aliás, de Miami. Esse é Tim, meu noivo.

– Olá, sou Catarina, do Rio.

– Wow! Rio? Você quer dizer, do Brasil? Tim! Ela é do Brasil! – disse e logo chamou seu companheiro.

– Olá!

Um rapaz alto e sardento me cumprimentou com um sorriso.

– Brasil é o nosso próximo destino de férias! Não é incrível? Vamos precisar de umas dicas depois, Catherine – disse ela, já começando a seguir o guia.

– Claro! – respondi. – Mas é Catarina...

Tracy não ouviu ou não deu a menor importância, enquanto corria para ser a primeira da fila.

O salão Medhal ostentava um hall luxuoso e era a primeira sala pública, depois das escadas da entrada. Parecia europeu ao primeiro olhar, mas logo a opulência otomana dominava o estilo. Todos os centímetros do aposento eram cobertos de ouro. Havia de tudo: arcos, colunas, candelabros de cristal, imensos tapetes orientais, pisos de parquet lustrados, molduras nos tetos, afrescos, grandes espelhos e vasos, que lembravam os Sèvres franceses, embora fossem produzidos na fábrica do Palácio Yildiz.

Logo senti o cheiro familiar do século XIX, tão querido por mim. O mesmo aroma infiltrado nos velhos casarões e museus do Brasil. Como no palácio imperial do Rio, a Quinta da Boa Vista, antiga residência da família imperial brasileira. Um aroma que sempre me envolvia, convidando a percorrer os corredores, incitando a investigar a História, não importando quantas ou mais vezes eu visitava o palácio com turmas de alunos. Velhos assoalhos de madeira que estalavam, poeira antiga, pinturas a óleo, tapetes gastos em aposentos vazios e silenciosos onde antes jorrara a vida em movimento...

Segui o grupo em direção a uma escada monumental com balaustradas de cristal, relevos em gesso e tapetes vermelhos. Era uma escada bem peculiar, oferecendo quatro maneiras de acessá-la, formando uma espécie de número oito. No topo, uma sucessão de salas e câmaras se abriam diante de nós como um labirinto e me senti um pouco tonta ao percorrê-las. A câmara de audiência do sultão destacava-se como a mais rica e rebuscada, revestida em cor de vinho e ouro. Como a maioria das salas, essa também ostentava um par de relógios dourados dispostos em aparadores à frente de grandes espelhos. O guia chamou a atenção para o fato de todos os relógios do palácio estarem parados e marcando nove horas e cinco minutos, a hora exata da morte de Attatürk. O herói que trouxe a Turquia do declínio otomano para os tempos modernos morreu no palácio, no quarto que ocupou durante alguns anos, às nove e cinco da manhã. Fiquei surpresa como todos reverenciavam sua memória.

Antes de abrir duas portas bem altas, o guia parou. Esperou que o grupo parasse de tagarelar e se organizasse à sua volta. Então disse, meio solene:

– Os senhores estão prestes a entrar numa obra-prima da arquitetura otomana tardia. Será o fim da visita. Aqueles que tiverem entrada para o tour do harém, por favor prossigam à sua esquerda ao sair do salão e esperem pelo outro guia na lanchonete atrás do palácio. Apresento-lhes o grande salão Müzayede, o salão cerimonial!

E ele estava certo. Era espetacular. De fazer cair o queixo e de tirar o fôlego. Numa conta aproximada, devia ter o tamanho de meio campo de futebol, com arcos e tetos dourados, altos o suficiente para conter um edifício de três ou quatro andares. Levavam três dias para aquecer o salão para as festas de inverno. O salão nos fazia sentir pequenos. O grupo todo estava impressionado, para a evidente satisfação do guia. Por um instante eu me senti orgulhosa daquela cultura que era em parte a minha também. Um lustre inglês gigantesco, presente da rainha Vitória e feito de cascatas de cristais, dominava o centro do salão, reinando sobre imensos tapetes orientais.

Poucos de nós seguiram para o tour do harém. Saímos do salão, percorremos um espaço aberto, dobramos à esquerda e por uma porta pequena chegamos ao pátio da lanchonete. Meu guarda-chuva foi útil outra vez e o dividi com Tracy e o noivo. Ele estava sempre sorrindo.

Enquanto esperava, olhei os panfletos de novo. Muitas fotos do harém. Mais salas e salões, câmaras e antecâmaras em azul, rosa e ouro nos aguardavam. Estava feliz. Vinha almejando a visita há muito tempo...

Na lanchonete, senti na boca os pepinos do café da manhã e recusei a oferta de Tracy para tomar um refrigerante, mesmo que estivesse com sede. Uma senhora loura mais idosa se apresentou:

– Olá, sou Sara Hampton. Então seremos somente nós quatro para o harém?

– Olá, sou Catarina, do Brasil.

– Ah, e eu sou australiana. Você não quer um café? Está bem frio hoje.

– Não, obrigada, não tomo café.

– Uma brasileira que não toma café? Que estranho, não é mesmo? Você está sozinha também? Deveria beber algo. Vai ser meio sufocante lá dentro... Talvez um chá? – insistiu ela.

– Estou realmente bem, obrigada – respondi novamente e saí à procura de Tracy, que estava comprando postais.

– Hey, Cathy, o Tim aqui quer saber se os biquínis no Rio são minúsculos mesmo... – perguntou ela com uma gargalhada. – Onde está seu bronzeado, Cathy? Não é verão lá no Brasil agora? Você está tão pálida!

Tracy e o noivo permaneceram sorrindo. As mesmas perguntas de sempre sobre o Brasil...

O guia chegou e não respondi às perguntas da americana. Com um tom de voz monótono, ele pediu que nos acercássemos.

– Bom dia a todos. Talvez não tenham notado, mas assim que cruzaram aquela pequena porta ali atrás, as senhoras e os senhores adentraram a parte privada do palácio. Uma vez aqui dentro, tudo mudava. Este era um lugar que aprisionava suas mulheres para sempre. Por quatro séculos era considerado um alto privilégio para uma mulher ser enviada de qualquer um dos quatro cantos do império para um harém otomano. Para este aqui só vinham as mais belas e talentosas. A maioria delas gostava, pois almejava riqueza e poder; outras ficavam tristes, mas havia sempre a certeza de que, depois de cruzar aquela porta, mulher alguma seria a mesma novamente. Essa parede externa atrás da lanchonete tem sete metros de altura e é impossível de escalar. Este pátio onde estamos agora e o jardim com a fonte à sua direita eram as únicas áreas externas que as mulheres podiam ocupar. Consequentemente, a única possibilidade de ar fresco. Aquela casinha com a cerca branca perto do muro é o museu do relógio e os senhores poderão visitá-lo depois do tour. Sigam-me, por favor.

Entramos no palácio novamente pela porta de trás e atravessamos algumas antecâmaras até chegar na sala do chefe dos eunucos. Retangular, de tamanho menor e com menos luxo que as do sultão, mas igualmente luxuosa, ostentando uma grande mesa com dois vasos decorados sobre ela e aparadores simétricos à frente de espelhos, dispondo um relógio dourado sobre cada um. Era evidente que eles nutriam uma obsessão por relógios à frente de espelhos nesse palácio e me aproximei para admirar o relógio antigo mais de perto.

Num impulso, o toquei. Calmamente, deixei o guarda-chuva molhado no chão de madeira para poder examiná-lo com as duas mãos. Uma historiadora sabe muito bem que não se toca nesses objetos de museu, mas não pude resistir. O grupo avançou para outra sala e suas vozes se abafaram. Cortei o dedo mínimo da mão esquerda em algo pontiagudo nas costas do relógio e o retornei para o aparador, lambi o dedo e pressionei o corte com a mão direita. Lembro-me bem de que as coisas aconteceram nessa ordem. Olhei para o chão e vi a poça d'água em volta do guarda-chuva. Em seguida, examinei meu rosto no espelho. Estava pálida mesmo. Fixei o olhar no relógio novamente, um tic-tac começou e os ponteiros se moveram. Entrei em pânico. Isso certamente seria um grande insulto. Como alguém se atrevia a alterar a hora da morte de Attatürk? Pensariam se tratar de um ato político? Eu poderia ser presa por esse delito. Numa prisão turca! Toda a sorte de pensamentos ruins me veio à cabeça. Tentei fazer o relógio parar. Pressionei, virei, mexi, torci todos os botões que encontrei. Nada. Recoloquei o relógio em seu lugar, decidida a sair rápido dali, com a esperança de que ninguém percebesse que aquele relógio funcionava novamente.

Vi três portas abertas. Não consegui lembrar por qual delas havia passado o grupo. As vozes estavam fora de alcance e a ansiedade começou a tomar conta. Precisava sair imediatamente dali! Tomei a porta da esquerda e fui em frente. Diante de mim, um corredor com quadros em ambas as paredes se estendia por uns dez metros. Na parede da direita, um quadro de Attatürk era facilmente reconhecível. Depois havia sete outros quadros de sultões com seus trajes cerimoniais, chapéus e adereços. Na parede esquerda, estavam perfilados quadros de mulheres, lindas, com os cabelos negros soltos, vestidos fluidos e sem mangas. Todas olhando para mim. Uma delas, vestida em vermelho, parecia perguntar: "Que fazes aqui, intrusa? Não perturbes! Sai já daqui!". Eu invadia, realmente, a paz daquele corredor. Andei depressa até encontrar uma porta lateral. Estava ficando sem ar. A porta estava trancada. Caminhei mais alguns passos e encontrei outra porta. Ao menos essa não estava trancada. Estava ficando sufocada. Empurrei a porta e desci os

degraus de uma escada escura. Deveria sair em algum pátio...
Enquanto a porta estava aberta ainda houve alguma claridade, mas, depois de uma curva, o ambiente escureceu de vez e continuei descendo, correndo a mão pelas paredes para me apoiar. Estava nervosa e decidi abandonar o guarda-chuva. Fui descendo devagar e com cuidado. O espaço parecia estreitar-se enquanto o ar diminuía. Sem querer, deixei a bolsa cair no chão. Não parei para procurar. A escuridão era total agora. A escada seguiu fazendo outra curva e comecei a ouvir ruídos. À minha frente, vi luz pelas frestas de uma porta. Empurrei. Estava aberta!

Assim que abriu, raios de luz me ofuscaram. Luzes e silhuetas indistintas... Tudo começou a girar. Devagar e depois mais depressa... Eu estava suada e completamente tonta. Uma vertigem imensa. Comecei a rodar também. Uma espiral rápida se formou à minha frente. Girávamos eu, a espiral e o mundo...

Caí no chão e tudo ficou escuro novamente.

A VERTIGEM

"Depois de cruzar aquela porta, mulher alguma seria a mesma novamente...", as palavras do guia ficaram na minha cabeça. O que aconteceu depois foi tão extraordinário que poucos ousariam acreditar.

Levantei-me devagar, ainda tonta pela vertigem, e olhei em volta. Não encontrei o grupo do tour, nem o guia entediado. Em vez deles, vi uma sala cheia de pessoas desconhecidas. Dei alguns passos para o lado até um canto mais escuro para clarear as ideias e firmar o corpo. Havia homens envolvidos em atividades frenéticas. Trabalhavam de pé, em volta de mesas retangulares alinhadas como um dominó. Ninguém percebeu minha presença.

Era uma sala silenciosa. Só se escutava pancadas cadenciadas de golpes de facas e machadinhas sobre as mesas. De repente, algumas palavras:

"*Piliç!*...", "*Yumurta*...", "*Dajaaj*...", "*Basal*..." estavam falando algum dialeto. Só as palavras turcas pude compreender: "frango" e "ovos". As outras palavras pareciam ser de um tipo de árabe, difícil de entender. Todos estavam vestidos com túnicas de algodão e alguns suavam muito. Notei caldeirões borbulhando, penas pelo chão e manchas de sangue. Uma pilha de pratos azuis e brancos parecia instável dentro de um armário aberto. Percebi também que a sala retangular exalava cheiros de especiarias difíceis de reconhecer. Era uma cozinha! E eles pareciam estar muito ocupados, envolvidos na preparação de alguma festa. Decidida a pedir informação, ao menos uma direção de como sair dali, andei em direção ao cozinheiro mais próximo. Assim que saí do canto escuro para a luz, ele se virou, me viu e pareceu horrorizado. Olhou ao redor para ver se mais alguém me havia visto, encostou sua colher comprida de madeira no meu ombro e me empurrou de volta para o canto, dizendo em voz baixa: *"Haram!..."*, *"Allah..."*, *"Saç!"* foi o que consegui entender. Pela sua expressão eu estava fazendo algo muito errado. Ele estava dizendo alguma coisa com "cabelo, Deus e pecado..." Antes que eu pudesse me comunicar, ele jogou um guardanapo grande de algodão na minha cabeça e o amarrou abaixo do meu queixo. Ele pareceu aliviado e sorriu. Eu queria perguntar a ele, saber a saída, mas, antes de tudo, ele bateu no peito e disse:

– Ali.

Parecia ser uma apresentação. Bati no meu peito e respondi:

– Catarina.

Ele pareceu confuso, acho que com meu nome tão comprido. Percebi que os outros homens estavam irritados com a nossa conversa.

– Arzu... – disse, tentando um nome mais fácil: um nome turco que quer dizer "desejo".

– Ah... *köle*? – sussurrou ele.

Escrava? Eu tinha entendido certo? Ele havia realmente perguntado se eu era uma escrava? Neguei veementemente com a cabeça. Aquela situação estava ficando esquisita... Decidi procurar a saída sozinha e dei alguns passos. Ele gesticulou, indicando que o esperasse ali e saiu. Os cozinheiros continuaram a trabalhar em silêncio, como se eu não existisse. A cozinha do palácio me pareceu muito estranha. Contei oito mesas. Nas seis mais próximas, cortavam peixes e descascavam vegetais. Nas duas últimas, misturavam leite, frutas secas e especiarias. Baldes de água eram constantemente esvaziados e repostos numa espécie de pia de pedra na parede do fundo, onde uma grande quantidade de copos e bandejas redondas de metal dourado estavam sendo lavados. Não vi eletrodomésticos, apenas fumaça saindo de caldeirões e paredes enegrecidas pelo fogo. Mais para o canto, havia uma pilha alta de lenha cortada, que chegava quase até o teto. Algo estava errado.

Depois de alguns minutos, que para mim demoraram a passar, Ali retornou com um homem alto de pele negra, usando uma roupa turca antiga e um chapéu cônico cor de vinho. Ele devia ser poderoso, porque, ao cruzar a sala, todos fizeram uma pequena reverência. Não me importava quem era, ou onde ou quando seria a festa à fantasia... Só queria sair dali. Pela estatura do homem, esperava que tivesse um vozeirão, mas se dirigiu a mim numa voz fraca, quase sussurrando. Não entendi nada do que disse e Ali interveio:

– Arzu, *köle*.

O homem pareceu bem intrigado comigo, mas logo se recompôs e manteve uma face sem expressão, enquanto me rodeava devagar, observando com atenção minhas roupas, minhas botas. Eu estava cansada e com muita sede. Só queria sair dali e reencontrar o tour. O que estava acontecendo?

Logo ele tirou um molho de chaves do cinto, foi até a porta por onde eu tinha entrado e a trancou.

– Ei! Minha bolsa! Meu guarda-chuva! Estão na escada! Espere aí! – gritei.

Em vez de ajuda ou de uma explicação, o homem olhou firme nos meus olhos e eu imediatamente tive medo dele. Ainda argumentei:

– Desculpe se atrapalhei vocês, mas não veem que estou perdida? É só me dizerem como sair que eu vou embora quieta! – insisti no meu turco meio capenga.

Eles não responderam e saíram da cozinha me levando a contragosto até entrarmos num corredor a céu aberto. Os dois continuaram conversando, com muitos gestos da parte de Ali. Fiquei quieta, cada vez mais preocupada, com a certeza de que algo estava muito, muito errado e que era preciso sair com urgência dali. De repente, a porta atrás de nós se abriu, dando passagem a uma senhora baixa, gorda, usando um lenço de algodão bege na cabeça. O homem alto se dirigiu a mim como se estivesse apresentando a mulher:

– Makbule – disse ele, referindo-se a ela, e fez sinal para que eu a seguisse.

Como eu hesitei por um instante, ele apontou para a porta com tanta autoridade, que não me restou outra opção a não ser obedecer. Ele rapidamente caminhou na direção oposta, seu molho de chaves balançando no cinturão. Enquanto saía da cozinha, Ali deslizou um pão no bolso do meu casaco.

A mulher era lenta devido à idade. Nós subimos duas escadas diferentes, destrancamos duas portas que eu não tinha visto antes e, finalmente, saímos no pátio da fonte atrás do palácio. O mesmo pátio que eu havia cruzado quinze minutos antes para começar o tour do harém. Ar! Foi um alívio. A chuva e as nuvens tinham sumido. O dia clareou e fazia calor. O chafariz da fonte funcionava e estava cercado de rosas cor-de-rosa. Onde estava a lanchonete? Um refrigerante cairia bem agora. Uma bênção...

Makbule me convidou a entrar no palácio de novo e logo me encontrei na sala do eunuco-chefe. O relógio estava na frente do espelho e funcionando. Havia flores frescas nos dois vasos em cima da mesa agora. Makbule continuou pela porta da direita e eu fui seguindo, acreditando que me levaria ao grupo. Subimos uma longa escadaria, mas não escutava ninguém. Entramos num dos quartos do corredor superior, mas, em vez do tour, encontrei uma idosa deitada sobre uma cama dourada.

– Esma, *kadinefendi*... – disse Makbule, como uma introdução. – Arzu, *köle*... – completou, dirigindo-se à anciã.

Duvidei que ela tivesse compreendido, devido a seu aparente estado de estupor. A senhora mal conseguia piscar.

Eu me senti nauseada e me sentei num banquinho de seda. Makbule trouxe um copo d'água, retirou o pão do meu bolso e me ofereceu. Eu estava paralisada, mas ela insistiu. Mordi um pedaço. Em seguida, trouxe chá de hortelã. Bebi tudo. O aroma do chá me remeteu a minha avó, nossa sala de estar... Agradeci com a cabeça e sorri.

– *Pencere!* – exclamou ela de repente, como se fosse a coisa mais maravilhosa do mundo um quarto possuir uma janela. – *Pencere! Pencere!* – repetiu ela, era uma mulher insistente.

Levantei-me e, com passos cautelosos, me dirigi à janela. A vista do estreito de Bósforo era linda como sempre, mas não vi a ponte. Devia estar mais acima, fora do alcance de visão do quarto. Na linha d'água, havia guardas uniformizados e uma bandeira otomana antiga. No mar, canoas de madeira e veleiros de vários tamanhos completavam a vista. Parecia uma cena de um dos quadros a óleo que tinha visto meia hora antes nas salas públicas do palácio.

Andei rápido até a janela oposta com vista para os fundos. Daquele ângulo, pude ver o pátio da lanchonete com a fonte. Um grupo de mulheres estava caminhando lentamente em volta do chafariz. Algumas estavam vestidas com sedas diáfanas, quase transparentes e véus coloridos. Atrás delas, outras, vestidas de algodão bege dos pés à cabeça.

Talvez fosse um evento temático... uma grande festa, o que explicava a pressa nas cozinhas, os barcos de madeira e tudo mais. Alguma data nacional... Festa diplomática... Onde estava o meu grupo? Tracy ao menos poderia ter notado minha ausência. Deviam estar me procurando ou esperando por mim em algum lugar. Ou não? Eu ia perder a hora para a visita do Topkapi! Que horas eram? Tinha que pegar minha bolsa de volta, meu celular, os cartões de crédito!

Depois do chá e do pão, me senti mais forte e resolvi sair dali de qualquer jeito. Tinha cinquenta euros no bolso do casaco, nem sabia quanto seria na conversão para a lira turca, mas daria de sobra para pagar um táxi de volta ao hotel. Cancelaria os cartões, bloquearia o celular e faria outro passaporte de emergência na embaixada. Ia dar tudo certo.

Saí da sala e desci as escadas correndo, cheguei ao pátio e fui em direção à pequena porta ao lado da lanchonete. Tentei abrir. Empurrei com força. Um homem vestido a caráter apareceu e me empurrou de volta com uma lança. Eles estavam levando muito a sério a caracterização! Fui andando meio de costas, com ele me empurrando, em direção à lanchonete. Dali eu iria fazer uma reclamação formal. Ligaria para a embaixada também! O homem desistiu de me empurrar e continuei andando.

Mas onde estava a lanchonete?

O palácio, o pátio e a fonte eram os mesmos, mas o sol e as rosas, não. As mulheres fantasiadas rodeando a fonte, também não. Ouvi um violino tocando e uns risinhos.

Deveria haver outro portão ou alguma explicação lógica para tudo aquilo, claro!

A JORNADA

Não havia lanchonete.

Passei uma hora inteira olhando em volta, andando de um lado para o outro, inquieta, aturdida, pensando.

Algumas mulheres que passeavam em volta da fonte pareceram irritadas com a minha movimentação errática e lançaram olhares de viés, mas não pararam a procissão. Meu casacão negro, as botas de couro e o jeans meio rasgado destoavam completamente das roupas bordadas e coloridas das pretensas odaliscas e das túnicas neutras do grupo menor que representava a criadagem. Uma encenação primorosa. Devia ser o dia do ensaio geral de algum evento grandioso, pois estava tudo perfeito. Só faltava a plateia. Comigo não iriam contar para assistir, porque eu estava de partida. Só precisava dar um jeito de sair dali e encontrar o pátio certo com a lanchonete. Daria tudo por um telefone.

Logo, uma atriz de olhos amendoados cor de avelã se desgarrou do grupo e veio em minha direção. Só então todas as outras pararam de caminhar e se viraram para mim. Ao mesmo tempo e de imediato. Cessaram as conversas, os risinhos e até o violino silenciou. De ruído, no pátio onde antes havia todo um burburinho de vozes e de música, só permaneceu o rumor constante do mar e do jato espumoso do chafariz.

E se a mudança brusca dos sons à minha volta já tinha me alertado sobre uma certa estranheza na cena do pátio, o perfume forte da mulher que se aproximava me advertiu de que havia algum perigo ali. O aroma peculiar invadiu o espaço entre a fonte e o muro onde eu me encontrava e por um instante sobrepujou tudo. A cada passo dela, seu cheiro almiscarado e indefinível se antecipava e ia intoxicando mais o ar. O perfume só não era mais intenso que a agudeza acusatória do seu olhar, e qual não foi minha surpresa quando ela estacou bem diante de mim e começou a gritar palavras que eu não entendia direito, mas que claramente deviam ser agressivas, tanto por sua postura quanto pelo dedo em riste com os quais ela as proferia.

– *Buradan gitmelisin! Buradan gitmelisin!* – gritou ela e apontou para o outro lado do pátio, em direção ao palácio, como se exigisse a minha saída dali.

– *Şimdi!* – gritou mais alto a mulher.

E eu compreendi perfeitamente, mesmo com meu turco capenga. "Agora!", era o que ela me ordenava aos gritos. Como se uma atriz de segunda categoria pudesse me dizer o que fazer.

Minha visão periférica percebeu num átimo que tudo e todos estavam parados à nossa volta, esperando. Eu podia sentir a tensão aumentar a cada instante, mas não me movi de imediato. Depois de uns longos segundos, caminhei na direção oposta à indicada por ela e sem abaixar o olhar. Fui desafiante para o portão.

A mulher se adiantou e me puxou pelo casaco com tanta força que caí no chão. Foi tudo muito rápido, e, mal me levantei, já era alvo de gritos, chutes e mais empurrões desferidos pela mulher e por outras que se acharam convidadas para participar daquela surra.

Makbule apareceu no pátio e tentou apaziguar a situação, me defender, e até levou uns chutes também, mas via-se bem que não tinha autoridade nenhuma. Ao final, num epílogo humilhante, as atrizes me derrubaram na fonte. E, mesmo ali, molhada e vencida, eu ainda era empurrada de um lado para outro feito uma bola.

As mulheres só pararam quando viram o homem de pele negra e chapéu cônico chegar uns minutos depois. Ele não precisou mover nenhum músculo. Só indicou a direção com as mãos e elas foram embora em silêncio. Em seguida, ele me olhou, permaneceu em silêncio e, sem demonstrar nenhuma expressão, deu-me as costas e saiu.

Makbule se adiantou e segurou meu braço, para ajudar-me a sair da fonte. Apoiou meu corpo dolorido, mas eu me recusei a segui-la:

– Não! Não vou a lugar algum! Só preciso da minha bolsa. Vou sair daqui de qualquer maneira! O que estão pensando? Uma loucura, tudo isso! Vou denunciar! Ouviram?! Tenho direitos! Onde está o responsável pelo museu? – protestei.

E mesmo que Makbule não estivesse entendendo nada, continuei:

– Alguém me ajude! – continuei gritando em inglês. – Socorro! Socorro! – gritei mais alto ainda.

Estava ficando com muito medo da situação, do homem, daquelas mulheres loucas, inclusive de Makbule, e corri de novo para a porta do pátio. Contudo, não importava o que eu dissesse, argumentasse, implorasse, ou como abordasse o guarda, a única resposta era a ponta da lança comprida no meu estômago. Já entrávamos pela tarde e eu, sem outra opção, depois de várias recusas, muitas horas no pátio e de uma sede alucinante, segui Makbule de volta para o palácio. Enquanto subia as escadas, me consolei com a esperança de fazer perguntas e colher algumas explicações. Se eu mudasse de tática e me acalmasse, talvez até conseguisse reaver a bolsa com o passaporte. Makbule não queria conversar e ficou em silêncio daí para frente. Anoiteceu. Aceitei um chá amargo oferecido por ela e adormeci pesadamente sobre um colchãozinho fino, estrategicamente deixado no chão, ao lado da cama da *kadin*.

De manhã eu estava muito dolorida e desesperada.

Que espécie de museu manteria alguém acamado num de seus quartos? E nessas condições? E se a senhora idosa fosse uma refém? E eu, seria uma refém também? Decidi ser prática primeiro. Pensei no hotel. A essa hora, já tinham passado para me levar para Éfeso. Notariam minha ausência? Quanto tempo antes de chamarem a polícia? Eles tinham o número do meu cartão, debitariam o tour de qualquer maneira... Minha mãe e avó no Rio notariam a minha falta, com certeza. Era só passar dois dias sem telefonar que elas sairiam à minha procura. Fariam contato com a embaixada brasileira e iniciariam uma investigação. O hotel devia ter câmeras, poderiam identificar o táxi e perguntar meu itinerário. Será que o motorista se lembraria de mim? Deveria ter sido mais simpática com ele...

Makbule trouxe pão e frutas para a *kadin* e me ofereceu. Comi, apesar de ainda estar meio enjoada. Alta ansiedade, músculos doloridos e a lembrança viva dos pepinos na minha boca não configuravam uma boa combinação. Assim que Makbule saiu do quarto com a bandeja, corri de novo para o pátio e para a porta. Dessa vez o guarda me segurou, conteve meus chutes, disse algo para o colega e logo o misterioso homem de pele negra reapareceu na minha frente. Esperneei novamente, consegui me soltar, mas me seguraram mais firme. Ele parecia estar muito zangado, mas, em vez de gritar, foi frio e breve. Sua voz tinha um tom agudo que não combinava com sua aparência. Eu não entendi quase nada do que ele disse, mas palavras foram desnecessárias quando ele retirou um chicote do cinturão e açoitou minhas pernas com força.

A dor foi excruciante. Eu pensei estar dentro de um pesadelo: chicotadas, surras, prisão... Os pesadelos não deveriam terminar em algum momento? Este estava durando demais. "Como se atreve, imbecil?", pensei, mas não gritei. Da minha boca só saiu um "Aiii!".

Retornei ao quarto com muita dor, sangrando e arrasada. Apesar de Makbule ajudar a tratar as feridas, ela estava furiosa. Reclamava, grunhia, gritava, tudo ao mesmo tempo. Muitas vezes disse as palavras Suna e sultão.

– Suna? – perguntei.

Makbule escolheu um lenço marrom-claro com fios brilhantes da *kadin* no armário, o posicionou na altura dos olhos, fechou o semblante e eu entendi: Suna era a mulher de olhos cor de avelã.

– Sultão? – repliquei.

– Sultão Abdülaziz! – respondeu ela, indignada.

Permaneci com uma febre baixa durante dois dias. Continuava trancada no quarto da *kadin*. Nas primeiras horas, gritei e pedi socorro em inglês, francês, turco e português. Mas com as janelas e porta fechadas, seria difícil alguém escutar. Só tinha mais seis dias de férias e os perdia ali naquele quarto. Prisioneira? Toda dolorida? Num velho quarto de museu ao lado de uma moribunda que não falava, não se mexia e mal respirava? E meu trabalho? Daqui a pouco teria de voltar! Tinha sorte de Carlos ter se oferecido para me substituir por três dias. Uma semana livre para o feriado de carnaval e mais uns dias tinham viabilizado a viagem. Carlos sempre me ajudava. Educado, atencioso, solícito... e muito tímido. Nunca me convidava para sair, para jantar. Nem mesmo para uma pipoca no cinema. Além de nossas conversas animadas sobre os mistérios egípcios, seu assunto favorito, só falávamos de alunos e do tempo.

Precisava voltar! Podia até perder meu emprego! Essa viagem tinha sido decidida de última hora, com uma urgência injustificada, como se eu tivesse algo muito importante e inadiável para fazer na Turquia... Movida por um certo... Não sei bem... Instinto. Não sou impulsiva e, ainda assim, lá estava eu.

Makbule, que, na verdade, era uma criada, trazia comida para a *kadin* Esma e me deixava comer os restos. Não vi ninguém, não falei com ninguém. Fraca, perdi a voz e parei de gritar. Depois de alguns dias, ela abriu as duas janelas. Makbule estava certa sobre a importância da *pencere*. Que mais havia para fazer? Longe, no Bósforo, vi barcos grandes e pequenos exibindo bandeiras diferentes. Durante dois dias não fiz nada além de olhar o mar e pensar. Guardas com uniformes antigos e chapéus cônicos patrulhavam a linha d'água em frente ao palácio. Mulheres faziam caminhadas calmas no pátio de trás, seguidas por suas criadas. E a anciã continuava a dormir em sua cama dourada. Era como se a vida ali continuasse sua rotina de sempre. E eu não conseguia uma explicação, juntar um ponto ao outro, uma realidade à outra. Não conseguia entender nada. Só podia concluir que nada daquilo era real. Simplesmente não era possível!

Roupas de algodão bege e um véu de algodão grosso da mesma cor, como os de Makbule, me foram dadas e minhas roupas e botas foram colocadas numa cesta juntamente com os pertences da criada. Já nem me importava para onde me levariam. Makbule possuía chaves e tinha passagem livre entre as portas do harém e da cozinha. E isso era uma grande vantagem.

No quarto dia, ela me deixou sair do quarto. Fiquei passeando pelo corredor adjacente, que era iluminado por janelas pequenas perto do teto. Reparei que, na curva do corredor, havia uma janela que daria vista para outro ângulo do palácio. Peguei as duas banquetas do quarto e subi. Dali foi fácil enxergar o portão principal. Não vi o estádio de futebol. Em seu lugar havia um edifício neoclássico elegante que mais parecia um teatro. Ali, de pé, me equilibrando sobre os banquinhos de seda da *kadin,* uma ideia louca me veio à cabeça: o estádio de futebol e a lanchonete não podiam ser vistos porque... não tinham sido construídos ainda.

Voltei para o quarto atônita, cheguei até a me beliscar duas vezes, mas decidi formular mais pensamentos. Deveria raciocinar como a historiadora que sempre fui. As informações dos panfletos do hotel, os quais deveriam estar enfiados na minha bolsa, em algum ponto daquela escada curva, sinistra e escura, me indicaram que a época de Abdülaziz foi entre 1861 e 1876...

Como explicar o inexplicável, quando ele vai além da compreensão?

Com o passar dos dias, tive de admitir que algo estranho, extremo, extraordinário tinha mesmo acontecido. Prisioneira de Istambul e do tempo. Encarcerada dentro de um harém de sultão... Não como a favorita ou a linda concubina, mas, seguindo minha falta de sorte habitual nessa área, coroando aquela situação bizarra, eu era uma mera escravizada ali. Não faltava mais nada.

Há muito tempo, eu colecionava ditados populares num velho caderno de anotações do colegial que servia também como diário. Lembrei-me de uma frase que se encaixava bem na minha situação: "A vida é uma jornada, não uma visita guiada".

A SALA ESCURA

A maneira brasileira de denominar os imigrantes do Oriente Médio faz com que eles sejam todos turcos. Durante muitas gerações, foi assim. Libaneses, sírios, iraquianos, são todos turcos. Estrangeiros. Os primeiros imigrantes chegaram no final do século XIX, quando o Império Otomano ainda dominava uma enorme região, então, aos olhos dos brasileiros, tornaram-se turcos. E ainda são chamados assim por muita gente. No caso do meu pai, estão certos. Ele é realmente turco, conhecido também como Sultão.

Para ascender da diminuta loja de quinquilharias no Centro do Rio ao jogo do bicho, demorou dois anos. Mais três, enriqueceu e se casou com minha mãe. Eu nunca entendi esse casamento. Ela é pequena, delicada, católica, fala francês... Ele é grande, muçulmano, nunca leu um livro além do Alcorão. Meu pai é tudo o que se pode imaginar de um bicheiro típico, como são chamados no Rio os poderosos comandantes do jogo do bicho. Seu sistema ilegal de apostas realizado à luz do dia nas esquinas da cidade é tacitamente tolerado pela polícia. Os caciques do negócio têm suas excentricidades e maneira própria de ser. Meu pai é quase uma caricatura: grossas e escuras sobrancelhas combinando com o bigode, unhas dos dedos mínimos longas para contar o dinheiro mais rápido e ainda o sobrepeso, que o acompanha há vários anos e que o obriga a ficar sentado na poltrona do escritório a maior parte do tempo. Atualmente, nem sai mais de casa. Controla tudo do escritório e envia meus irmãos como seus olhos e ouvidos.

Ele prefere meus irmãos. Até compreendo isso..., mas minha mãe poderia ser mais próxima. Sei que ela gosta de mim, mas também sei que ela seria mais feliz com uma filha magra, cujo nariz fosse pequeno e o cabelo, mais liso.

Nossa casa fica situada no subúrbio, em Piedade, um bairro de classe média na Zona Norte do Rio, onde meu pai é respeitado como um sultão. O muro de pedra que circunda a casa está sempre limpo e impecável, porque os pichadores que emporcalham qualquer espaço vazio com seus rabiscos ilegíveis temem o Sultão. Pouco a pouco, meus irmãos vão tomando conta dos negócios, deixando seus diplomas embolorarem nas gavetas para sempre.

Sou professora de história do Brasil para adolescentes num colégio particular de Ipanema, Zona Sul da cidade, a duas quadras do mar. Sou também conselheira e não são poucos os alunos que vêm a mim para desabafar seus problemas. Gosto muito do que faço. Os jovens me tratam como mentora, embora nada disso seja suficiente para meus pais. Para eles, sucesso seria estar casada, com dois ou três filhos, gastando o dinheiro de um marido rico...

Em Piedade, alguns homens se aproximam por causa da posição de meu pai e seu dinheiro. Em Ipanema, ninguém flerta comigo. Na rica Zona Sul, não sabem sobre a minha família. Sou só eu, euzinha, com meu corpo grande e minhas populares aulas de história. E ainda assim é difícil, porque ser um tanto gorda no Rio das belas praias é como ser pobre em São Paulo: todos sentem pena de você.

Às terças, chego cedo a casa. É o dia do terço de minha mãe. Suas amigas frequentemente perguntam, querendo ser agradáveis:

– Você já está namorando, Catarina?

E minha mãe sempre interrompe:

– Coloque um batonzinho, querida... Você está tão pálida... Precisa de uma cor... Ah, e já ia me esquecendo, sua avó está esperando você na sala de estar.

Eu ainda vivo na casa de meus pais por causa de minha avó. Ela faz baklavas para mim quando estou triste. E considera também sua responsabilidade preparar meu iogurte: "Não existe iogurte como o turco! A Turquia inventou o iogurte!", diz ela bem séria, como se fosse a coisa mais importante do mundo. Ela não se dá tão bem com minha mãe, embora convivam pacificamente. Nunca aceitou o casamento de seu filho único com uma mulher cristã. Nossa casa é dividida taticamente: a grande sala de visitas é território de minha avó, com suas cortinas de veludo vermelho-escuro, tapetes turcos, almofadas bordadas e janelas altas que ficam sempre fechadas. Seria bem abafado se não ligassem o ar-condicionado todos os dias.

Passei parte da minha infância, a melhor parte, nessa sala escura. Ouvi histórias sobre guerras, impérios antigos, lendas do tempo dos otomanos. Minha avó, querida *büyükanne*, me ensinou a língua turca, várias músicas e a bordar véus coloridos de seda bem fina com linha de fios de ouro.

– Um dia você vai precisar desses véus, Arzu. Vai ficar tão linda...

Dizia que eu era linda. Era uma verdade para ela e sempre reagia indignada quando me perseguiam na escola:

– Um bando de pernas finas falando de você! Neta minha é muito melhor do que esse bando de magricelas!

Ela gosta de histórias de guerras, quanto mais sangrentas, melhor. Quando temos visitas, diz: "A Turquia só existe porque é temida! A Turquia tem as fronteiras mais perigosas do mundo!".

A sala de televisão, perto da sala de jantar, é o território de minha mãe, onde toca piano e costura para a comunidade com as amigas. Meu pai só aparece para o jantar. Trabalha o dia todo no escritório, que tem entrada separada e independente.

Eu cresci nesse mundo dividido, entre essas duas salas. Por isso tenho também dois nomes: me chamo Catarina Arzu de Araújo Kir. Trinta anos de idade e solteira.

O SULTÃO

Alguns lugares têm a peculiar capacidade de encarcerar, mesmo quando não existem propriamente. E eu continuei lá.

Para mim, ainda é difícil entender como as pessoas me aceitaram em suas vidas com tanta naturalidade. Uma mulher vestindo roupas estranhas, falando um turco truncado, agindo de maneira estranha deveria ter causado uma reação qualquer... Confusa e perdida como cheguei, traindo a mim mesma com olhos ansiosos e um rosto sempre em pânico, eu poderia ter gerado, no mínimo, comentários. E depois, meu choro. Claro que chorei! Que mais podia fazer, assim, completamente sozinha?

Depois do choque, da revolta e do choro frequente veio a falta de apetite e, em seguida, a depressão. Nessa toada, estaria perdida em pouco tempo. E ninguém reparava! Se houve fuxicos sobre minha súbita aparição, eu não notei. Se era uma situação bizarra, ninguém parecia se importar. Minha presença ali fazia parte de uma rotina cheia de afazeres. Não despertei interesse. Eu era só um grão de areia de uma das praias do Rio. Num harém grande, onde novas mulheres chegam o tempo todo de longínquos rincões do império, falando dialetos desconhecidos e vestindo roupas diferentes, eu era apenas mais uma. Até Ali, que me viu primeiro, não demonstrou preconceito algum quando encontrou uma estrangeira tonta em sua cozinha. Contudo, apesar da aparente indiferença geral, havia Suna e sua implicância gratuita comigo... O que ela queria? Com certeza possuía um motivo para rondar e entrar no quarto da *kadin*... O problema dela era comigo? Com a *kadin*? Com algo que estaria ali? Makbule e eu já tínhamos percebido seu cheiro no quarto umas três vezes, ao retornarmos da cozinha!

Para piorar as coisas, havia o homem misterioso. Só mais tarde compreendi a extensão do poder do chefe dos eunucos. Eles o chamavam de *kizlar aga*. Se ele atribuísse alguma função a alguém naquelas salas e quartos controlados do harém, constituía uma ordem e seria cumprida. Sua palavra era a lei. Fui considerada por ele uma escravizada e assim permaneci. Então uma anomalia enorme como eu se tornou apenas mais uma mulher naquele harém do século XIX, um lugar onde coisas estranhas podem acontecer a qualquer hora.

Precisava tentar alguma coisa. Precisava fugir. Depois de nove noites de aflições e angústias – quando fiquei furiosa, violenta até, quebrando dois ou três vasos no quarto da *kadin* –, tentei em vão escapar de novo. Levou um tempo para entender a desesperança da minha situação. Por fim, fui aceitando, me encolhendo e ficando cada vez mais quieta. Um retraimento tático, uma estratégia para tentar alguma solução.

A meu favor, possuía algo que ali era um tesouro: meu conhecimento da História. O que sabia sobre os sultões otomanos? Sobre a Turquia no século XIX?

Büyükanne me contara muitas histórias. Lendas frequentemente distorcidas por seu ponto de vista. Duvidei que pudessem ajudar... Há uma grande distância entre o pouco que eu sabia sobre história turca até então e tudo o que apreendi com a vivência e pesquisas depois.

Abdülaziz sucedeu o irmão Abdülmecid, que construiu o palácio e morreu de tuberculose em 1861. Abdülaziz era um homem de temperamento forte, afeito a irracionalidades, e muito apegado a sua mãe Pertevniyal *Sultana Valide*. Sua avó paterna fora Nakshdil *Sultana Valide*, ou Aimée du Buc de Rivéry, uma dama da Martinica Francesa, prima de Josefina de Beauharnais, que teria sido sequestrada e vendida para o harém bem jovem. O sultão constituía um homem de presença marcante, pois era alto, gordo, com rosto redondo coberto por uma barba alourada. Ele admirava o progresso do mundo ocidental, gostava da literatura, da música, sendo ele mesmo um compositor clássico.

Tendo sido o primeiro sultão otomano a visitar a Europa Ocidental, ficou bem impressionado com a marinha britânica e o sistema educacional público francês. Tentou implementar ambos na Turquia. Criou o Museu Arqueológico, os primeiros selos postais e uma ferrovia, que mais tarde integraria o Expresso do Oriente. Gastou muito dinheiro nesses projetos, e, como no tempo de Abdülmecid, o luxo era abundante. Havia três mil eunucos em seus palácios. O sultão, no entanto, era ambíguo, algumas vezes influenciado pelo Ocidente e, outras vezes, completamente autocrático. Ao final, suas reformas *Tanzimat*, ocidentalizantes, mais as dívidas públicas que contraiu, levaram-no a ser deposto pelos próprios ministros num rápido golpe de estado em 30 de maio de 1876. Suicidou-se em condições suspeitas quatro dias depois. Deixou seis esposas e muitas concubinas.

Abdülaziz e Abdülmecid eram ambos filhos de Mahmud II e tinham mães diferentes. A mãe de um sultão, desde o início dos tempos otomanos, configurava a mulher mais poderosa do império e era chamada *Sultana Valide*. Algumas vezes, quando o sultão ficava doente ou fora de suas capacidades mentais, ela podia tomar o poder para si, determinar regras e legislar, mesmo de dentro do harém.

Sem enxergar nenhuma outra opção, aos poucos tive de aceitar aquela situação: o insólito como rotina! O passado, que sempre fora minha paixão, convertia-se em algoz, em cárcere, em solidão. Como interlocutor, apenas meus pensamentos...

Comecei tentando estabelecer conexões, recordando tudo o que sabia sobre esse período. O que acontecia na Europa, no Oriente Médio, qualquer lembrança poderia ser útil para formar uma ideia, um contexto. Desisti de escapar. Melhor seria engendrar algum tipo de plano. Primeiro, teria de aprender o idioma para melhorar a comunicação, o que fiz com Makbule, durante os trabalhos diários, e principalmente em aulas secretas administradas por Ali, no corredor a céu aberto entre as portas da cozinha e do harém. Foi bem difícil no começo, pois os otomanos falavam uma combinação de três línguas: árabe, o idioma da religião; persa, a língua da literatura; e o turco otomano, adotado para a administração pública e comunicados oficiais. Demorei vários meses para aprender e, antes que adquirisse alguma fluência, passei a ser conhecida no harém, para os poucos que notavam minha existência, por Arzu, a escrava silenciosa.

Onde houvesse uma sombra ou um canto, esses eram bons lugares para me esconder. Tomar conta da velha *kadin* era perfeito, porque podia me isolar no quarto e poucos estavam envolvidos no serviço. Depois de um período de bom comportamento, Makbule afrouxou a vigilância e me deu as chaves para a cozinha. Foi um grande passo para uma liberdade minúscula, mas ajudou. Gostei de poder subir e descer para a cozinha para trazer as refeições da anciã, começar as aulas com Ali, e passear pelo pátio no caminho. Todos os dias checava a porta por onde havia entrado naquele mundo, mas ela estava sempre trancada.

Os dias de sol tornaram-se nublados e logo chegou o inverno. O chefe dos eunucos negros, que havia sumido durante vários meses, reapareceu. Parecia querer checar meus cuidados com sua velha amiga Esma:

– Você pode me entender agora? – perguntou numa voz baixa.

– A maior parte, sim – respondi, desconfiada.

– Você a alimenta bem?

– Sim.

– Ela está agasalhada?

– Sim.

– Você banha minha amiga com cuidado?

– Sim.

Eu estava com medo e evitei seus olhos o tempo todo.

– Seu espírito se aquietou?

– O quê?

– Seu espírito se aquietou?

– Sim – respondi, olhando para o chão.

– Agora você mente, mulher.

Sua voz fina não me aliviou, muito pelo contrário, e uma ameaça permaneceu no ar depois que ele saiu.

Tudo o que aprendi sobre sultões, leis otomanas, novas regras na cozinha, o idioma, veio por Ali. Ele não podia ter mais de vinte anos, mas com seu sorriso e franca disposição, era amigo de todos. Ali me ajudou a decifrar as ações do *kizlar aga*, esperando que eu pudesse lidar melhor com aquele homem enigmático.

A cozinha do palácio, principalmente a do sultão, era silenciosa. Os chefs otomanos acreditavam que o ato de cozinhar para o sultão era uma atividade sagrada, uma conexão com Deus, e o silêncio era um sinal de respeito. Eles trabalhavam com máxima concentração. Cada pedaço de peixe possuía um corte perfeito, todas as frutas eram escolhidas com cuidado e a preparação dos pratos seguia uma tradição muito antiga e imutável. A apresentação era elaborada e específica para cada receita.

Ali me ensinou muita coisa nas "aulas" e conversas no corredor, mas foi com as outras escravizadas que eu aprendi sobre os eunucos. Eunucos de pele negra vinham do Egito, Sudão e Abissínia. Eram *Sandali*, tendo toda a genitália amputada e, por isso, eram os escolhidos para a supervisão direta dos haréns. De meros escravizados, prisioneiros de guerra ou oferecidos de presente aos sultões pelos governadores, podiam ascender nos ranques e, depois de muitos anos de serviço, chegavam a postos de alto poder. O *kizlar agasi* negro agia como mestre das mulheres, controlava todo o harém e tinha acesso direto ao sultão, funcionando também como seu valete.

Os eunucos de pele branca, ou *kapi agasi*, eram parcialmente amputados. Alguns tinham perdido os testículos, e outros, parte do pênis também. Considerados para trabalhos burocráticos do palácio e para chefiar as enfermarias, atuavam muito bem como mestres de cerimônias do *seraglio*, que era como também chamavam o harém.

O *aga* negro que estava no cargo quando cheguei era a pessoa mais velha do palácio, com exceção da *kadin* Esma, estando no poder desde antes do sultão Abdülmecid. Como eu já sabia, ele podia ser cruel com atos de rebeldia e era muito supersticioso, como quase todos dentro do harém. Num cinturão elaborado de couro, levava todas as suas ferramentas de trabalho: um apito, uma faca curva, um molho grande de chaves e o chicote, que não hesitava em usar. Aos poucos, com pequenas informações e observações que eu fazia o tempo todo, ia adentrando naquela realidade.

Descer às cozinhas para buscar refeições para a velha *kadin* constituía meu pedacinho de liberdade diária e aproveitava para interagir discretamente com Ali. Numa manhã, reparei em três cocos maduros embaixo da mesa dele. Eu os toquei, cheirei e salivei. Era o Brasil de novo! Coqueiros, praia de Ipanema! Leblon! Professor Carlos! Ai, meu país... Como um simples coco seco pôde me transportar daquele jeito?

Ali estava intrigado, e perguntou baixinho:

– Você conhece isso, Arzu?

– Sim! – sussurrei.

– Você é da Índia? Isso veio de um navio que chegou da Índia há uma semana.

– Não, mas conheço essa fruta.

– Fruta?

– Sim. Vou mostrar.

Busquei imediatamente algo para abrir o coco. Ali não demonstrou espanto nem disse nada. Uma vez aberto o coco, procurei um objeto de superfície áspera para servir de ralador. Minhas habilidades culinárias eram limitadas, mas fiz o melhor que pude. Com leite, açúcar, o coco grosseiramente ralado e algum tipo de farinha, daria certo. Passei a panela para Ali mexer, porque era seu trabalho, mas ele foi seguindo minhas instruções. Eu gesticulava mais do que falava, para não chamar muita atenção. O aroma era bom e diferente, e outro cozinheiro se aproximou, curioso. Quando a mistura se espessou e ficou cremosa, busquei umas cumbuquinhas no armário e disse para fazerem as porções individuais e depois deixar esfriar. O ar frio do início de inverno serviria de refrigerador do lado de fora. Com três cocos, daria para fazer muitas outras depois. Para substituir a calda de ameixas pretas, que não encontrei, disse a ele para fazer uma geleia mole de damascos e servir por cima.

A sobremesa nova foi um sucesso e, quando retornei à noite para devolver a bandeja da *kadin*, ele disse que tinha recebido cumprimentos do *kizlar aga* em pessoa! Ele me agradeceu e convidou:

– Aqui. Guardei estes para nós, Arzu – disse ele, sussurrando.

Saímos da cozinha silenciosa e fomos para o nosso local de conversas, o corredor aberto entre a última porta da cozinha e a primeira do harém, onde Ali jamais entraria. A noite estava clara e vimos algumas estrelas. Nos sentamos num banquinho de madeira e saboreamos juntos. Nunca pensei que uma receita brasileira antiga e simples como o manjar de coco poderia me trazer tanta alegria...

Uma alegria que certamente iria durar pouco, porque ao voltar para o quarto da *kadin* com o espírito leve e o primeiro sorriso no rosto depois de meses, eu senti de imediato o cheiro de Suna! O perfume almiscarado não deixava dúvidas... O que ela queria? Já era a quarta ou quinta vez que o perfume aparecia no quarto! Assim, do nada e misteriosamente! A princípio, não notei alteração nenhuma à minha volta, apenas um lenço azul deixado por Makbule no peitoril da janela do Bósforo pareceu estar fora do lugar. Nada de mais, pois ela vivia esquecendo coisas por ali. Depois de checar se estava tudo bem com a *kadin* e se faltava algum objeto, ponderei que eu só podia mesmo ter duas certezas: a de que Suna passara pelo quarto, e a mais inquietante de todas – eu jamais iria ficar segura ali.

O HARÉM

Desde o primeiro dia senti os olhos do *aga* sobre mim. Discretamente, no início, mas como eu já estava me comunicando melhor, ele passou a visitar o quarto da *kadin* com mais frequência. Makbule ficou enciumada:

– Não sei bem o que acontece. O Grande *aga* nunca se preocupou com escravas, mas com você, Arzu, ele está sempre em volta...

Eu não respondi, mas estava curiosa também.

Dois dias depois, ele me chamou. Segui o *aga* por vários corredores até uma sala pequena, que mais parecia um armário, repleta de prateleiras e caixas. Ele abriu uma cesta de vime, que reconheci como sendo a de Makbule, e segurou meu casaco e uma bota. Quando abriu a bota, o ruído característico do velcro soou como uma ameaça. Fui ficando nervosa. Ele repetia o gesto, abrindo e fechando várias vezes o maldito velcro enquanto olhava fundo nos meus olhos. Eu não disse nada. Ele também não. Deixou a bota na cesta e se fixou no casaco, que tinha um zíper grosso entre os botões de plástico.

– Feche isso!

Era uma ordem e obedeci, deslizando o zíper para cima.
Ele continuou:

– *Bir daha*! *Bir daha*! – disse, mandando repetir e eu fiquei ali, para cima e para baixo, algumas vezes.

Eu me senti pior. Qual seria seu propósito? Sabia de algo ou adivinhava? Quais seriam as consequências para mim? Queimariam bruxas no harém?

Apesar do dia frio, comecei a suar. Primeiro nas mãos, depois em cima dos lábios, onde ele podia facilmente reparar. Com gestos lentos e calculados, ele enfiou sua mão num dos bolsos e retirou uma caneta simples, de plástico.

– O que isso faz? – perguntou com sua voz baixa e feminina.

– É para escrever.

– Mostre! – ordenou mais uma vez, parecendo intrigado.

Retirei a caneta da mão dele, destampei e escrevi um A na palma de minha mão.

– Você sabe escrever? – Ele pareceu bem surpreso.

– Claro que sei!

– Não fique tão orgulhosa. Com raras exceções, leitura e escrita não são incentivadas no harém e são proibidas para escravos – disse e imediatamente retornou a caneta para o bolso do casaco, guardou-o e fechou a cesta.

– Eu não sabia – respondi com mais medo ainda.

– Há coisas que você não sabe e outras que eu ainda não sei – disse, me olhando esquisito novamente.

Senti um arrepio. Ele continuou, agora mais sério que antes:

– Tenho só uma certeza, *köle*: você não é a primeira aqui. Tente não terminar dentro de um saco no fundo do Bósforo como quem a precedeu – advertiu, e completou com voz fina e ameaçadora: – Comporte-se bem, mulher – disse pela última vez antes de trancar o armário e me conduzir de volta pelos corredores.

Suas palavras ecoaram por vários dias. Então o que aconteceu comigo já ocorreu com outra pessoa antes? Não dava para ter certeza sobre o que significava "você não é a primeira aqui...". Só esperava que ele não me considerasse uma ameaça para o harém ou para o próprio sultão. Mas, se assim fosse, eu certamente não estaria mais viva... A notícia não era de todo ruim, afinal. À medida que ele continuasse curioso sobre o que eu sabia e ele não, talvez houvesse uma chance de sobreviver.

Fui ganhando mais liberdade e, aos poucos, comecei a ser requisitada para servir em algumas cerimônias. Vestir a roupa de algodão bege me tornava invisível em meio a todas as sedas coloridas, peles e joias. Circulava sem ser notada, como eu preferia.

O harém ou o *seraglio* imperial seguia uma hierarquia rígida. As odaliscas formavam a categoria mais baixa. Se não tivessem beleza ou talento suficientes, seriam serventes. Se houvesse potencial, poderiam ser treinadas para divertirem o sultão, aprendendo música, dança e artes eróticas. As que conseguiam uma noite com ele passavam a ser chamadas de *gözdes* ou concubinas. Se alguma engravidasse, teria a chance de ascender no harém. A sorte maior seria se gerassem um filho homem, pois ganhavam o título de *ikbal*, ou favorita. As concubinas que não conseguiam engravidar poderiam ser enviadas para o "palácio das mulheres que não eram queridas", sem privilégio algum. As filhas do sultão eram chamadas de sultanas. A primeira esposa, *bas kadin*; a segunda esposa, *ikinci kadin* e a terceira, *üçüncü*.

Enquanto as esposas competiam para aumentar sua influência política e conferir poder a seus filhos, as concubinas lutavam entre si para adquirir privilégios: um quarto separado, uma soma em dinheiro mensal, servos, um eunuco particular, aposentos maiores, sedas e joias. Qualquer copo de suco poderia estar envenenado, um rosto bonito poderia ser mutilado, uma mulher poderia desaparecer da noite para o dia. Havia uma guerra silenciosa e permanente dentro do harém.

Fui me familiarizando aos poucos com os títulos e hierarquias para tornar minha vida mais fácil, mas obviamente não compactuava com aquele estilo de vida. O que eu estava fazendo ali? Como? Esperava que algo acontecesse, um milagre qualquer que me tirasse daquela confusão. Contudo, por mais que pensasse em saídas, fugas e soluções, concluí que escapar do harém não melhoraria minha situação. Para onde iria? Quem acreditaria em mim? Conseguiria contatar alguém? "É melhor viver com um perigo já conhecido do que procurar um ainda ignorado.", lembrei-me de uma frase de minha avó.

No *seraglio* as coisas não mudavam com facilidade, mas, numa manhã, observei atividades frenéticas na beira d'água. Pela *pencere* do quarto, vi homens lavando as balaustradas do cais, flores sendo plantadas nos jardins e militares que ensaiavam para uma parada. Mais tarde houve rumores de que o sultão iria receber visitantes muito importantes. Um pequeno grupo da realeza europeia iria passar pela cidade, retornando da inauguração do Canal de Suez. O sultão faria de tudo para agradá-los. Na manhã seguinte, bem cedo, o *aga* já estava pronto e em trajes de gala para supervisionar o desembarque. Uma cerimônia formal seria oferecida no grande salão.

Nenhum visitante que estivesse dentro do salão Müzayede se preocuparia em notar, embaixo dos arcos dourados do teto alto, uma série de treliças brancas bem disfarçadas entre os afrescos. Atrás dessas telas de madeira havia um corredor comprido que se conectava com o harém e permitia que as mulheres das classes mais altas, kadins e sultanas, vissem o que acontecia nas cerimônias oficiais. A manhã ainda não tinha acabado quando reparei numa movimentação incomum no harém, em direção à porta que dava para esse corredor secreto. Quando o *aga* destrancou a porta, um grupo de mulheres descontroladas correu para assegurar os melhores lugares para espiar as princesas.

Eu fiquei num canto e não me movi dali. Estava um pouco deprimida, sendo tratada como serva há meses, quantos? Não contava mais. Em situações como aquela em que se age como escravizada e se sente como tal, a mente começa a mandar a mensagem – escravizada – e, ao final, incorpora-se totalmente o conceito, transformando-se numa escravizada de forma cabal... Então fiquei parada esperando que a porta se fechasse na minha frente. Num movimento rápido, o *aga* agarrou uma bandeja com copos d'água e uma jarra do aparador, me entregou e disse:

– Você! Venha! Vai servir hoje no corredor. Silêncio!

Fui atrás das sultanas e entramos num corredor espaçoso, com uns quatro metros de largura e quinze de comprimento. A luz entrava por pequenas janelas em meia-lua nas paredes laterais de todo o corredor, dispostas com a parte plana para baixo. Mais acima, decorando as duas paredes longas em toda a sua extensão, havia uma fileira de quadros com paisagens, perfeitamente alinhados. Na parede voltada para o grande salão, as janelas apresentavam uma treliça branca. Na parede oposta, as semiluas eram de vidro azulado, voltadas para o mar.

Rapidamente as janelas internas foram ocupadas pelas mulheres, que tagarelavam e se empurravam para conseguir um ângulo melhor. Eu me dirigi, então, para o lado do Bósforo. Como era bonito ver o estreito assim livre, em grande parte de sua extensão... Havia muitos navios ancorados no pequeno porto do palácio, e eu reconheci logo as bandeiras da França e da Inglaterra. E se me resgatassem? Eu poderia abrir a janela e acenar histericamente, ou segurar uma colher num raio de sol para mandar um SOS... Essa era a única mensagem que sabia em morse. Será que o código já tinha sido inventado? Eles notariam? E o mais importante: criariam um incidente internacional para salvar uma cidadã brasileira?

O *aga* pareceu decifrar meus pensamentos e logo ordenou que me juntasse a ele na última janela. Deixei a bandeja numa banqueta e tentei enxergar através da treliça. De onde estava, não se via tão bem, mas fiquei maravilhada mesmo assim.

Solenidade era uma palavra fraca para definir a cena. Ocorria ali no salão otomano o encontro das civilizações mais poderosas do Ocidente. Pompa e esplendor... Tive a sensação de que havia mais joias e sedas naquele salão do que no resto do mundo inteiro! A orquestra tocava uma das composições clássicas de Abdülaziz, o sultão em pessoa perfilava-se de pé ao lado do trono e as pessoas tomavam seus lugares, de acordo com um rígido protocolo, conforme a nacionalidade e a importância. O banquete serviria dezoito pratos aos comensais. Era a mais pura História acontecendo diante de meus olhos! Então, ali meio agachada atrás da treliça, deixei a tristeza um pouco para lá e tentei aproveitar. Quem mais do meu mundo poderia testemunhar uma cena como aquela? Fiquei ali, observando tudo, quieta.

– Está vendo aquela mulher bonita em seu vestido rosa, com a tiara? – perguntou o *aga*.

– Sim.

– É Eugênia de Montijo, imperatriz da França. Chegou no navio francês esta manhã.

– Uau! – respondi, maravilhada.

A imperatriz era uma mulher bonita e notei que o sultão não desviava os olhos dela. Diante de mim se encontravam os últimos reis da França! Não os Bourbons, mas mesmo assim...

– Vê aquele casal de pé ao lado do sultão? São o príncipe e a princesa de Gales – continuou ele.

– Uau!

– Os outros não tenho certeza de quem são. Mas o que você diz, mulher? "Uau"? Não compreendo.

– Eu só posso agradecer ao *aga* por isso. Obrigada – disse, sendo sincera.

– Agora acabou. Retome a sua bandeja e vá servir as *kadins*. As sultanas devem estar com sede também.

A cerimônia já tinha terminado há um bom tempo quando o *aga* reuniu as *kadins* e suas acompanhantes no salão azul. Percebi que ele tentou falar o mais alto que pôde para dar uma importante notícia. Pela primeira vez na história otomana, algumas estrangeiras visitariam o harém. Imediatamente as mulheres concluíram que o sultão deveria ter ficado muito impressionado com a imperatriz da França para conceder um pedido como aquele.

– Estejam preparadas! – disse o *aga* a todas. – Ela já está vindo! – acrescentou e, para infundir a urgência, concluiu: – Agora!

Estar preparada no harém significava vestir sedas e muitas joias, e as criadas saíram em verdadeira disparada para buscar o máximo de enfeites que pudessem encontrar. Mandaram buscar imediatamente uma mulher no Palácio das Lágrimas, pois tendo convivido quando criança com a *kadin* Nakshdil, seria a única a saber algo de francês. O *aga* fez um sinal para que eu ficasse no salão.

A imperatriz Eugênia, esposa de Napoleão III, era ainda mais imponente de perto e vestida com a última moda de Paris. Entrou acompanhada de uma única dama e corria os olhos por tudo, distribuindo sorrisos. Aparentava pouco mais de trinta anos, embora, pelas minhas contas, devesse estar perto dos quarenta. De cabelos castanho-claros e nariz aquilino, tinha pele claríssima, os olhos bem redondos e, apesar de representar a França, figurava como uma beleza típica de sua raiz espanhola. É sempre impressionante notar como as mulheres podem aumentar sua beleza com sedas diáfanas, penteados elaborados e acessórios. A imperatriz exalava uma elegância diferente, um estilo sofisticado de se vestir e de se apresentar, ostentando roupas acinturadas e com anquinhas, que nunca se havia visto por ali. Eu não pude evitar uma comparação comigo, com o meu tempo e minhas roupas básicas de algodão...

Poucos minutos depois de sua entrada no salão azul, a intérprete chegou correndo, ainda meio ofegante. Eugênia pediu para visitar a *valide*. Um pedido incomum. O *aga* fez um discreto sinal para que eu acompanhasse o grupo até os aposentos de Pertevniyal. Quando a mãe do sultão foi informada sobre quem era a visitante, ficou zangada, andou alguns passos, olhou a imperatriz nos olhos e deu-lhe um tapa fortíssimo no rosto.

– Como ousa entrar aqui, infiel! – disse a *valide*, furiosa, e gritou de novo em otomano: – Sua presença é um insulto para mim!

Imediatamente, virou-se, dando as costas para a francesa e saiu solenemente com seus eunucos e servos.

Só isso já bastava para se começar uma guerra!
Apenas o *aga*, umas poucas *gözdes* e eu testemunhamos
a cena. Eugênia não parecia entender nada e ficou paralisada,
perplexa, quase em choque. Um embaraço total. Em segundos,
o *aga* mandou a maioria das mulheres saírem e olhou para mim.
Eu deveria sair? Ficar? Podia jurar que ele pedia socorro. Sem
ter certeza do que fazer, busquei umas palavras de francês do
meu tempo de colégio católico, cheguei perto da imperatriz
ainda segurando a bandeja e sussurrei:
– *Elle est folle, madame... Pardon...* – pedindo desculpas porque a *valide* seria louca.
Eugênia soltou uma gargalhada. Riu muito, acompanhada
de sua acompanhante. Parecia um riso nervoso, meio histérico.
– Que histórias terei para contar em Paris quando voltar!
– disse a imperatriz católica em francês e completou em seu
idioma natal, dando o episódio por encerrado: – *Una mujer loca!*
O *aga* soltou a respiração e pareceu me agradecer com
um aceno de cabeça. Eugênia de Montijo manteve seu bom
humor e os sorrisos até sair do harém. Parecia tão curiosa sobre
as mulheres do *seraglio* quanto as otomanas sobre ela. Todos
ficaram aliviados pelo incidente não se converter num desastre
diplomático. E, depois que as mulheres do harém souberam o
quanto a imperatriz francesa havia encantado Abdülaziz, uma
revolução *fashion* começou.
O *aga* acompanhou as duas francesas para fora do *seraglio.*
Infelizmente para mim, quando saí das sombras para me dirigir
a uma realeza, fui notada por algumas *gözdes* que permaneceram nos aposentos. Elas sussurraram algo entre si e uma delas,
a mais alta com olhos cor de avelã, dirigiu-se a mim.

– Como se atreve a falar com uma realeza? – perguntou e depois mais alto: – Como se atreve a falar com alguém? – Suna golpeou subitamente a bandeja que eu segurava e os cristais se espatifaram no chão. Virou-se e saiu do salão com o pequeno grupo. Parecia liderar sua própria corte. Eu me vi sozinha e, enquanto coletava os cacos, de quatro no chão, sucumbi num choro novamente:

– Deus, me tire daqui!

As sete colinas

Quando cheguei ao harém, suspeitei que estava vivendo entre 1861 e 1876. Depois da visita da imperatriz, pude precisar melhor: o ano devia ser 1869, o ano da inauguração do Canal de Suez.

Nesse momento, eu desejei muito o Google. Um clique... uma passada de dedos para conseguir informações. Se pelo menos tivesse acesso a livros... Se pudesse contatar alguém na Europa, alguém com mente científica e aberta... Alguém especial, à frente do seu tempo... Alguém para me ajudar, fornecer pistas, explicações, trocar ideias. Qualquer coisa para me tirar dali.

Pensei em Darwin, Júlio Verne, H. G. Wells.

A Origem das espécies tinha sido publicado havia dez anos. Se eu conseguisse me comunicar com Charles Darwin, e por algum milagre ele acreditasse em mim, o pobre homem teria de escrever outro livro imenso para explicar como viajantes do tempo interferiram na seleção natural e como mutações aparentemente aleatórias, na verdade, tinham vindo do futuro.

H. G. Wells muito provavelmente escrevera o seu *A máquina do tempo* depois de 1869, então, se eu o contatasse, seria, na verdade, sua inspiração... E o que ele poderia fazer por mim? Lembrei-me também dos famosos exploradores britânicos. Tinham aventura no sangue... Seriam fáceis de encontrar se eu enviasse uma carta para a Royal Geographical Society em Londres. Meu inglês daria para escrever. Sir Richard Burton seria um bom candidato depois dos conhecimentos que tinha adquirido sendo cônsul no Brasil. Pelo menos saberia onde o país ficava situado no planeta... Ele falava muitas línguas, sabia tanto sobre o islã quanto sobre o hinduísmo, tinha traduzido o *Kama Sutra* e *As mil e uma noites*. Mas ainda assim eu tinha dúvidas. Aqueles aventureiros estavam interessados em geografia, arqueologia, não no tempo...

Júlio Verne me pareceu uma ótima escolha já que tinha escrito livros fantásticos, muitos tentando adivinhar o futuro. Ele provavelmente teria uma mente aberta para ouvir uma história como a minha. Há quem acredite que ele obtivesse informações privilegiadas de uma sociedade secreta com conhecimentos ancestrais. Outros pensam que ele sabia algo a respeito de outras dimensões. E que seus livros seriam cheios de mensagens codificadas e pistas escondidas. Talvez ele estivesse enviando mensagens ao futuro dentro de seus livros! Talvez ele mesmo fosse um viajante no tempo! Talvez tivesse vindo de um futuro como eu e tenha escrito todos os seus livros de sucesso da maneira mais fácil. Nada saiu da sua imaginação! E ele ainda terá leitores no século XXI!

E se? E se? De repente, me veio a ideia: E se houve outros antes de mim? Acabam-se muitos mistérios! O próprio *aga* sugeriu isso depois de examinar minhas roupas, minha caneta...

Que houve alguém antes de mim. Poderia ser, então, que grandes conquistas de uma era vinham de outra? Viajantes do tempo... Leonardo da Vinci, Steve Jobs, Einstein, Júlio Verne... Tinham sido órfãos, com origens obscuras? Eu tinha muito a pesquisar...

Dos nomes dessa lista o único a estar vivo em 1869 seria Júlio Verne. Mas havia muitos obstáculos: eu não sabia seu endereço, meu francês era muito limitado e eu não sabia se ele falava inglês. Nessa época, poucos franceses sabiam inglês e uma carta minha teria de ser ultraconfidencial, somente para os olhos dele, completamente privativa e secreta.

Eu tinha de contatar um ser humano. Alguém. Sentia uma urgência em me expressar, de contar o que me tinha acontecido, para registrar que era possível, que era verdade, para que alguém soubesse... para me ajudar... Essa informação era um tesouro. Inestimável! Refletindo melhor, cheguei à conclusão de que precisava de alguém muito específico: uma pessoa notável, com endereço bem conhecido para poder enviar uma carta, que fosse curiosa, amante da ciência, com mente à frente de seu tempo, altamente educada, falando inglês ou português, e que tivesse em sua biografia fatos que, vinda do futuro, só eu pudesse saber para convencê-la. Difícil...

Além das limitações em encontrar uma pessoa dessas, existia uma dificuldade tão grande ou maior: escrever e enviar uma carta de dentro do harém. Mulheres tinham sido afogadas por bem menos que isso. Eu conhecia uma pessoa com esse poder: o *kizlar aga*. Ele aceitaria correr esse risco? Quão curioso ele estaria em saber coisas sobre de onde vim?

Eu recebi a resposta naquela mesma noite quando me sentei na beira da cama da *kadin* para alimentá-la. Ele apareceu no fim do jantar:

– Minha amiga está calma?

– Sim.

– Você sabe, Arzu, por que ela está ainda aqui e não no Palácio das Lágrimas?

– Não.

– Ela me ajudou quando eu era jovem. Identificou meus inimigos, me ensinou a sobreviver – disse, segurando a mão da *kadin* com delicadeza e continuou: – Eu prometi que a manteria aqui. Há braseiros para o frio e a comida é bem melhor. Sempre cumpro minhas promessas, Arzu.

– Sim – respondi.

Eu sempre tinha cautela ao falar com ele.

– Esta noite vou ajudar você com uma história – anunciou o *aga*.

– Sim?

– E mais tarde você vai me ajudar com uma também.

O pedido dele pareceu uma ordem. Nem se importou por eu não ter respondido e começou logo a contar.

– Nossa cidade é bem antiga e possui várias lendas.

"Há muito tempo, um homem de Mégara, chamado Byzas, decidiu criar uma cidade para seu povo e, por isso, consultou o Oráculo de Delfos. A profecia que ouviu foi clara: 'Construa a cidade do lado oposto ao país dos cegos'. Ele viajou e viajou, sempre buscando a terra dos cegos, sem, no entanto, encontrá-la. Foi cada vez mais longe e, num dia nublado, chegou a uma terra vazia próxima ao lugar do nosso Palácio Dolmabahçe, nesse lado do Bósforo. Ficou feliz com o que viu e ficou um tempo admirando a paisagem. Então o céu clareou e ele enxergou uma cidade do outro lado do estreito. Ele perguntou a si mesmo: 'Esses homens são cegos? Por que preferiram aquelas terras pobres, sem vida e sem defesas para construir sua cidade quando este lado aqui é um lugar perfeito?'.

"Imediatamente lembrou-se da profecia e tomou sua decisão. A cidade foi construída no Chifre Sagrado sobre terras férteis rodeada de sete colinas. Foi chamada de Byzas, em homenagem ao seu fundador. Mais tarde, tornou-se Bizâncio. Quando os romanos capturaram a cidade, mudaram seu nome para Constantinopla – a cidade de Constantino, seu imperador. Séculos depois, foi dominada pelos turcos e uma nova era começou. Os recém-chegados tiveram dificuldade em pronunciar o nome grego e a chamavam de Stin-polis, Stinboli, Sitambul. Alguns ainda a chamam de Konstantiniye, nós preferimos Istambul.

"É o centro do mundo. Você tem sorte de estar aqui, Arzu."

Não havia nada de novo para mim naquela história e a sorte passava bem longe, mas ele esperava uma resposta e disse:

– Agora você me conta uma.

Pensei numa lenda antiga para se aproximar do tom do relato dele e comecei:

– Existia uma...

Ele me interrompeu abruptamente:

– História errada, *köle*!

Pensei e comecei outra:

– Um homem estava caminhando...

– Pare! História errada novamente. Tente outra vez – interrompeu ele, irritado.

Pensei uns instantes e resolvi mudar o tempo do verbo:

– Chegará um dia... – comecei e parei para checar sua reação.

– Continue – disse ele, parecendo satisfeito.

– Chegará um dia em que essa cidade será conhecida somente como Istambul. Será uma grande cidade e a única do mundo situada em dois continentes. Construirão pontes para cruzar o estreito...

– Ainda será a cidade dos turcos? – perguntou ele, com um leve tom de preocupação.

– Sim.

Eu já me preparava para contar uma longa história, mas para o *aga* foi suficiente.

– Boa noite, Arzu. Sem mais histórias por hoje – disse e saiu.

Dois dias depois, ele voltou e contou outra história. Eu começava a me familiarizar com aquele homem grande e sua voz feminina.

– Depois de cinquenta dias de cerco, em 29 de maio de 1453, enquanto nossa artilharia bombardeava as imensas muralhas da cidade, um bravo soldado turco conhecido como Hasan de Ulubat agarrou uma bandeira otomana, escalou um monte de pedras caídas e marchou para uma brecha no muro. Apesar das flechas, das pedras e do fogo grego, ele correu para frente. Os soldados turcos que o viram, gritaram "Allahü Ekber", Deus é um. Como Ulubat conseguiu fincar a bandeira no topo de uma torre é incerto. Mas assim que o fez, um grito ecoou: "Sigam em frente, meus falcões, marchem, meus leões!". Era o conquistador sultão Mehmet em pessoa. Em segundos, Hasan de Ulubat perdeu sua cabeça, entretanto, para o Império Romano do Oriente, foi tarde demais. Ondas de turcos seguiram pela mesma brecha, conquistando a cidade.

"Por mais de quatrocentos anos nossos poetas seguem honrando aquele momento, quando o sangue sagrado foi derramado pela primeira vez em Konstantiniye e uma prece surgiu de milhares de bocas."

Ele terminou e disse, olhando fixamente para mim:

– Agora você, Arzu.

– Sim?

– Você me ajuda.

– Que história o *aga* quer ouvir?

– Uma história sobre como Allah será adorado em Istambul.

Eu tinha de pensar rápido. Esse era um tema muito sensível.

– Allah será um Deus muito amado. Existirão várias mesquitas antigas e novas em Istambul e pessoas virão do mundo todo para visitá-las. O chamado dos muezins será ouvido todos os dias pela cidade.

Terminei e esperei.

– Sua história me fez feliz. Obrigado. Está precisando de algo, Arzu?

Imediatamente pensei em dizer: "Sim! Papel e caneta!", mas tive medo.

SUNA

Vários meses de sofrimento, aprisionada naquela situação insólita, não me prepararam para o pior: Suna, a concubina favorita do sultão. Ela era conhecida por ser uma oponente feroz. E, apesar de eu já ter experimentado sua crueldade, ainda havia espaço para mais. Ela rapidamente havia se tornado uma *gözde*, mas ainda não uma *ikbal*. Sem conseguir engravidar, havia rumores de que o *aga* a conduzia ao sultão em seus dias inférteis.

Acreditavam que grande parte de seu sucesso era fruto de seu perfume. Qualquer um poderia adivinhar que ela estava prestes a entrar num aposento pelo cheiro peculiar. Ela costumava esconder armas diminutas em suas roupas e possuía diversos segredos, mas a composição de seu perfume era o mais bem guardado de todos. Olhos cor de avelã e curvas abundantes já teriam sido suficientes para atrair o sultão, contudo, atribuíam ao seu perfume exótico o poder que exercia sobre ele.

Suna tinha vindo de Socotra, no Iêmen, uma ilha selvagem e isolada, com um pequeno porto assolado por ventos traiçoeiros. Pelo seu local de nascimento, havia conjecturas sobre a fórmula do perfume: olíbano e mirra, diziam algumas, civet e aloe, outras adivinhavam. Musk tibetano... vetiver indiano... noz-moscada do Sri Lanka... petitgrain do Marrocos... Umas poucas supunham, e algumas vezes pareciam ter certeza, que o perfume de Suna seria uma mistura contendo ambergris, o aroma mais raro do mundo, muito caro e difícil de encontrar, até para as mulheres mais ricas do harém. Naqueles dias lentos do *seraglio*, em que a glória mais alta era agradar um certo homem, horas e horas de conversa eram gastas tentando decifrar o enigma Suna.

Logo que chegou ao harém, ela trouxe uma frasqueira cheia de potes pequenos, fragrâncias, óleos essenciais e ingredientes desconhecidos para fabricar seu perfume. Intrigas e fofocas a acusavam de possuir mais que essências na maleta. Materiais nojentos preservados em álcool... Coisas que ninguém nunca tinha visto... Feitiçaria era proibida e punida com a morte no harém, todos sabiam disso. Mas Suna era esperta... Ela nunca seria descoberta.

Desde o episódio com a imperatriz francesa, sempre que Suna me via com uma bandeja, batia nela de propósito e saía às gargalhadas com sua pequena corte. Enquanto eu ficava no chão recolhendo os cacos ouvindo os risinhos. Numa outra ocasião, ela passou por mim, golpeou a bandeja, e, quando abaixei para coletar os pedaços de vidro, ela se abaixou também, segurou um caco grande e pontudo e cortou meu braço esquerdo com força.

– Ei! – gritei, assustada pela violência do ataque.

– Silêncio, *köle*! Essa cicatriz vai ensinar a não falar com a realeza ou com qualquer superior aqui! Para se lembrar de mim para sempre... – ameaçou, quase gritando, antes de sair caminhando devagar.

Poucos minutos depois o *aga* chegou. Só precisou cheirar o ar. Eu não disse nenhuma palavra, mas ele soube na hora que Suna tinha passado por ali. Eu ainda pressionava o braço com a outra mão, numa tentativa malsucedida de estancar o sangramento.

– Não tenha Suna como inimiga, Arzu – avisou ele.

– Sim...

– Fique longe dela.

– Sim – disse ainda de joelhos, visivelmente arrasada pela humilhação.

Penso que ele tentou me ajudar quando ofereceu de novo:

– Visitarei minha amiga esta noite. Você precisa de algo, Arzu?

Dessa vez eu tomei coragem e respondi numa voz baixa:

– Preciso escrever.

Talvez tenha sido minha imaginação, mas pude jurar que seus olhos abriram um pouco mais. Porém tudo que obtive foi:

– Que Allah esteja convosco esta tarde, *köle*.

Depois que o *aga* saiu, fui apressada para o quarto da *kadin*. Ali me sentia um pouco mais segura, era uma espécie de refúgio e o único lugar de todo o harém a ter duas janelas, sendo que uma de frente para o mar. O aposento ficava longe dos salões principais e das concubinas. Além disso, poucos se atreveriam a invadir o quarto de uma velha protegida do chefe dos eunucos. Suna, talvez? Sempre aquela doida?

As lágrimas que escorreram pelo meu rosto enquanto amarrava o corte com um lenço da *kadin* foram mais de raiva do que dor. Depois de um tempo difícil de precisar, em que fiquei ali absorta pensando, finalmente sentei-me ao lado de Esma. A presença da velha senhora ali, a meu lado, me remeteu a minha avó.

Büyükanne...

A vida no Rio era a mesma sem mim? Quando essa confusão toda começou era carnaval no Brasil. Eu perdi pela primeira vez um desfile de escola de samba... E, como se diz, o ano novo realmente só começa depois do carnaval, o meu ano ficou em suspenso, perdido no limbo.

Eles estariam preocupados comigo no Rio, tenho certeza. A professora que desapareceu em Istambul... Teria aparecido na TV? Imaginei a notícia em detalhes: "No dia 28 de fevereiro, a professora Catarina Arzu Kir, trinta anos de idade, desapareceu em Istambul. Uma investigação está em andamento, sendo feita por diplomatas brasileiros e a polícia turca. Nenhuma pista até agora". Minha mãe estaria desesperada e em oração contínua com seu grupo do terço e teria encomendado missas. Minha avó estaria em oração na sala escura com todas as cortinas fechadas. Sentiria-se culpada? Por todo o incentivo que me deu para conhecer sua cidade?

Eu senti uma saudade imensa do carnaval, da minha liberdade. A escola, meus alunos barulhentos... Ponderei se Carlos estaria se preocupando comigo. Eu estava começando a me esquecer do seu rosto...

Rio

Entradas para os desfiles das escolas de samba no Rio são as mais difíceis de se conseguir, mas os comandantes da festa sempre ficam com os melhores lugares. Nossa família é privilegiada e ocupa o mesmo camarote cativo há muitos anos. No espaço, cabem 24 pessoas mais uma pequena cozinha gourmet. Contratamos um chef que mantém um buffet contínuo durante a madrugada até culminar num grande café da manhã enquanto a última escola desfila sob o sol. Meus irmãos encomendam camisetas coloridas em cores cítricas, como os abadás da Bahia, e colares havaianos iguais para todos. Para dar um toque festivo de carnaval e para facilitar a visualização do nosso grupo durante o ir e vir na multidão. É divertido.

Adoro o carnaval. Além de ser a maior festa brasileira, o desfile das escolas sempre me emociona. É impossível ficar parado quando a bateria passa. Nesses momentos, esqueço todos os problemas, meus quilos a mais e o dinheiro ilegal da família... Eu só danço junto e caio na folia. Se você não tem um pouco de ginga, não é brasileiro ou é doente do pé...

Tenho um time de futebol favorito, claro, mas torcer, torcer mesmo é apenas para a nossa escola de samba, a Piedade. Desde quando o desfile era só um Rancho de Carnaval, em 1930, até se tornar gigante como é hoje. Nossa escola já ganhou a competição três vezes, o que basta para ser chamada sempre de campeã. Não faço parte diretamente da escola, mas vibro com os temas, o samba enredo de cada ano, as fantasias...

Em outras escolas, as famílias que financiam o desfile, com o mesmo tipo de conexão da minha, aproveitam esse poder para dar destaque às esposas, filhas e até amantes. Elas desfilam no topo dos carros mais rebuscados com fantasias de milhares de reais e muitas penas de pavão. Nunca quisemos isso. Minha família sempre foi mais discreta. E, de minha parte, expor um corpo seminu na avenida e em todos os canais de televisão do país não faz sentido nenhum.

Sei bem que o jogo do bicho lida com dinheiro considerado ilegal, mas, para nossa defesa, sempre foi absolutamente tolerado pela sociedade e faz parte da cultura e da identidade carioca. Sua origem foi no final do século XIX, surgiu de forma ingênua e por necessidade, pois com o fim da monarquia, em 1889, o barão de Drummond se viu sem seus rendimentos nobiliárquicos e com dificuldade para manter seu zoológico. Decidiu criar um jogo de apostas com os seus 25 animais. Pela manhã colocava um cartaz na entrada com a figura coberta de um animal. Durante o dia os visitantes faziam uma bolsa de apostas e ao final da tarde ele descobria o animal vencedor. Foi um sucesso comercial e manteve o parque por muitos anos. Quando os jogos de apostas foram considerados ilegais no Brasil, o zoológico foi fechado para sempre. Após algumas décadas, um grupo decidiu reiniciar as apostas com animais de maneira paralela e indireta, baseando-se nos números sorteados da loteria federal, essa, sim, totalmente legalizada. Atribuíram, então, aos antigos 25 animais do zoológico do Barão uma sequência de quatro números consecutivos e em ordem alfabética: águia – 01, 02, 03, 04; avestruz – 05, 06, 07, 08, e assim por diante. Os finais dos números sorteados pela loteria oficial indicam também o bicho vencedor. Há derivações, mas são complicadas e nunca entendi direito. Nas esquinas da cidade, até em áreas mais ricas como Ipanema e Leblon, os trabalhadores do jogo são reconhecíveis, sentados em banquinhos discretos próximos a banca de jornais e bares populares. Sempre com bloquinhos e canetas. Talvez com celulares agora... O jogo aceita baixos valores e é muito popular entre a classe trabalhadora.

Os lucros do jogo financiaram o carnaval durante o século XX. Hoje já nem sei mais. O desfile cresceu muito e se profissionalizou, atraindo muito dinheiro de investidores legais e se beneficiando do alto preço das entradas e da concessão para as mídias. Algumas escolas decidiram contratar CEOs para as gerirem como negócios lucrativos. Mesmo assim, com toda a modernidade, os antigos bicheiros continuam reverenciados como patriarcas nas comunidades do samba que apoiaram. O carnaval do Rio é a maior festa do mundo, durando de três a quatro dias e atraindo centenas de milhares de pessoas a cada noite para torcer para as escolas de samba. E, apesar de se festejar o carnaval por todo o Brasil, é no Rio onde ele explode com mais vibração.

Minha família é parte disso. Meu pai sempre apoiou a Piedade. Tenho orgulho dele nesse aspecto e digo de cabeça erguida, porque existem milhares de empregos legais envolvidos o ano todo nas preparações do carnaval. E minha mãe também

faz sua parte, pois costura enxovais completos para muitos be-
bês que nascem na comunidade. Mesmo assim, para mim, às
vezes é difícil fazer parte dessa engrenagem e, com exceção da
época do carnaval, vou ficando um tanto à margem, levando
minha vida separada, evitando que sentimentos contraditórios
sobre ilegalidades estraguem o equilíbrio familiar.

LENDAS

– Minha amiga está bem esta noite? – perguntou o *aga*, depois de entrar no quarto inesperadamente.

– Sim.

– Bom. Vou ajudar você com uma história hoje, Arzu.

– Sim.

– Os cristãos sempre consideraram *Aya Sofya* sagrada. Foi o maior templo cristão dos tempos antigos. Com os turcos, a basílica foi convertida em mesquita. É muito antiga e suas paredes viram muitas coisas. A construção começou no ano 326 depois do calendário cristão pelo imperador romano Constantino e, ao longo de anos, foi renovada e reconstruída muitas vezes. Existem lendas islâmicas sobre isso.

"Quando as paredes altas do edifício ficaram prontas, os arquitetos tiveram grande dificuldade em assentar o domo sobre elas. Houve discussões, refizeram os cálculos complicados muitas vezes, mas não conseguiam encontrar solução. Um dia, o profeta Hizir apareceu disfarçado de ancião. Dirigiu-se aos arquitetos e disse: 'Os senhores não podem assentar o domo agora. Não percam seu tempo. A única maneira é fazer um cimento misturando *zemzem*, a água do poço da Kaaba, e terra do solo de Mecca, com a permissão de Maomé. Apliquem essa massa e o domo se encaixará perfeitamente'.

"O profeta desapareceu de repente e os arquitetos contaram aos monges o que ouviram. Os monges pensaram, refletiram e decidiram seguir a sugestão, viajando para Mecca. Lá, pediram permissão a Maomé e retornaram a Constantinopla com setenta camelos carregando *zemzem* e setenta camelos trazendo a terra de Mecca. Os arquitetos, então, misturaram a água e a terra sagradas, e produziram o cimento perfeito para segurar o domo.

"Embora essa seja apenas uma lenda e *Aya Sofia* tenha sido construída séculos antes de Maomé, é verdade que o domo colapsou durante um terremoto ocorrido no tempo de Maomé e foi reconstruído.

"Nosso grande conquistador, o próprio sultão Mehmet, pendurou uma corrente de metal culminando numa esfera, no ponto mais alto do domo para trazer felicidade. Alguns dizem que o profeta Hizir vez ou outra aparece embaixo da esfera para fazer suas orações matinais."

– É mesmo bonita? – perguntei.

– *Aya Sofya*? Você nunca a viu? – perguntou, parecendo surpreso.

– Não.

– Devia ter ido, é muito bonita. E muito grande. Quatro vezes maior que a mesquita do palácio.

– Não tive tempo de ir... E agora... – respondi, nostálgica.

– Agora é tarde demais, não?

Ele me olhou nos olhos daquele jeito que me dava arrepios. Eu suspirei e me virei para a janela. Ele perguntou, ou melhor, demandou:

– Quero minha história, Arzu. Sobre *Aya Sofya*.

Eu poderia contar a ele qualquer história, poderia mentir, inventar, mas, de alguma maneira, senti uma necessidade de dizer a verdade. Era um pacto entre nós e o único interesse que ele tinha em mim. Sendo uma historiadora, sempre soube que a História tem suas versões. Mesmo as mais cristalizadas em livros escolares. Fatos novos podem surgir, detalhes despercebidos podem conferir relevâncias, mas, principalmente, sei que a História muda quando contada e recontada ao longo do tempo sob perspectivas diferentes.

Era uma questão de responder à pergunta do *aga* com cuidado e sabedoria. Eu não precisava de histórias longas. Poderia dizer um simples sim ou não, mas dar informações que só Catarina Arzu poderia oferecer.

– *Aya Sofya* não será igreja nem mesquita. Será um grande museu para que todos admirem sua história e sua beleza – finalmente disse, devagar.

– Hoje não fiquei tão feliz com sua história – disse o *aga*, enquanto tirava algo do bolso da túnica. Em seguida me entregou um pacote com as duas mãos. E acrescentou: – Mesmo assim, vou lhe dar um presente. É perigoso. Esconda.

Assim que ele saiu, apressado, examinei o presente. Algo precioso e necessário: seis folhas de papel e três envelopes com a *tughra* do sultão gravados em letras douradas. Fiquei maravilhada. Examinei e cheirei os papéis. Depois de alguns minutos os escondi embaixo da cama da *kadin*.

Comecei a formular um plano.

MUDANÇAS

Da janela da *kadin*, o Bósforo proporcionava minha única distração. Na frente do palácio, os guardas estavam ocupados com os visitantes. De tempos em tempos, um ulemá importante, usando um turbante alto, desembarcava. Em outros dias, dignitários estrangeiros ou celebridades do século XIX chegavam ao palácio. O pequeno porto era o centro do mundo otomano. Onde mundos se encontravam... e eu ficava ali, observando, literalmente vendo a vida da janela, perdendo horas e horas tentando adivinhar a importância e a nacionalidade de cada um pelas suas roupas.

No decorrer de quatrocentos anos, as roupas femininas tinham mudado pouco no Império Otomano. O vestuário masculino, por outro lado, tinha passado por grandes transformações no reinado de Mahmud II.

Roupas eram extremamente importantes para eles. Todos os aspectos, do formato de um chapéu às cores de uma túnica, eram utilizados como símbolo de status. Os vizires usavam túnicas verdes. O camareiro-mor sempre se vestia em vermelho;

os ulemás, em roxo; os mulás, em azul-claro; os mestres de cavalaria, em verde-escuro.

No início do século XIX, o visionário Mahmud II baniu as vestimentas tradicionais e os turbantes elaborados, substituindo-os por um uniforme de casaco negro, chamado *stambouline*, e introduziu um chapéu cônico de feltro, menor e mais simples, conhecido como *fez*. Entretanto, mesmo para um sultão revolucionário como Mahmud II, existiam alguns limites: significativamente, aos dignitários religiosos foi permitido manter seus longos trajes roxos e turbantes extravagantes como um símbolo de seu poder.

Dentro do harém, mudanças no vestuário ocorreram de repente. Embora o protocolo e a hierarquia permanecessem os mesmos, a visita da imperatriz Eugênia desencadeou novas ideias de moda no *seraglio*.

Fora de casa, uma mulher otomana, muçulmana ou não, usava longos e modestos *feraces* e *yasmaks*, cobrindo tudo exceto os olhos. As mulheres pareceriam todas iguais, não fosse pela cor dos sapatos: preto para as gregas; vermelho para as armênias; e amarelo para as turcas. Dentro do harém, as mulheres seguiam parcialmente as leis de decoro, se permitindo adornar por véus finos, quase transparentes que deixavam as faces à mostra.

Depois que Esma dormia, eu tinha tempo para perguntar a Makbule sobre os costumes. Se estivesse de bom humor, a velha criada fornecia longas explicações. Quando lhe perguntei sobre as roupas do harém, ela se excedeu na resposta. De acordo com Makbule, no tempo de minha chegada ao harém, as mulheres ainda usavam roupas do estilo antigo como *shalwars, cepkens e bindallis*, como vinham usando por séculos.

– *Shalwars?* – perguntei.

– Sim! Aqueles vestidos de várias saias com calças soltas por baixo. Você já viu muitas aqui, Arzu.

– *Cepken?* – perguntei de novo.

– Jaquetas de mangas longas! Aquelas curtas e bordadas que a *sultana valide* usa todos os dias...

Como eu ainda parecia confusa, ela decidiu mostrar as peças.

– Venha! – disse e fez sinal para acompanhá-la enquanto abria o armário menor na parede oposta. – A *kadin* Esma tem vários aqui.

Makbule devia estar de muito bom humor aquele dia, pois não só me deixou olhar as peças como experimentá-las também. Nossa *kadinefendi* possuía um guarda-roupa luxuoso e logo eu estava vestida como uma realeza otomana. Ela deixou o véu por último e cuidadosamente mostrou como ele tinha de ser atado à cintura pelo *içlik* e preso aos cabelos com um alfinete. Quando me vi no espelho, fiquei impressionada. Eu poderia ser facilmente uma delas! O mesmo cabelo grosso e escuro, o rosto angulado parecido, idênticos olhos redondos e negros...

– Você está bonita assim, Arzu...

Os olhos de Makbule se amaciaram. Ela ficou próxima, ajustando as roupas para uma silhueta mais elegante. Eu, aos poucos, ia ganhando confiança e estava surpresa de me ver assim, com luxo.

– Você acha mesmo? – perguntei, sem tirar os olhos do espelho.

– Sim! Olhe só para você!

– Não sei... – respondi, virando para um lado e para o outro, encantada comigo mesma. Eu realmente estava bonita naquelas roupas.

– Linda! – disse ela mais uma vez.

Mas Makbule era Makbule e logo estava me apressando como sempre, quebrando a magia do momento por completo.

– Tire logo isso! Rápido! Ainda temos muito trabalho a fazer! Não queremos ser surpreendidas desse jeito, não é?

A ideia longínqua de que Suna pudesse entrar ali de repente me amedrontou. O perfume dela, ainda que fraco, estava presente no quarto de novo. Enquanto dobrávamos as roupas da *kadin* para guardar, Makbule desabafou:

– Roupas tão lindas... com bordados maravilhosos... no melhor estilo tradicional otomano e essas jovenzinhas não querem mais usar! Quem disse que as francesas possuem gosto melhor? Garotas estúpidas!

Fechamos o armário e voltamos para a cozinha. Eu me sentia bem. No caminho, Makbule me perguntou:

– Você guardou o lenço azul de Esma? Está fora do lugar de novo.

– Que lenço? Aquele que você sempre coloca na janela? – respondi, distraída.

– Eu? Eu não!

– Não? Achei que você colocasse lá para arejar... E que se esquecesse dele em cima da janela... – retruquei.

– Não! Pensei o mesmo de você! O lenço vive fora do armário...

– Espere... Se não fomos nem eu, nem você, quem mais poderia ser?

Makbule parou de caminhar e me encarou. Trocamos nossos olhares e logo concluímos ao mesmo tempo:

– Suna!!

– Você se lembra, Makbule, se o cheiro tem ligação com o lenço na janela? Será que ocorreram juntos, nos mesmos dias? – perguntei.

– Pode ser, sim! – respondeu ela, pensativa.

– O que será que ela faz com o lenço? Por que colocar na janela? – perguntei, querendo formar um raciocínio.

– Não faço ideia, Arzu... Só sei que o quarto de Esma é o único que tem essa janela para o lado do Bósforo...

– O único mesmo? Tem certeza?

– Claro! Janelas para fora, para o Bósforo, são proibidas no harém!

– Então é isso! – disse eu, com um sorriso.

– Isso o quê?

– Suna precisa ir ao quarto por causa da janela! Será que está sinalizando algo? Para alguém lá fora? – respondi e perguntei ao mesmo tempo.

– Ela é louca! Qualquer uma pode acabar num saco no Bósforo por isso! – atestou Makbule, preferindo encerrar a conversa.

Suna era capaz de qualquer coisa. Passei a ter medo das noites, de alguém entrar no quarto... Não havia chave na porta da *kadin*. À moda do Alasca, eu passava um fio de guizos da porta até a cama da *kadin*, como fazem lá no norte, para se protegerem dos ursos. Outras noites, trazia cascas de ovos cozidos da cozinha e deixava-as no chão perto da entrada. Os ruídos, meu sono leve e as orações incessantes formariam minha única rede de proteção.

Desde que eu experimentara os trajes otomanos da *kadin* havia ficado mais atenta às roupas no harém. Pouco a pouco algumas publicações francesas foram chegando e mudando as tendências. As *kiras*, mulheres judias que tinham permissão para entrar e vender tecidos dentro do harém, começaram a obter grandes lucros contrabandeando as revistas. Em pouco tempo, *La Saison, Penelope* e *L'elegance Parisienne* ditavam as novas regras de moda feminina no palácio.

Pela primeira vez, mulheres do harém começaram a encomendar novos trajes de costureiros que trabalhavam fora do palácio. Eles se comunicavam por bilhetes anexados nas fotografias das revistas. Havia muitos detalhes e era comum os bilhetes irem e voltarem mais de trinta vezes. Mesmo quando uma das mulheres encomendava um *shalwar* ou um *ferace,* ela exigia que tivessem acabamentos europeus, bordados com pérolas, bainhas de tule e em cores novas como o roxo, lilás ou avelã. Esse foi o tempo em que também começaram a desobedecer às velhas regras de decotes e comprimentos adequados dos *feraces,* preferindo escolher saias mais curtas na frente e mais longas atrás, como as francesas.

Tentei fazer contato com as *kiras*, mas elas não deram atenção a uma *köle*. Mesmo assim voltaria a tentar, pois elas poderiam ser uma forma de levar uma carta do harém. Seriam de confiança? Quanto teria de pagar? Como eu conseguiria dinheiro?

Sem perspectivas de receber pagamento, sem possuir joia alguma para começar uma barganha, minha situação era muito ruim. Impossível.

E, claro, havia Suna. Eu a evitava ao máximo, circulando cada vez menos entre as mulheres e passando mais tempo na cozinha, onde ela não podia ir, mas num ambiente confinado como aquele, uma colisão seria inevitável.

Numa tarde fria, a encontrei lendo uma revista francesa com amigas num dos salões. Não me viu e parei atrás da porta, observando pelas frestas. Pareciam estar em meio a uma discussão sobre cores de vestidos. Quando precisavam escrever um bilhete ao costureiro, chamavam um eunuco. Ele era novo no harém e pertencia a Suna. Suspeitei de que nenhuma delas sabia escrever.

Além de roupas, Suna adorava exibir suas joias. Enquanto a maioria das mulheres usava um ou dois alfinetes de ouro para prender seus véus, ela ostentava quatro: uma abelha de diamantes, uma violeta, uma borboleta e um pássaro. Presentes do sultão.

Saí de trás da porta e fui me esconder na cozinha. Ali era um amigo e me dava acesso à boa comida e doces. Estava se empenhando em me ensinar sobremesas típicas. Eu já sabia como fazer o *visneli ekmek tatlisi*, um pudim de cerejas delicioso, e *bademli bayram helvasi*, um tipo de torrone de amêndoas, mas tinha dificuldade com o *vezir parmagi tatlisi*, ou dedos fritos do vizir, principalmente na hora de incorporar os ovos à massa quente. Seria mais correto dizer que nós estávamos trocando receitas. Depois do sucesso do manjar de coco, mostrei a ele o quindim.

– É fácil assim, Arzu? – perguntou ele, parecendo surpreso.

– Claro! Exatamente como expliquei, Ali! Só precisa misturar gemas, manteiga, açúcar e coco ralado. Untar forminhas de metal com manteiga e açúcar e assar em banho-maria até dourar!

– Mas o que é banho-maria? Que estranho...

– É uma técnica francesa, quando você assa algo no forno dentro de uma bandeja com água.

– Arzu, isso não é francês! Os árabes inventaram essa técnica há muito tempo... É parte da alquimia deles. E eu sei como fazer! – disse ele.

Eu podia jurar que ele tinha uma espécie de orgulho oriental no tom da voz.

– Técnica árabe ou francesa, não importa. Vamos fazer!

Quando terminamos de assar várias bandejas do doce amarelo brilhante, eu já estava atrasada para subir com a bandeja de sopa da *kadin*. Encontrei-a dormindo, então apoiei a bandeja sobre um banquinho e fui olhar a vista da janela mais uma vez. Era uma boa distração ficar espionando a chegada dos visitantes do sultão, suas roupas e chapéus. Mas, na maior parte do tempo, eu gostava mesmo era de admirar o mar. Havia sempre barcos passando, canoas de pesca, navios com bandeiras internacionais. O estreito tornou-se familiar: eu podia adivinhar as horas apenas observando o reflexo do sol ou a altura da lua sobre o mar.

Água sempre provocou um efeito em mim. Longos banhos de chuveiro, chuvas fortes de verão, os grandes rios do Brasil, o verde profundo do Atlântico. Águas para contemplar, para observar por longas horas, até se perder ou se achar... Eu ia me sentindo cada vez mais próxima das águas do Bósforo. Olhar o mar: a melhor parte do meu dia. Uma relação forte e quase íntima que me afetava fisicamente. As águas do estreito influenciavam meu humor e até meu período menstrual. Quando havia lua cheia e as águas se prateavam, plácidas, eu cantava para a *kadin*, quando o Bósforo se enchia de neblina e tudo se acinzentava, eu chorava baixinho, longamente, tendo apenas a barra molhada da colcha como testemunha. O Bósforo e eu compartilhávamos um destino comum, estirados como estávamos entre dois mares, entre dois mundos... O estreito era caprichoso. Sempre se reinventando, flutuando com as marés. Águas que ninguém podia reger. Tranquilas hoje, inquietas amanhã. O estreito amanhecia verde e à tarde adquiria variados tons de cinza. Estava em constante movimento. Eterno...

Como o Tempo.

Tempo que me pregou uma peça cruel. De repente, num giro torcido, transformou minha vida, revertendo seu curso e agora movia-se num passo de lesma, para me testar.

Preenchi várias tardes naquela janela fazendo planos. A vida seguia em ritmo lento e havia tempo para pensar. Enquanto esperava que a *kadin* despertasse, só me ocorria um pensamento: tinha de escrever para alguém e para isso eu precisava desesperadamente de uma caneta.

O HAMMAM

– Você sabe, Arzu, a *kadin* Esma tem melhorado seu apetite. A bandeja tem retornado vazia nos últimos tempos – disse Ali, mais tarde naquela mesma noite.

– Sim. Ela está comendo mais. E às vezes penso que ela me reconhece. Ela me segue com os olhos agora.

– Você veio de tão longe, Arzu... Ainda me lembro do dia que você apareceu na minha frente... Tão pálida... Tão perdida... Você veio justamente para ajudar a *kadin*. A providência enviou você, Arzu... A velha senhora deve estar agradecida.

– Você acha?

– Você está fazendo um bom trabalho, Arzu.

Já estava ficando bem tarde, mas ficamos conversando um pouco mais no corredor aberto. Ali me ofereceu *sahlep*, uma bebida quente feita de leite, canela e o pó de uma raiz de orquídea. Ele garantiu que me traria sonhos tranquilos.

Era a primeira vez que eu analisava a situação sob a perspectiva da *kadin*. Ela não estava morta... ainda... De alguma maneira, o que tinha acontecido comigo a beneficiava. Ali estava certo, devia existir uma razão para tudo... E, pelo tempo que Esma vivesse, eu seria necessária e teria um lugar para ficar. Eu a tratava bem. Era melhor estar com ela do que dormir no quarto coletivo das servas. Pior ainda seria arriscar um encontro com Suna. A velha senhora me lembrava da minha avó, e eu estava tentando trazer mais conforto para sua vida. Comecei virando seu corpo, cada dia para um lado diferente e aplicando uma pomada feita de gordura de ganso e ervas nas feridas das costas. Presente de Ali. Pensei também em melhorar o banho da *kadin*. Certamente ela iria adorar um banho de verdade... No Brasil, todo mundo sabe: se alguém não se sente bem, nervoso, cheio de preocupações, toma um banho. Um longo banho acalma, conforta... Tudo parece melhor depois...

Na manhã seguinte, falei com Makbule. Expliquei como poderíamos melhorar a situação da *kadin*. Mais estímulos, movimentar os músculos e um banho de verdade. Makbule ficou em dúvida. O que o *aga* pensaria disso? Eu insisti. Esse era um projeto que eu podia fazer por minha conta. Ao menos podia mudar a situação da *kadin*.

No começo da tarde, conseguimos convencer a chefe dos *hammans* do harém a nos deixar dar um banho na *kadin* à noite, de madrugada, quando não havia movimento das sultanas ou concubinas. Como transportar Esma seria um problema nosso. Existia um *hammam* imperial no andar da *kadin*, então só precisávamos de uma cadeira com rodas. Tomei coragem e expliquei meus planos para o *aga*. Ele concordou.

– Se não houver dano à saúde dela, não vejo por que não concordar – disse ele.

Eu aproveitei para acrescentar:

– Vai ser uma maravilha para seu espírito! Vocês vão ver!

Dois dias depois nós tínhamos uma cadeira em cima de quatro rodas. Com alguma dificuldade, transferimos Esma para a cadeira e a escoramos com almofadas. Foi complicado passar com a cadeira num corredor cheios de tapetes. Então decidimos enrolar todos os tapetes na ida, passar com a cadeira, voltar e depois desenrolá-los novamente. Na saleta do *hammam*, havia uma mesa redonda, revestida de azulejos num mosaico azul e branco. Oito velas acesas sobre a mesa iluminavam a pequena sala. Nós removemos as roupas da *kadin* ali, mas permanecemos com as nossas. Dentro da outra sala de mármore, fomos envolvidas por uma nuvem de vapor. Era um *hammam* grande e luxuoso. O teto lembrava uma pirâmide achatada feita de quadrados de vidro em molduras de metal trabalhadas. De dia era uma sala solar e o pequeno candelabro central raramente era aceso. O teto era feito de vidro, mas tudo em volta era revestido de pedra bege-clara. As paredes eram entalhadas em mármore, com motivos florais em alto relevo, do chão ao teto. Havia também colunas redondas e delicadas nos cantos do *hammam*. Duas pias de pedra que se projetavam da parede mais próxima estavam cheias de água e havia uma escova e uma pilha de toalhas ao lado delas.

Eu não sabia se a *kadin* iria gostar da experiência, se a cadeira de rodas improvisada resistiria à água derramada sobre ela, ou se Makbule e eu conseguiríamos alcançar nosso objetivo a contento, mas, depois de alguns ajustes, tudo correu bem. Foi agradável para todas. A água estava morna e Makbule ensaboou as costas da *kadin*. A velha senhora pareceu assustada e seus olhos buscaram os meus. Ela parecia indagar o que estávamos fazendo, que loucura era aquela... Makbule foi cuidadosa e a *kadin* relaxou um pouco. Eu podia jurar que vi um pequeno sorriso em seu rosto molhado, até então inexpressivo. Nós tínhamos de agir rápido, devido à sua idade e condição. Por causa do vapor, fiquei totalmente encharcada. Makbule parecia não se importar, mas eu achei aquelas roupas grossas de algodão grudadas em meu corpo nojentas. Antes de terminar, joguei água em meus cabelos, lavei meu corpo todo com o sabão perfumado das sultanas, mesmo tendo que esfregar por debaixo da roupa. Makbule não aprovou, mas não foi enfática o suficiente para me impedir. Aproveitei mais um minuto jogando água para me enxaguar.

A experiência toda não durou mais que quinze minutos, mas teve um grande efeito sobre nós. Rapidamente nós secamos a *kadin* na saleta e a cobrimos com cobertores antes de sair para o quarto. Estávamos ainda bem molhadas, Makbule e eu, mesmo depois de tentarmos torcer nossas roupas.

Esma nunca dormiu tão bem como depois daquele banho. Não ficou resfriada, nem mesmo espirrou. Eu decidi que a levaria ao *hammam* com frequência. Depois do terceiro banho, eu comecei a retirar minhas roupas para lavar meu corpo nua, enquanto Makbule, um tanto emburrada, massageava a *kadin*.

Meu cabelo estava muito comprido e notei que tinha perdido bastante peso. Todo aquele incessante subir e descer de escadas, mais as preocupações que me tiravam a fome, queimaram boas calorias. Que sorte a minha... Eu finalmente me tornava uma mulher magra como sonhei a vida toda no Rio... Ironicamente, a mulher ideal num harém turco devia ser um pouco gorda, com ossos largos... As mulheres mais almejadas preenchiam fartamente uma cama.

Depois de um tempo, o *hammam* foi incorporado como uma rotina semanal. Uma noite depois que terminamos,

Makbule disse para eu ficar e terminar a limpeza. Aproveitei. Fiquei um bom tempo esfregando meu corpo, massageando com óleos e essências... Abundância de água como estava acostumada no Rio, onde é comum tomar três duchas por dia no auge do verão... As velas sobre a mesa da saleta já estavam quase derretidas quando me deitei molhada no mármore do chão. O céu era benevolente... Deus era misericordioso... Um momento de indulgência... Alguém que me visse ali podia supor que eu observava as estrelas, não fosse pelo vapor que condensava no teto de vidro e embaçava tudo. Fechei os olhos. Eu me imaginei voando... Para frente e para trás na História, como num balanço... sobrevoando a humanidade. Senti uma elevação de espírito e, como num filme, eu assistia a tudo de cima: o Império Otomano, Francês, Britânico, duas guerras mundiais, bombas nucleares, indústrias, arranha-céus, computadores... eu... minha solidão peculiar... Experimentei uma breve e estranha sensação de liberdade naquele momento.

Ao fim, me levantei e joguei mais água sobre os cabelos. Sem me dar conta direito, comecei a cantar. Era uma antiga canção brasileira de infância. Eu estava molhada, nua, feliz e cantando quando Suna me encontrou.

Ela me encarou, ameaçadora, com seus olhos de avelã. Ela estava completamente vestida, eu estava nua; ela andou, eu congelei; ela inclinou a cabeça para frente, eu retraí; ela gritou:

– Uma *köle* no *hammam* do sultão? – martelou ela.

Só então decidi reagir:

– Sim! Limpando! – respondi no mesmo tom alto.

– Posso ver como está limpando... Petulante! – gritou mais alto.

– Estou fazendo meu trabalho. Ordens do *aga*. Era a hora do banho semanal da *kadin* Esma... Apenas terminamos... – respondi, mas já não estava mais tão confiante.

– Saia da minha frente, coisa horrorosa! Esse *hammam* é para sultões, para a mais alta realeza, e para mim!

Seu rosto estava bem diante do meu, avermelhado pelo calor e intimidador. O suor descia da sua testa em direção ao queixo, e os olhos se estreitaram mais. Dessa vez não olhei para baixo nem desviei o olhar, o que a deixou ainda mais furiosa.

– Fora! Fora daqui!

Recolhi minhas roupas rapidamente, me cobri com uma túnica e saí. Longe, do final do corredor, ainda podia ouvir suas ameaças:

– O *aga* vai saber disso! E o sultão em pessoa!

Eu corri de volta para o quarto da *kadin*.

UM PRESENTE

Eu já possuía algumas penas decentes, mas não encontrava tinta. Experimentei escrever no chão da cozinha com sangue de frango, mas a pena era complicada para manusear, pois tinha de ser posicionada num ângulo específico que eu achei desconfortável e difícil. O sangue coagulava, minha mão tremia, o ângulo era errado, e a letra, ilegível. Tentei outro dia com suco de frutas vermelhas concentrado. Ficava diluído mesmo assim. Bom para aquarelas, não para cartas...

E que carta! Um testemunho de viagem no tempo! Um documento para ser trancado nos cofres do Vaticano! Tinha de ser legível...

É... Admito. Eu estava provavelmente conferindo demasiada importância a mim mesma, como se eu pudesse resolver todos os problemas, os mistérios. Só eu... Mas ninguém é tão importante. Disso, tenho absoluta certeza hoje.

Na noite seguinte ao meu encontro com Suna no *hammam*, o *aga* apareceu no quarto:

– Boa noite, Makbule – disse, cumprimentando apenas a ela.

– Boa noite, *aga* – respondeu ela um pouco desconfiada.

– Quero falar com a *köle* sozinho.

– Sim, *aga* – disse ela, saindo em direção à cozinha.

Eu fiquei preocupada.

– Hoje, perdi terreno para Suna para defender você, Arzu. Eu a ajudarei com uma história simples e você me ajudará com uma muito boa – disse ele, começando a história sem esperar pela minha resposta. – Na costa do mar Negro existe uma vila nas montanhas Haç, perto de Görele, chamada vila Bogali. É isolada por um riacho que corre pelo pequeno vale das redondezas. A única conexão com as outras vilas é feita pela ponte Kudret. Há uma lenda sobre esta ponte.

"Antes das penas serem usadas para escrever, uma velha senhora chamada Ebe Nine vivia na vila Bogali. Ela tinha bom coração, gostava de ajudar os outros e se dedicava a fazer partos. Viajava por toda a região e sempre adivinhava a hora do parto das mulheres.

"Durante um inverno muito frio, Gülizar, uma mulher que vivia na vila Kandahor, do outro lado do rio, estava no final da gravidez. O riacho tinha duplicado seu volume depois das fortes chuvas do inverno e Ebe Nine sabia que seria impossível atravessar. O que faria Gülizar quando sua hora chegasse?

"Quando a chamaram para ajudar Gülizar, seus medos se realizaram. As águas do riacho estavam revoltas e espumantes. Ela voltou para casa e rezou fervorosamente a Deus. Durante aquela noite, um terremoto forte sacudiu a vila. Ebe Nine acordou de madrugada e caminhou em direção ao rio. A chuva foi cessando e o sol nasceu, brilhante. Uma pedra enorme havia caído sobre a parte mais estreita do riacho, fazendo uma ponte larga o bastante para dar passagem a três mulas carregadas de uma vez. Ebe Nine não hesitou e, na mesma hora, cruzou o rio para ajudar Gülizar.

"Essa ponte de pedra ainda existe. Seu nome é Kudret Köprüsü, ponte do poder de Deus."

Depois de acabar a história, ele ficou em silêncio, me olhando.

– Que história o *aga* deseja ouvir? – perguntei.

– Qualquer história que Arzu queira contar. Uma boa e longa história.

Eu não estava preparada para aquele pedido e demorei um minuto, pensando. À noite, caía um véu de silêncio no palácio. Não fosse pelos roncos da *kadin*, seria possível até escutar as marolas do mar. De repente, o som de cavalos me inspirou:

– Hoje vou ajudar o *aga* com uma história sobre cavalos – disse devagar e aguardei por alguma reação, mas o silêncio pesou sobre nós mais uma vez, e continuei: – Cavalos serão substituídos. Corridas de cavalos e competições ainda terão seu espaço em alguns locais, mas como meio de transporte serão totalmente obsoletos. Daqui a duas ou três décadas existirão coisas chamadas carros.

"Carros serão como carruagens sem cavalos, movidas a máquinas chamadas motores. As máquinas queimarão um material derivado de um óleo negro. Carros serão produzidos primeiro na Alemanha e, trinta anos depois, serão fabricados em massa na América do Norte. Suas rodas serão cobertas com um material elástico e resistente, retirado da casca de uma árvore – a borracha – de um país chamado Brasil.

"Carros farão a vida ficar mais fácil, o mundo mais rápido e as distâncias, mais curtas. Todas as pessoas vão querer ter um. Alguns carros serão mais poderosos que duzentos cavalos juntos. Em 150 anos, vão existir tantos carros nas ruas, que será difícil se movimentarem livremente. A fumaça de tantos motores vai piorar o ar que respiramos nas cidades.

"Existirão carros grandes, pequenos, simples, luxuosos e de cores diferentes. O óleo negro trará grandes fortunas para aqueles que o encontrarem. Há muito escondido debaixo dos desertos da Arábia. Muitas décadas depois do seu tempo, as pessoas em volta do Golfo Pérsico vão rapidamente ascender de simples comerciantes de pérolas e tâmaras às pessoas mais ricas do mundo. Esse óleo espesso e de cheiro ruim será chamado de ouro negro, ou petróleo, e guerras serão travadas por causa dele."

Como se estivesse tendo dificuldade para absorver tudo o que eu havia dito, o *aga* permaneceu calado. Em seu rosto, pude ver encantamento, confusão, faíscas de novas ideias e finalmente, animação. Ele ficou feliz com os carros...

– "Carros" é uma história poderosa, Arzu. Na próxima vez, quero saber mais sobre máquinas após o meu tempo. Máquinas como barcos e trens.

– Na próxima vez, vou ajudar o *aga* com uma história de máquinas que voam...

Ele arregalou os olhos e eu percebi uma confusão de pensamentos na sua expressão facial. Sua face escura e enrugada era geralmente inexpressiva, mas, após a história dos carros, estava deixando transparecer algumas emoções. O *aga* cruzou o quarto em direção à cama da *kadin*, sussurrou umas poucas palavras em seu ouvido, fechou as cortinas e saiu. Passados quinze minutos, voltou. Abriu a porta do quarto e disse:

– Trago um presente para você, Arzu. Tenha muito cuidado com ele.

E então estendeu a mão direita e me deu algo que já era meu: a caneta plástica barata e transparente de tinta azul.

O DESAFIO

Com papel e caneta, o desafio seria encontrar alguém para escrever. Precisava encontrar um interlocutor! Ficava pensando nisso em todo o tempo livre que conseguia. Se o *aga* tinha fornecido o material, ele não se importaria que eu escrevesse uma carta. E, se havia alguém no *seraglio* com poder para enviar uma carta, era o *kizlar aga*. Essa esperança me impulsionou a ir em frente. Se eu fizesse um contato, se alguém me escutasse, tudo faria mais sentido.

Catarina Arzu transformaria o passado e o futuro... Por um instante, me senti poderosa.

Minha realidade esmagadora reverteu tudo em dois minutos. Eu estava presa. Cativa do tempo. Era uma escravizada. Os dias seguiam uma rotina morta. Meus pensamentos continuaram dando voltas: sou uma mulher brasileira educada; minha família possui muito dinheiro; mulheres da minha condição econômica não faxinam nem cozinham; temos empregadas. Passar meus dias correndo para cima e para baixo pelas escadas carregando bandejas, trocando lençóis e limpando tudo, nunca estivera em meus planos.

O trabalho repetitivo configurava o menor de meus problemas no início, atordoada como estava, tentando entender aquele lugar, mas, depois de um tempo, as pequenas coisas eram as que mais importunavam. Percebi que não tinha dado valor ao meu estilo de vida no Brasil... Nunca tinha limpado um banheiro antes ou arrumado uma cama, nem a minha... Nunca... Eu sei... sempre é tempo de aprender. De encarar. Mas foi duro.

A verdade era que eu, apesar da esperança de sair dali ou mesmo de contar a alguém o que acontecia, estava ficando cada vez mais triste. Meio deprimida, comecei a evitar Ali nas idas à cozinha. Perdi o interesse por doces também. O *aga* passou um mês inteiro sem aparecer e Suna, estranhamente, também tinha desaparecido dos meus caminhos. A vida estava mundana e rotineira. Não havia nada para me distrair. Afrescos coloridos, lustres de cristal, relógios dourados, tudo parecia monótono.

Estava frustrada: então era aquilo? Só aquilo? O que aconteceria quando a velha *kadin* morresse? Quanto tempo eu duraria ali? Todos os meus estudos: inglês fluente, mestrado em história, cursos de arte, pedagogia, para quê? De que me adiantavam quando estava limpando urinóis? Não era mais chamada de "a silenciosa" depois que tinha aprendido o idioma deles; contudo, com a tristeza que me acompanhava, eu devia me chamar "Arzu, a azarada".

Sentada à janela, numa tarde sem vento, quando o Bósforo estava calmo como eu jamais tinha visto antes, me senti muito triste. Pior do que nunca.

Tinha de agir! Não dava para ficar assim!

Tentei me concentrar em pensamentos positivos. Lembrei-me do meu passado, de bons momentos...

Pensei em minha casa... em música... carnaval... samba... Devagar, fui relembrando as melodias e escutando minha própria bateria particular, como se ela estivesse ali do meu lado. Aos poucos, dentro de mim, tambores imaginários iniciaram uma batucada: a zabumba pesada emanou uma batida grave, sincopada e cada vez mais forte. Logo, um de cada vez, os tambores menores se apresentaram para o contraponto. Escutei piques e repiques ilusórios, pulsando em ritmos diferentes, complementando uns aos outros, como só os africanos sabem fazer... De repente, a cadência rápida dos pandeiros e os pequenos e frenéticos tamborins. No momento em que os agogôs começaram, os chocalhos seguiram e o apito soou, pontuado pelo grito da cuíca – era totalmente Brasil... Uma bateria completa de samba explodiu na minha cabeça. Com todas as camadas, sua música mágica chamando por mim, me arrastando.

Meus dedos começaram a brincar no parapeito da janela; a cabeça acompanhou, para cima, para baixo, e continuou; os pés seguiram e me levaram para o centro do quarto. O ritmo me envolveu, mexendo meus quadris. Eu me perdi naquela música imaginária. Completamente. Dei voltas e voltas como uma porta-bandeira e, girando, comecei a cantar. Era um samba de quando a Piedade tinha sido campeã, de quando recebemos todas as glórias. Eu me vi no desfile de novo e, dessa vez, eu participava. Eu era uma linda passista num biquíni minúsculo de lantejoulas, bem no meio da avenida. Os focos de luz e as câmeras de TV me seguiam... e eu sambava, rebolava... me esqueci do resto do mundo...

Logo eu estava suando e sem fôlego. Parei de cantar, de girar, perdi o equilíbrio e caí. Na verdade, me esborrachei no chão. Durante a queda, atingi o banco com a bandeja de comida. De repente, a sopa e o chá da *kadin* estavam todos derramados em cima de mim. Merda!! Tudo aconteceu muito rápido. Enquanto eu checava os danos e recolhia o prato quebrado, escutei um riso.

Um riso tímido, que cresceu.

Era a velha *kadin*! Ela me olhava e ria forte, quase uma gargalhada! Era a primeira vez que ela fazia algum som... Como gargalhadas são contagiosas, eu desandei a rir e por um instante nós gargalhamos juntas.

– Você gosta da minha dança? – perguntei, olhando em sua direção enquanto tentava limpar meu rosto. – Acho que prefere o meu tombo...

Ela riu de novo, dessa vez mais tímida.

– Estou tão feliz por você, *kadin*! – disse, tocando sua mão.

– Consegue dizer meu nome? Tente! Diga: Arzu!

Ela nem tentou. Fixou seu olhar em mim e sorriu. Eu insisti:

– Tente, *kadin*! Tente!

Devagar, muito devagar, numa voz baixa vindo de longe saiu um "Arrrr...".

A batida do samba já tinha saído da minha mente e logo a mágica terminou. Mais uns instantes e a *kadin* pareceu fora de si novamente.

A mesma dança que me remeteu à brasilidade despertou também o espírito da *kadin*. Inspirada pelo sorriso de Esma e pelo samba imaginário, resolvi procurar soluções na minha própria cultura... Tirar vantagem do meu conhecimento histórico e encontrar alguém para me ajudar no Brasil!

Não pensei muito para encontrar a pessoa perfeita no meu país.

A CARTA

Constantinopla, 20 de janeiro de 1870

Para Vossa Majestade Imperial
Dom Pedro II, imperador do Brasil

Vossa Majestade,
Eu sinceramente espero que Vossa Majestade Imperial me perdoe se sou intrusiva.

É fato que um grande imperador, descendente de duas entre as mais importantes famílias monárquicas da Europa e que é o regente de um vasto império, seja uma pessoa muito ocupada, cujo tempo é precioso. Não obstante, também é de conhecimento comum que Vossa Majestade sempre encontra tempo entre os seus infinitos afazeres para apreciar boa literatura e nutrir sua devoção à ciência.

Esta carta vem apelar para essa devoção.

Apenas uma mente aberta, científica e repleta de conhecimentos como a de Vossa Majestade Imperial poderia receber um pedido como este. Meu nome é Catarina Arzu de Araújo Kir. Nasci no Rio de Janeiro de mãe brasileira e pai turco em 28 de junho de 1983. O que aconteceu comigo está além do extraordinário.

Nem mesmo os melhores cientistas do seu tempo e com quem Vossa Majestade se corresponde com frequência, Agassiz, Darwin, Pasteur, nem os poetas, Longfellow, Victor Hugo, Whittier, poderiam explicar este enigma: eu vim do futuro.

Preciso dizer que faço esta revelação para Vossa Majestade com grande apreensão. Eu tive o privilégio ou a desvantagem de viajar para o passado. Eu visitava o museu Palácio Dolmabahçe em Constantinopla, me perdi num corredor que me levou a uma escada escura, tive uma vertigem muito forte e depois disso tudo mudou.

Agora sou uma escravizada no harém do Palácio Dolmabahçe. O chefe dos eunucos me disse que já houve outra viajante no tempo antes de mim. Ele é poderoso e a única pessoa aqui a saber da minha situação peculiar. E, se esta carta chegar às mãos de Vossa Majestade, será por mérito dele.

Por favor, permita-me compartilhar esse fardo com Vossa Majestade. Alguém tem de ser informado. Pelo bem da humanidade. Eu conheço seus interesses científicos, sua mente à frente do seu tempo, sua sabedoria e, acima de tudo, eu confio em seu bom coração. Eu sou uma brasileira em dificuldade. Somente Vossa Majestade possui os meios, as conexões e a disposição para me ajudar.

Além disso, é preciso dizer que sou professora de história do Brasil. Dediquei-me ao século XIX e o estudei em detalhes. Tive acesso e li os diários, relatos de viagens e cartas privadas de Vossa Majestade. Sei de muitos fatos futuros da vida pública e privada de Vossa Majestade Imperial, os quais revelarei em outras cartas como demonstração de minha sinceridade.

Enquanto isso, se Vossa Majestade me permitir, gostaria de dar um conselho: ferva a água de beber nos seus palácios para evitar doenças. Estenda esse conselho aos seus familiares na Europa.

Como iniciei esta missiva com um pedido de desculpas, terminarei com outra súplica. Eu imploro a Vossa Majestade que aceite minhas desculpas por envolvê-lo em notícias tão estarrecedoras como esta, quando Vossa Majestade ainda está lidando com a Guerra do Paraguai e provavelmente segue repleto de problemas para resolver. Mas Vossa Majestade não precisa se preocupar. A guerra terminará em 1º de março deste ano, quando, contra sua vontade, um soldado chamado Chico Diabo assassinará o ditador Lopez e seu filho Panchito nas margens de um pequeno riacho.

Já que tenho a oportunidade e a honra de escrever para sua pessoa, também agradeço a Vossa Majestade de antemão por ler esta carta até o fim. Com preces por sua saúde e pelo bem-estar do Brasil, eu subscrevo.

Com profundo respeito e deferência,

Sempre sua humilde admiradora,

Srta. Catarina A. A. Kir.

Ferver a água e tentar evitar a morte da princesa Leopoldina por febre tifoide aos 24 anos seria uma interferência bem-vinda na História. Se não seguissem meu conselho, ocorreria em Viena no ano seguinte.

Revisei meu português por vezes e mais vezes.

Sobre o envelope, escrevi em turco e português o nome do imperador e um dos poucos endereços que eu sabia no Rio de então:

Palácio da Quinta da Boa Vista, colina de São Cristóvão, Rio de Janeiro, Brasil.

DIREITOS

O Brasil tem sido uma república por quase 130 anos. As pessoas têm direitos. De acordo com meu pai e meus irmãos, os trabalhadores têm direitos demais. Eles dizem que treze salários por ano, mais dinheiro extra sobre o mês de férias, mais os depósitos obrigatórios dos fundos sociais sobrecarregam qualquer patrão. E que, apesar dos salários que efetivamente os empregados recebem não ser muito, muitas relações de trabalho são informais por causa de tantos encargos.

Mas minha mãe não vive sem uma empregada. Uma senhora da geração dela não limpa e nem cozinha. Não é apropriado. Nunca sequer cogitou em aprender. Com exceção dos doces portugueses na Páscoa, nunca quis cozinhar nada. Há várias empregadas na casa da família. As principais para os dias de semana e as substitutas dos sábados e domingos. Precisamos de ajuda extra para cozinhar e servir os grandes almoços de domingo.

Domingos são sempre especiais, porque reúnem a família toda. Tios, tias, primos distantes do lado de minha mãe vêm nos visitar. Consomem inúmeras caipirinhas, cerveja e carne de churrasco. Frequentemente, meus irmãos convidam componentes da bateria da Piedade para se apresentarem. Nessas ocasiões, o almoço não termina antes que os homens façam suas sestas nas redes da varanda interna e as mulheres se sentem para fofocar nas sombras do jardim.

Para mim, a diversão dos domingos termina quando a tia Carmem ou a prima Marina, que já é casada e tem dois filhos, começam a me pressionar: "Como vai sua vida amorosa, Catarina?". O fato de Marina ser mais jovem que eu, lhes dá alguma vantagem. Eu ultimamente nem respondo mais. Só peço desculpas e me retiro: "Tenho que corrigir trezentas provas até amanhã, prima. As empregadas vão deixar o café no aparador da sala de jantar, sirvam-se à vontade. Os biscoitinhos de hoje são deliciosos... Nos vemos no próximo domingo".

Sei bem que para elas é quase impossível compreender minhas escolhas. Que eu almejo mais da vida do que apenas ter um marido e que há dignidade em me recusar a gastar o dinheiro de meu pai. Mas a barreira entre nós fica intransponível mesmo quando percebem que não tenho a menor intenção de voar até Miami para uma viagem de compras.

Um bebê

– Suna está grávida – anunciou o *aga* ao entrar afobado no quarto da *kadin* ao entardecer.

Ele se ausentara por mais de um mês, um longo mês. Adentrar assim com aquela notícia como se tivéssemos acabado de comer uma refeição juntos me pareceu estranho e perigoso, porque seus olhos pareciam conter ameaças. Ele continuou:

– Imagine as consequências! Não enxerga o perigo? E se o bebê for um menino? – disse, num jorro de palavras, claramente contrariado.

Pensei nos outros príncipes – saudáveis, mais velhos, que já estavam na linha de sucessão. Mas fiquei quieta, intuindo que qualquer interferência poderia ter implicações. Ele me atribuía alguma culpa naquela história, estava ficando cada vez mais certa disso... Nem disfarçou ao perguntar:

– Só me diga uma coisa, Arzu: o bebê será um menino? Sucederá o pai?

Estava clara sua ansiedade enquanto esperava a resposta. Eu entrei em pânico com a pergunta. O *aga* ultrapassava o limite. Eu não possuía nenhuma bola de cristal e não deveria dizer nada. Tinha prometido a mim mesma que não iria interferir na História!

Ainda assim, acionei a memória. O que dizia a brochura do hotel? Tinha de ter certeza. Tentei me lembrar dos nomes dos príncipes. Depois de um tempo, sussurrei:

– Não.

– Tem certeza, Arzu?

– Sim.

– Como?

– Os filhos do sultão Abdülaziz não sucederão o pai – disse rápido e esperei.

Silêncio. Ele pareceu aliviado e depois intrigado... Um silêncio mais profundo encheu o quarto. A presença da *kadin* tornou-se secundária.

– Entendo.

Ele deu-me as costas e fixou o olhar no Bósforo. Eu não sabia mais o que dizer. Já tinha dito o que nem devia... Depois de um longo momento, virou-se e me encarou, decidido:

– Entregue a carta, Arzu.

– Carta?

– A carta que escreveu para o imperador. Entregue.

Fiquei tão surpresa que quase dei um pulo. Como ele sabia? O que faria com a carta? Destruiria? Enviaria? Poderia o *aga* ser mais confiável que uma *kira*?

– Está aqui – respondi, enquanto procurava embaixo da cama da *kadin*.

Segurei a carta, tomei coragem e o encarei. Os olhos incertos não me acalmaram, sobretudo porque a íris negra se esfumaçava atrás das córneas infiltradas por um halo branco senil. Um olhar difícil de decifrar. Devagar, girando o envelope, passando de mão para mão, eu fiquei ali, sem coragem de entregar o pequeno pedaço de papel. Quando ele esticou sua mão eu instintivamente retraí a minha. Até que ele, sustentando meu olhar, gentilmente removeu a carta dentre meus dedos. Apesar das janelas estarem entreabertas, o ar se fez pesado no quarto.

A carta estava fora das minhas mãos, mas não da minha mente. Todas as palavras, cuidadosamente escolhidas, até os mínimos detalhes. Cada frase, cada parágrafo.

Aquela carta podia mudar tudo.

Examinando minha letra como se fosse pela primeira vez, como se ele não tivesse me espionado antes, ele disse:

– Você sabe escrever, Arzu. – E, dando uma última olhada no envelope, concluiu: – E veio de muito longe mesmo.

Ele saiu do quarto da mesma maneira inesperada como entrara. Eu fiquei um tempo pregada no chão, imóvel. Ele enviaria a carta? Ela chegaria ao Brasil? Às mãos do imperador? Se tudo isso acontecesse, alguém acreditaria?

Quando finalmente caminhei para fechar as janelas, a noite estava muito fria. Senti um amargo na boca, como se tivesse comido pepinos. Eu deveria estar cheia de esperança, mas também me sentia culpada. Tinha quebrado a promessa feita a mim mesma de nunca revelar fatos específicos, não me impor à História. Sabia muito bem o quanto podia ser perigoso. Qualquer informação a mais poderia comprometer o futuro... O futuro de todos... Meu futuro...

Ainda assim, era exatamente o que tinha acabado de fazer.

Ao fechar a janela, o lenço azul de Esma resvalou nas minhas pernas e caiu no chão. Além de todas as minhas questões fundamentais, eu ainda teria de decifrar o mistério de Suna.

Matemática

Carlos é um professor diferente. Compartilhamos a mesma formação em história, mas ele prefere a história mundial. Possui vários títulos acadêmicos, mestrado, doutorado e outras honrarias, mas seus alunos reclamam que suas aulas são difíceis de entender. Com o passar dos anos, passei a conhecê-lo melhor e acredito que os alunos talvez tenham razão. Seus dias são divididos entre as aulas no colégio e também na universidade pública. Não é raro encontrar gente que goste de história e não de matemática e vice-versa, mas, contrariando essa aparente oposição entre os dois campos de interesse, ele estuda ambos os assuntos com paixão, e – como ele mesmo descreve seu método peculiar – ele vê a História através de uma ótica matemática.

Obviamente ele não comenta essas ideias complicadas em sala de aula. Nem tenta. Durante os rápidos intervalos para café na sala dos professores, ele não fala muito. Está sempre para lá e para cá, numa rotina previsível e metódica. Uma ou duas vezes por ano, é possível notar uma leve mudança em seu comportamento quando está para ensinar seu assunto favorito. Normalmente obcecado em pentear sua franja comprida com os dedos, encaixando-a atrás da orelha direita, nestes dias ele deixa as madeixas esquecidas, soltas, tocando os cílios paralisados, sem piscar. Em vez de engolir um expresso num só gole, ele fica mais tempo na máquina, coloca creme, açúcar, leva a xícara até a mesa e vai degustando devagarinho, sem pressa... Talvez eu seja a única a reparar. Gosto de ficar observando Carlos. O vejo como um gênio excêntrico. Meu gênio particular. Nessas raras ocasiões, eu o espiono secretamente. Gosto de prestar atenção à sua figura alta, magra, ligeiramente encurvada, quando seus olhos castanhos buscam os pensamentos e os lábios finos se levantam discretamente de um lado numa tentativa débil de formar um sorriso. Não consigo resistir:

– Você vai começar o Egito Antigo hoje, não é?

– Vou! Como você adivinhou?

– Bom... não é esse o semestre?

– Professora Catarina, como você sabe... esse assunto é... Então claro, todo ano... Mas já conversamos sobre isso... existem muitas razões...

– Sim, já conversamos. Ih! Escutou o sino? O dever nos chama. Fico feliz por você, professor!

– Fique feliz pelas mentes juvenis que serão expandidas hoje! – disse e saímos os dois apressados pelo corredor em direções opostas.

Carlos é fascinado pelo Egito. Egito Antigo. Ele diz que se pode enxergar matemática em tudo o que fizeram. "Matemática é a chave! Toda vez que houver um mistério no Egito, tente a matemática!", é o que ele sempre diz. Dos templos de grande escala até um pequeno cartucho inscrito numa parede de pedra.

Ele acredita que números são os códigos para decifrá-los. E que, sim, existem mistérios, inúmeras questões não respondidas.

Ele se vê como um egiptólogo amador, o que é bom para mim. O assunto é a única motivação para nossas conversas depois da escola. Algumas vezes ficamos na sala dos professores até sermos expulsos pelos voluntários que chegam à noite para alfabetizar os adultos. As conversas são animadas. À medida que ele vai ficando mais falante, seus olhos se iluminam e as mãos passeiam pelo ar, descrevendo o que as palavras não conseguem. É como se ele redefinisse o mundo.

Na maioria das vezes, estou mesmo interessada, mas algumas vezes meus pensamentos vagueiam, fazendo a mesma pergunta por vezes e mais vezes: poderíamos ser mais que amigos?

HIERÓGLIFOS

Professor Carlos estava muito longe do Palácio Dolmabahçe. Constantinopla, suas ruelas labirínticas que existiam ali tão próximas, os minaretes, os chamados dos muezins e o palácio constituíam minha realidade peculiar. No século XIX, a cidade ainda não era chamada de Istambul pelo Ocidente.

Era verão novamente e eu suava no quarto de Esma. No meio da tarde, me senti só... "Agora, o quê? Então, o quê?", refleti. "Faça uma lista, Catarina! Uma lista!", escutei a voz de minha mãe. "Pontos positivos e negativos! E coloque algum batom!" Ela considera batons como itens de extrema necessidade... E listas... E como ali não havia batons disponíveis, meu foco se manteve na lista. Era bem curta: conhecimento do futuro, um ou dois amigos e minhas memórias. Pensei se conseguiria sobreviver só com isso.

E comecei a ter pensamentos aleatórios sobre tudo. Desprezando velhas certezas, estava tomando decisões erradas e chegando a conclusões malucas. A prisão em Konstantynie, há mais de ano, estava distorcendo minha percepção do mundo. Pelo menos do mundo que me concernia: minha vida aparentemente simples no Rio. Depois da dramática mudança de contexto, memórias desvaneciam e faces se apagavam, mesmo quando eu me esforçava por retê-las para continuar conectada com a minha época.

Em qualquer tempo livre que tinha, me forçava a lembrar. Coisas simples, expressões, gargalhadas, músicas, cheiros... Exercitando a memória, por vezes e mais vezes. Esticar a memória para lembrar, numa analogia meio maluca, era como sovar e esticar a massa das balas de coco. Essas balas, que são presença obrigatória nas festas infantis, conferem alegria às mesas de aniversário de várias partes do Brasil, embrulhadas em papelotes coloridos, com franjas picotadas. São cada vez mais fáceis de comprar prontas, industrializadas. Em Piedade, ainda existe uma fabriqueta artesanal, aonde ia com as empregadas desde muito pequena. Ficava hipnotizada assistindo ao vaivém da massa. Um esforço enorme para pendurar a massa branca num gancho alto na parede e ficar esticando e dobrando, esticando e dobrando inúmeras vezes, até um limite máximo em que não se partiria, no ponto certo em que daria para cortar, permanecendo crocante por fora e macia por dentro, derretendo na boca.

Ao contrário do coco e do açúcar, que requerem tanto trabalho de esticar e dobrar para atingir a perfeição, meus pensamentos recorrentes, indo e vindo o tempo todo, estavam me trazendo dor de cabeça. Enxaquecas, algumas vezes. Do meu antigo caderno de ditos populares, lembrei-me de alguns: "Você é o que você lembra...", dizia um provérbio. Quanto tempo até não lembrar mais? "Lar é onde seu coração está...", anunciava um aforismo. Eu não podia estar mais distante disso...

Cheiros e gostos duram mais na memória que rostos. Sentia uma saudade enorme de arroz com feijão preto e bife de picanha. Sonhava com o cheiro de maresia, o perfume de mar da minha cidade. Só no Rio podia sentir o cheiro da mudança das marés. Para mim, a maresia era romântica, inspiradora. Para minha avó, era um problema. Ela sempre dizia nas nossas idas de carro a Ipanema: "Essas pessoas que vivem na beira da praia devem ser infelizes! A maresia oxida tudo! A prata escurece em dois dias! É preciso trancar tudo dentro dos armários! Qual a vantagem de se ter boa prata se tem de ficar escondida? Escurece nosso ouro também..."

Eu precisava ficar relembrando as pessoas e os acontecimentos da minha vida. A massa da bala de coco não podia se partir. Esquecer é estar perdido.

Como se fizesse agachamentos ou abdominais, eu começava todo dia com um regimento de exercícios de memória: minha avó adora viver no subúrbio, onde não há biquínis escandalosos por perto e onde pode passar seus dias na sala de estar escura rodeada de objetos de ouro e prata. Nós moramos numa rua tranquila. Durante as tardes, o silêncio só é quebrado pela buzina estridente dos sorveteiros ou pelos alto-falantes improvisados dos vendedores de pamonhas, que gritam "pamoooonhaaaaa!", irritando todo mundo, mesmo os que gostam do quitute de milho.

Os mistérios egípcios de Carlos também faziam parte dos meus exercícios. A despeito daqueles cálculos convolutos que conectam as proporções das pirâmides com as Três Marias do cinturão de Órion ou das equações terminando no número áureo de que Carlos gosta tanto, o que sempre me chamou mais a atenção foi sua paixão por um templo em Abydos. Lembrava-me bem da nossa longa conversa na cafeteria da escola sobre isso.

Era um final de tarde quente e abafado. Estávamos com muita sede e a senhora no balcão nos serviu mate e limonada com cubos de gelo. Misturamos os dois como sempre fazíamos. Os copos com o líquido escuro e gelado ficaram entre nós dois enquanto Carlos me dava uma aula entusiasmada sobre o templo.

— É verdade, Catarina! Eu vi as fotos na internet antes de viajar. Não contei sobre as minhas férias no Egito? Pois é, eu confirmei pessoalmente em Abydos!

— Mas você nunca mencionou isso para mim antes! Como pôde guardar esse segredo por um ano? Se acha isso tão importante... Fica tão animado! Fico surpresa de não ter falado antes. Por que só agora?

— Estava esperando o momento e o interlocutor certos, professora Catarina.

— Ande logo, então! A não ser que esteja me enrolando ou tenha medo de estar atirando pérolas aos porcos...

— Está bem, está bem. Essa descoberta tem significado importante para a história da humanidade. Existe um friso dentro do templo de Seti I em Abydos, no Egito, contendo figuras de objetos anômalos ao tempo em que o edifício foi construído. Quando visitei, havia um andaime improvisado e pude fotografar o friso de muitos ângulos, e dá para ver bem, mesmo sem usar flash. Sem o andaime é difícil de ver, porque fica do lado de dentro, sobre a porta alta de quase oito metros de altura. Do chão, quase não dá para ver.

— Pare com o suspense, o que tem lá?

– Algo que os antigos egípcios não poderiam saber... – respondeu ele, que estava gostando de me deixar ansiosa.

– O quê?

Nesse ponto, nossos mates já tinham terminado e eu suava de novo.

– As explicações oficiais dizem que são só palimpsestos...

– Quê? Fale português, por favor...

– Isso significa que os hieróglifos estão superimpostos. Que foram alterados durante a linha do tempo, uns sobre os outros, o que era uma prática comum, especialmente quando um faraó queria alterar a História com seu próprio nome sobre o de seus predecessores. Um exame com ultravioleta poderia ajudar a esclarecer, mas nenhum foi convincente até agora – explicou, e sua franja comprida se soltou de trás da orelha e cobriu parcialmente um dos olhos e a testa, mas ele nem percebeu.

– O que há no friso? Vai me dizer ou não, professor?

– Se não são palimpsestos, existem outras teorias incríveis...

– Quais?

– A teoria alienígena, que postula que tecnologia avançada teria sido transmitida aos egípcios antigos por seres extraterrestres – respondeu e parou para esperar minha reação.

– Isso explicaria muitos mistérios e conquistas, com certeza. Mas é difícil de acreditar, não? Especialmente para nós, historiadores... – disse, cética.

– Espere aí, Catarina! Eu não estou dizendo que acredito em qualquer uma dessas teorias! Só estou tentando estabelecer uma linha de pensamento aqui. Nada de gozação... Nem de piadas... – disse ele e ficou mais sério de repente. – Exatamente por isso, não se pode falar desse assunto com qualquer um!

Decidi ficar quieta. Ele continuou:

– Existe também a possibilidade de premonição. Sonhos proféticos mostrando objetos desconhecidos...

– Essa teoria é mais difícil ainda de engolir, não? – disse, tentando não rir.

– Nós temos ainda, e por último, a possibilidade de uma ilusão de óptica; nesse caso, nós vemos o que queremos ver... O que nossas referências culturais e nosso contexto de vida nos levam a ver...

– Se você não me disser logo que figuras são essas nesse friso, vou embora passear na praia. Estou falando sério, Carlos! Já estamos perdendo o pôr do sol!

Ele fez uma pausa breve, endireitou-se no banco de cimento antes de finalizar:

– Nesse friso de pedra calcária em cima da porta de entrada, dentro do templo de Seti I em Abydos, estão entalhados, em baixo relevo, os dois símbolos bem conhecidos da união do Alto e Baixo Egitos, e depois uma espécie de lista de objetos modernos: um submarino, um avião, alguma espécie de barco a motor e um... um helicóptero! – anunciou ele, finalmente ajeitando sua franja suada atrás da orelha.

CARIOCAS

Meus dias no Rio eram consumidos nos trajetos de ida e volta entre o longínquo subúrbio de Piedade e a praia de Ipanema. Os fins de semana eram consumidos por testes, redações e provas para corrigir. Não reclamava. Era a vida que havia escolhido. Dirigia muito. E rápido. O Rio é uma cidade onde, fora do horário dos engarrafamentos, anda-se muito rápido. Minhas tardes eram automáticas: cruzando Copacabana pela praia, entrava no túnel; passava pela praia de Botafogo, acelerando pela pista expressa perto do Pão de Açúcar e caía na enseada do Flamengo, onde tirava o atraso pelo parque do Aterro. A vista é linda! Apesar de todos os problemas, dizem que a baía de Guanabara, com suas reentrâncias, ilhotas e as montanhas altas da serra do Mar em volta, não encontra concorrentes em nenhum outro lugar do mundo. Passando o porto, virava à esquerda, terra adentro. A praça da Bandeira é o portão dos subúrbios: a partir daí, quanto mais se avança, mais quente fica. Tijuca, Méier, Engenho Novo, Engenho de Dentro e Piedade, onde não há mais vento fresco, nem brisa nem nada. Eu ia em frente. Já conhecia todos os obstáculos do caminho. Uma arquitetura caótica dominava o cenário. Cartazes gigantes de propaganda cobriam o primeiro andar de edifícios pequenos. Emaranhados de fios elétricos desafiavam a gravidade, fixados perigosamente em postes inclinados. Eu seguia em frente, desviando dos buracos no asfalto, contando os sinais. E continuava em frente. Era um longo caminho. Por companhia, escutava samba e os acordes da bossa nova. Perdia mais de hora para ir e depois para voltar.

Se você nasce no Rio, um verdadeiro carioca que trabalha, sabe, como eu, como é difícil encontrar tempo. Estou sempre correndo. A não ser pelas conversas com Carlos, não tenho tempo para pensar sobre ideias além das aulas. Às vezes me esqueço de que a praia está logo ali, atrás do portão da escola. Mas está tudo bem, porque realmente gosto de trabalhar com os alunos.

EGITO

É bom ter tempo.

Nos meus dias de harém eu tinha muito... Tempo para contemplar. Tempo para pensar. A sabedoria vem da reflexão. A pressa impede que nós enxerguemos além de nós mesmos.

Talvez as respostas já estejam dadas, as soluções definitivas nos aguardem bem à frente de nossos narizes. De acordo com outra história do *aga*, poderiam estar bem debaixo de nossos pés...

– Ajudo você com uma história hoje, Arzu? – disse ele ao retornar ao quarto da *kadin*, bem mais calmo, em total controle novamente.

– Sim, por favor.

Percebi que tinha sentido falta de suas histórias. Quem diria...

– O sultão Bayezid II reinou muito tempo atrás. Um dia, ele decidiu dar uma volta ao longo da costa, viu homens pescando com redes e perguntou: "O mar tem muitos peixes hoje?".

"'Tudo depende da sorte', respondeu o comandante da Guarda Imperial.

"O sultão Bayezid pediu a eles que atirassem a rede para testar sua própria sorte e ver o que o mar lhe traria. Eles obedeceram e jogaram mais uma vez a rede ao mar. Quando a puxaram de volta, viram uma bela sereia na rede. Mais tarde trouxeram a sereia até o sultão. Ele ordenou que ela adivinhasse a sua sorte. Ela não respondeu. Todos os dias a sereia era trazida diante do sultão, mas permanecia em silêncio. Então o sultão mudou de tática e mandou que levassem a sereia ao mercado e que lhe contassem depois tudo o que dissesse ou fizesse por lá.

"Os guardas a levaram ao mercado onde hoje se encontra a mesquita Bayezid. Lá, a sereia gargalhou em frente à tenda do vendedor de cebolas, do vendedor de alho e do adivinho da sorte. Os guardas contaram ao sultão sobre as gargalhadas. Quando Bayezid perguntou à sereia sobre o ocorrido, ela finalmente respondeu: 'O vendedor de cebolas é engraçado, porque ele vende o que não é bom para a saúde pelo peso. O vendedor de alho é engraçado, porque vende o que é bom para a saúde pela peça. Mas eu ri mais do adivinho da sorte, porque embaixo da tenda onde ele se senta, existem três jarros cheios de ouro. Ele diz que pode adivinhar o futuro, mas nem sabe o tesouro que tem debaixo dos pés'.

"O sultão Bayezid imediatamente enviou seus soldados ao mercado para escavar o local onde o adivinho estava sentado. Ali eles encontraram três jarros com grandes quantidades de ouro. Bayezid libertou a sereia para voltar ao mar e construiu a imponente mesquita Bayezid com o ouro que encontrou."

O *aga* terminou de contar e saiu sem conversar. Após ouvir a história, fiquei pensando se ele aproveitava essas narrativas para me transmitir mensagens. Poderia haver algum tesouro sob meus pés que eu não enxergava também?

O que concluí de imediato era algo mais plausível, uma explicação óbvia bem à minha frente: existia outra teoria para o helicóptero de Abydos, algo que não ocorrera a Carlos nem a mais ninguém. Era tão claro agora! Estava aqui, logo abaixo dos meus pés! Os objetos da lista foram feitos por um viajante do tempo como eu!

Por que não? Era uma explicação perfeita. De repente fiquei mais animada com a minha situação. Eu poderia desvendar mistérios. Três mil anos de enigmas... Cinco mil... Dez mil!

Sob essa linha de pensamento, o friso do templo em Abydos confirmava que eu não estava sozinha. Eu tinha colegas! Viajantes ao passado comunicando-se com o futuro. Mandando mensagens na pedra... Eles estavam lá...

Do antigo livro de provérbios, me lembrei: "Dor repartida é dor diminuída". É impressionante como às vezes a sabedoria popular pode nos ajudar. Minha teoria de colegas viajantes do tempo me deu um chão. Uma força emocional que eu precisava. Se outros passaram por isso antes, também eu conseguiria. Eu poderia enviar a minha mensagem ao futuro também! Um dia, alguém poderia decifrar essas mensagens, ligar uma coisa à outra...

O mundo viria a conhecer a complexidade da sua própria evolução.

Fiquei de pé e comecei a andar de um lado para o outro do quarto, falando alto comigo mesma, gesticulando com as mãos. Em meio a um turbilhão de pensamentos, nem percebi quando o *aga* voltou e passou a me observar em silêncio.

– Mas é claro! É isso! Tenho de tentar algum contato! Talvez exista alguém hoje, agora, na mesma situação que eu... Em algum lugar deste tempo... Por que ninguém pensou nisso antes?

– Pensou em quê, Arzu?

Levei um susto ao ouvir a voz dele. Eu tinha falado alto comigo mesma em português e sem querer terminara em otomano... A porta sem chave do quarto de Esma era mesmo um grande problema! Agora ele queria saber... eu rebati com outra pergunta:

– O *aga* teve uma longa vida. Existiram mesmo outras como eu no harém?

– Apenas uma. Já lhe disse.

– Então me conte mais sobre ela. Como era? Que idiomas falava? E suas roupas? Por favor!

A *kadin* tossiu e fez seus ruídos habituais. Ele permaneceu impassível.

– Não.

– Mas eu preciso saber! – retruquei, agitada.

– Seu espírito está tumultuado novamente, *köle*?

– Claro que está! Quero informações...

– Não.

– Mas por quê? – perguntei, pronta para implorar.

– Eu não falo sobre esse caso. Traz má sorte.

Seus olhos negros, esfumaçados, alargaram-se, indicando-me para parar, mas insisti:

– Má sorte é esse meu confinamento aqui! O *aga* está aqui, na minha frente; falou com ela; a viu; a conheceu; só me dê alguma pista...

– Você não sabe nada sobre o outro mundo, mulher.

Todos os meus instintos me diziam para me calar. Ele provavelmente teria sentenciado a outra à morte no Bósforo e não queria falar sobre isso. Seria esse o meu destino também?

– Se ao menos eu pudesse viajar ao Egito... – disse, as palavras saindo da minha boca antes que soubesse o que dizia de fato.

– Egito?

– Sim, Egito. Existe um templo lá... Eu preciso ver...

– Por quê?

– Há uma mensagem para mim lá.

Eu não estava certa se acreditava no que dizia, mas não podia parar agora.

– Onde, no Egito? – disse ele se aproximando, podia jurar que era uma tentativa para me acalmar.

– Por que eu lhe contaria? É tudo em vão!

– Onde, no Egito?

Sua voz começou a mostrar impaciência. As mãos finas desceram sobre meus ombros e começaram a apertar.

– Em Abydos. No templo de Seti I. Mas de que adianta essa conversa? O *aga* está tão confinado neste palácio quanto eu, não é verdade? Vamos esquecer isso.

Eu escapei de suas mãos dando dois passos para o lado e torci para que ele não sacasse o chicote de novo pela minha insolência.

– Você se esquece de que o Egito é nosso, *köle*. Os egípcios são súditos do sultão Abdülaziz. Parte do Império Otomano! – disse ele, parecendo orgulhoso agora.

– E o que há de tão importante nisso?

Ele tocou em seu cinturão com a mão direita. Pela maneira com que me olhou, eu soube imediatamente que entrara numa zona perigosa. Ele soltou o chicote e começou a brincar com ele. Devagar. Olhava para seu velho chicote, como se examinasse o couro gasto pela primeira vez. Medindo seu comprimento... Eu fiquei quieta. Depois de um momento longo e amedrontador em que eu esperava uma fustigada a qualquer instante, ele disse numa voz forte que não lhe era usual:

— Você também se esquece de que, depois do sultão, da *valide* e do grão-vizir, eu tenho o poder do império! Tenho o status militar de um *pasha* de três graus! Sou o general comandante do Corpo dos Baltaci. Estou encarregado das finanças do palácio e supervisiono todas as mesquitas! Mais que tudo, e você sabe muito bem disso, eu garanto acesso à sala de despachos e à cama do sultão... Não existe nada fora do meu alcance neste império...! – disse, recolocando o chicote no cinto e, olhando bem nos meus olhos, continuou: – E você, *köle*, você deveria começar a entender seu confinamento!

Eu não entendia. Nunca entenderia. Sentindo-me tonta com a extensão imensa do poder daquele homem, me sentei no chão. O *aga* estava mais agitado do que eu agora. Levantou-me pelos braços e me sentou numa cadeira. Ele queria saber tudo. Detalhes. A localização dentro do templo, tamanho do friso, formato do helicóptero. Como hieróglifos eram mais estranhos a ele do que a mim, suas perguntas persistiram, até que eu não tivesse mais nada a acrescentar.

Arquivos

Deus, sem importar qual seu nome, era meu maior aliado.

Com tantos elementos fora do meu controle, só podia esperar pelo melhor e rezar. Ah, eu rezava: a cada chamado para a oração eu acompanhava o palácio e orava. Misturando idiomas e estilos, de uma maneira só minha, rezava e pedia com fé.

Apesar das minhas preces, a cada dia meu nível de ansiedade crescia e meu humor alternava fases submissas e explosivas. Desde a carta para dom Pedro II, o nervoso só aumentava. Eu sabia que qualquer correspondência para o imperador do Brasil teria de percorrer canais burocráticos antes de chegar a ele. Uma carta da Turquia iria passar por várias mãos, ser examinada por muitos olhos. Mas teria uma chance. A *tughra* oficial do sultão estaria impressa no envelope em letras douradas. Com certeza estaria selada. Os otomanos ainda eram muito poderosos. Constantinopla tinha o respeito de todos, afinal...

Decidi pensar positivamente sobre a minha situação. Acreditar que tudo daria certo, que o universo estaria do meu lado... Minhas ações seriam baseadas em premissas boas, considerando que o *aga* tinha realmente enviado a carta; ela tinha chegado ao Brasil; dom Pedro II a recebera, lera e acreditara nela. E, claro, que ele iria tentar me ajudar.

Mesmo que eu não fosse interferir na História, iria com certeza escrever mais cartas. Talvez, se dom Pedro não se convencesse com a primeira carta, poderia mudar de ideia com uma segunda ou terceira... Não era seguro guardar os papéis debaixo da cama da *kadin*. Teria de encontrar outro esconderijo. Eu tinha quatro folhas ainda. Daria para mais duas cartas... quantas histórias otomanas a mais eu teria de ouvir e quantas mais eu teria de contar ao *aga* para conseguir que ele postasse mais uma carta... O quanto teria de revelar sobre a História... Eu, que não queria interferir em nada... Talvez pudesse ser menos específica, mais metafórica, adotar o estilo enigmático do Oráculo de Delfos... Ou falar muito e nunca realmente revelar nada, como muitos políticos fazem... O jogo das histórias iria continuar. Minha vida dependia disso e daquelas pequenas folhas de papel.

Eu estava encantada com a possibilidade de escrever para o imperador. Sempre fui uma grande fã. Era fascinante ter a chance de um contato! Dom Pedro de Alcântara não era um imperador qualquer. Um homem que falava e escrevia em dez idiomas, mais alguns dialetos... Incluindo sânscrito, demótico, árabe, hebraico... Um poeta, um tradutor... Egiptólogo amador, astrônomo, botânico...

Um bom rei que esteve no poder por 48 anos!

Mas não adiantava só ficar pensando. Tinha de trabalhar e seguir a rotina. Desci rápido à cozinha para trazer a sopa da *kadin*.

Os últimos dias de fevereiro foram nublados, frios e cinzentos. Apesar do pior do inverno já ter passado, cafés e chás quentes ainda eram muito apreciados em todos os cantos do harém. Desde o início da manhã até tarde da noite, servos e escravizados subiam e desciam as escadas com bandejas e mais bandejas de chás. Para uma carioca como eu, que somente tomaria um chá quente num ambiente bem refrigerado ou no alto das montanhas ao redor do Rio, a mera visão do líquido fervente me remetia a Petrópolis. A cidade criada por dom Pedro II em terras herdadas do pai, especialmente para poder respirar um ar mais fresco nos verões, era meu recanto favorito aos finais de semana. Uma hora de carro subindo a montanha em meio à Mata Atlântica e eu estava lá. Em Petrópolis, é possível usar botas e casacos no inverno e experimentar o prazer dos chás da tarde.

Além dos finais de semana, fiz muitas viagens a Petrópolis para pesquisar nos arquivos do Museu Imperial. Escrevi vários artigos sobre as viagens do imperador. Três longas viagens para quatro continentes. Lembro-me bem das pesquisas no arquivo. Manhãs entravam pelas tardes enquanto eu lia seus diários e cartas. Como ele escreveu todos os dias de sua vida, havia uma quantidade imensa de material, suficiente para preencher a curiosidade dos historiadores por algumas gerações. Cartas para escritores, para cientistas. Toda sua correspondência para os poetas da Nova Inglaterra – Longfellow e Whittier; para o biólogo Louis Agassiz, perguntando sobre peixes e fósseis da Amazônia; para Louis Pasteur; Charles Darwin; Victor Hugo. Para reis. E, claro, para sua filha Isabel, indagando sobre o Brasil quando estava fora. A curiosidade de dom Pedro era imensa e parecia não ter limites. Seus diários, descrevendo em detalhes o Egito e a Palestina; seu encantamento diante das colunas gigantes de Baalbeck e sua crítica sobre o mau comportamento de monges num monastério fora de Jerusalém forneciam pinceladas sobre seu caráter.

Li também as cartas que dom Pedro recebeu dos amigos poetas e cientistas – a princípio cheias de reverências para com o imperador. Formalidades e honrarias no início, que, nas cartas seguintes, iam dando lugar a um tom mais informal, entre colegas que se admiravam mutuamente, como eu suspeitava que o imperador preferisse. Ao final da pesquisa, senti como se o conhecesse.

Frequentei o arquivo durante seis meses. A moça da recepção, sempre reclamando da umidade e do vento encanado, me cumprimentava com um sorriso na saída e um simpático "Até amanhã, professora Catarina...". As duas historiadoras do arquivo eventualmente sentavam comigo à mesa, onde tentávamos decifrar a letra de dom Pedro em várias línguas diferentes, buscando o homem por trás do trono. O arquivo de Petrópolis é um dos melhores do Brasil e premiado pela Unesco. A correspondência do imperador com intelectuais e cientistas internacionais mais os diários de viagem com seu ponto de vista privilegiado são reconhecidos como um tesouro para a humanidade.

Entrar na sala principal do arquivo sempre me entusiasmava. Como se fosse um primeiro encontro às cegas, eu não podia esperar. Em vez de uma roupa nova e batom, meu ritual começava com as luvas brancas. Até o ato de preencher os papéis e sentar-me nas cadeiras de madeira dura feitas para gigantes me enchiam de disposição. Cada visita acontecia como se estivesse numa sala da família imperial. O que minhas mãos enluvadas descobririam? Que inocências atraiçoariam? Desvendar dom Pedro II, para mim, foi o mesmo que a leitura de um bom romance para minhas amigas.

Ao longo da parede de trás, grandes retratos ampliados da realeza me encaravam, vigilantes. As fotografias em preto e branco da família estavam dispostas à minha volta: o grupo todo no jardim, dois príncipes sentados num banco. A princesa Isabel e seus três meninos... Muitas vezes me senti transportada para aquele mundo... Nas fotos, a imperatriz Teresa Cristina parecia triste num vestido sóbrio e escuro. Dom Pedro, do lado oposto do painel, estava sério e pensativo. Como se seus olhos mirassem os meus e ordenassem: veja bem o que vai fazer com as minhas memórias, senhorita!

Para recuperar o fôlego e esticar as pernas, me levantava um pouco da cadeira e me aproximava da janela para apreciar o jardim do palácio. A julgar pelas fotos, não havia mudado muito desde os tempos imperiais. Eu me imaginava, uma visitante do século XXI, sentada no banco que via da janela – o mesmo que os dois príncipes se sentaram. Fantasiava diálogos, gestos, e logo concebi pessoas reais dentro das figuras aristocráticas. Com todo aquele ambiente histórico, os retratos fotográficos gigantes da família real à minha volta, os mesmos jardins, bancos, o palácio róseo também visível da janela e os manuscritos originais em minhas mãos – durante a pesquisa, viajei no tempo também...

Pesquisar e lecionar a história do Brasil era o único caminho que me interessava. Honrar meu passado seria o meu futuro.

Será por isso que terminei no quarto da *kadin* na Turquia do século XIX? Para realizar meus sonhos de Petrópolis?

Apanhei as duas folhas de papel debaixo da cama. Estavam esperando pela segunda carta. Tinha de me beliscar às vezes, para acreditar que meus escritos iriam para o imperador... Suas mãos, seus olhos poderiam contemplar minhas palavras...

Lembrei-me dos outros arquivos do mundo. Poderia haver informações sobre viajantes do tempo arquivadas em algum lugar... Sociedades secretas... Biblioteca do Vaticano... Talvez soubessem... Talvez por isso fossem tão secretos... Mensagens de viajantes do tempo poderiam decifrar o mundo! Quanto atrás no tempo? A construção das pirâmides? Eras do gelo? Atlântida?

Quando Napoleão invadiu os Estados Papais, roubou não só os tesouros da Igreja, como também toda a biblioteca. Tudo foi transportado para a França. Os arquivos foram mal empacotados pelos soldados e chegaram desorganizados em Paris. Mais tarde, parte do tesouro e da biblioteca foi devolvida à Roma, à época da derrota francesa em Waterloo. No século XXI, dizem que uma significativa porção dos arquivos ainda aguarda organização pelos padres da Santa Sé. Talvez estejam aí as mensagens de meus colegas? Aguardando catalogação?

Antes da biblioteca do Vaticano existiu a de Alexandria. Por que mesmo foi destruída pelo fogo? Houve intenção? Para queimar seus segredos? Queimar um segredo que eu compartilhava agora? Reconheço que são muitas perguntas... Meio malucas... Um viajante no tempo tem de fazer todas. Questionar tudo, ligar os pontos aparentemente desconexos.

Historiadores são treinados para procurar documentos e provas. Seguem um método científico. Mas, fora do expediente, de maneira não oficial, historiadores fofocam. Em volta da mesa, no balcão do bar, bebendo uma cerveja ou um café, nós, guardiões das verdades históricas, fantasiamos. Existem rumores, e, claro, ouvi isso de Carlos, de que poucos textos antigos de Alexandria teriam sido salvos do incêndio. Alguns desapareceram por completo dos registros oficiais, outros foram parar em Bizâncio, mais tarde chamada pelos romanos de Constantinopla – capital do Império Romano do Oriente e exatamente onde eu me encontrava agora...

Seria possível encontrar alguns desses pergaminhos em Istambul? Um material extremamente gasto pelo tempo, desintegrando-se em algum lugar de um palácio antigo? Fui me animando com a possibilidade. Talvez existissem nichos secretos nas paredes de pedra... Uma busca dessa teria de ser secreta também. E ordenada pelo sultão em pessoa. Ou talvez pelo *aga*? Ele parecia interessado...

O maior obstáculo era: o que eu daria em troca? Quanta interferência acarretaria para a História oficial? Por algo precioso assim, eu teria de contar ao *aga* sobre carros, motos, aviões, helicópteros, computadores e todas as máquinas de guerra...

A SEGUNDA CARTA

Constantinopla, 2 de março de 1870

*Para Vossa Majestade Imperial
Dom Pedro II, imperador do Brasil*

Confio que esta carta encontre Vossa Majestade e sua família com boa saúde.

Sinceramente espero que Vossa Majestade perdoe minha insistência.

Desde que tive a honra de enviar minha primeira carta, é absolutamente impossível para mim não fazer conjecturas sobre o seu destino.

Se minha missiva alcançou o Brasil e se a História aconteceu como estudei, a Guerra do Paraguai teve seu fim ontem, como eu predisse. Talvez Vossa Majestade esteja mais inclinado a ouvir sobre esta minha causa e possa escutar-me novamente.

Minha situação aqui não mudou. Sigo aprisionada neste harém em Constantinopla, 140 anos antes do meu tempo. Tenho uma crença profunda de que um dia serei livre graças à sua graciosa ajuda. E palavras não podem expressar minha gratidão caso Vossa Majestade assim o deseje, de nos encontrarmos pessoalmente em algum momento da História.

Sei que Vossa Majestade deve estar planejando sua primeira viagem internacional este ano. Poderia Constantinopla ser incluída em seu roteiro? Rezarei todos os dias por seu desembarque aqui no porto do Palácio Dolmabahçe. Talvez a imperatriz Teresa Cristina possa visitar o harém e me encontrar? Um pedido de Vossa Majestade para libertar uma simples escravizada deve ter grande peso junto ao sultão.

Sei o que Vossa Majestade, com infinita sabedoria, já realizou e o que ainda fará para desenvolver o império. A História oficial registra tudo. Todavia, assim como escrevo pedindo ajuda, também gostaria de oferecer a minha.

Do meu vantajoso ponto de vista do século XXI, eu faria algumas poucas recomendações. Nunca desista de recuperar a Mata Atlântica nas montanhas em volta do Rio. Sei que estavam devastadas pelas plantações de café e as nascentes começaram a secar. Sua iniciativa de reflorestamento o transformou no primeiro ecologista do Brasil. Título de quem cuida do ambiente natural. Vossa Majestade antecipará uma crença importante de dois séculos à sua frente – a importância de preservar florestas. A Mata Atlântica da Tijuca será convertida em parque nacional e formará a maior floresta urbana do mundo, conferindo ao Rio grande parte do seu charme. Humildemente, peço licença para pedir que seus planos botânicos não incluam jaqueiras. Não são árvores originárias do Brasil e tendem a dominar outras espécies, diminuindo a diversidade vegetal.

Seja mais persuasivo junto à sua liderança política, para que aprovem logo o fim da escravidão! O Brasil será o último país do Ocidente a libertar os escravizados! Será uma vergonha para nós.

Aconselharia a Vossa Majestade a continuar apoiando os artistas. Os pintores Almeida Júnior e Pedro Américo vão produzir grandes obras e a ópera O guarani, do compositor Carlos Gomes, será uma obra-prima em seu tempo e no meu.

Por último, tenho boas notícias. Sei de suas apreensões quanto aos sucessivos abortos da princesa Isabel. Por favor, não se preocupe. Em cinco ou seis anos, a princesa dará à luz seu primogênito, dom Pedro de Alcântara, como Vossa Majestade, e depois à dom Luís e dom Antônio. Três príncipes saudáveis que darão continuidade à sua honrada linhagem.

Permiti-me expressar minha gratidão pela honra a mim concedida quando Vossa Majestade ler esta carta. E subscrevo,

Sua humilde admiradora e agora súdita,

Catarina A. A. Kir

O FRISO

O tempo passou. A vida rotineira se arrastava num marasmo.

Durante o dia, os cuidados com a *kadin* consumiam minha atenção e meus pensamentos permaneciam abstraídos até o sol começar a se pôr. Os finais de tarde eram difíceis, porque crepúsculos eram lembretes de mais um dia perdido. Antes da noite escurecer tudo, li mais uma vez a segunda carta. Ainda estava comigo. Aquelas duas folhas de papel bege com a *tughra* dourada continham minha linha de sanidade mental. Meu único plano...

O ar mudou e um vento frio entrou pela janela. A lua apareceu, brilhante. Guardei a carta no envelope e fechei a aba. Notei que meus dedos agora tinham calos. Sentei-me na ponta da cama de Esma segurando o envelope, esperançosa. Desejei que a noite chegasse trazendo coisas boas, que houvesse um bom desfecho para mim. Logo estaria num navio brasileiro e deixaria o Bósforo para trás... Dom Pedro e eu... Quantos assuntos teríamos...

Um aperto no estômago me trouxe de volta à realidade. Ouvi passos no corredor. Segurei o envelope com mais força e estiquei as costas. O *aga* sempre sabia o momento certo de aparecer.

– *Masa al khayr*, Arzu – anunciou ele, em árabe.

– *Masa al khayr, aga* – respondi, notando de imediato uma pedra plana que carregava.

– Isto é para você, Arzu. Rápido! Ajude aqui a colocar a pedra no chão! É pesada! – disse, suando, e seu tom de voz, que sempre me dava indicação do seu estado de humor, estava leve como se fôssemos amigos.

– Não entendo, *aga*. Para mim?

– Sim. E há mais. Ajude aqui.

Ele retirou um rolo de pergaminho de dentro da túnica. Ajudei-o a desenrolar em cima da mesa e fiquei segurando uma das pontas. A princípio, pareceu um papel grosso de algum material orgânico, talvez algodão, pintado com manchas e rabiscos de tinta escura.

– É esta a sua mensagem? – perguntou bem direto.

– Minha o quê?

– Egito, Abydos. O templo... – interrompeu-me ele.

O espectro de um sorriso amaciou os cantos de sua boca, sempre tão rígida. Olhei de novo. As manchas eram desenhos.

– Uau!

Eu finalmente percebi e não pude acreditar no que via. Ele trouxe uma cópia dos hieróglifos!

– Uau é bom. Isso já aprendi com você.

Enquanto eu continuava a segurar e apreciar os desenhos, ele correu a mão direita pelos quase dois metros de comprimento do pergaminho esticado. Seus dedos foram traçando as imagens, como se tentassem entender.

– Como? – perguntei e foi só o que consegui.

– Sou um homem poderoso, *köle*. Nunca duvide disso.

– Sim, *aga*. De onde veio isso?

Imaginei uma tropa de otomanos armados viajando para o sul, cruzando desertos, dias quentes, noites geladas, só para me trazer o pergaminho – trazer para uma escravizada?

– Esta é sua mensagem ou não?

Uma pergunta simples. E que eu não conseguia responder. Aquela era a prova da história de Carlos! Querido Carlos... O que tinha me dito sobre os símbolos no friso egípcio? Passei a mão esquerda devagar sobre a superfície dos desenhos. Notei que quem fez a cópia procurou preencher os espaços do baixo relevo com tinta. Como se fosse um carimbo. Devia ter sujado o friso original todo... Não estava perfeito, mas aos poucos fui tentando reconhecer os símbolos. Fechei os olhos por um instante. Lembrei-me de Carlos, o calor de sua mão sobre a minha enquanto descrevia os desenhos... De súbito, um flash... Abri os olhos e ali estava – o helicóptero.

– Sim.

– Sim o quê? – perguntou, já estava ficando impaciente.

– Sim! Esta é definitivamente minha mensagem!

– E?

– Uau, obrigada, *aga*! Isso é precioso. Prova minha teoria...

– Quero saber a mensagem. Agora! – ordenou e ficou mais sério.

– Claro, deixe-me ver... Aqui, no topo, um helicóptero. Ali, um avião, um submarino e um barco a motor. Este aqui não sei o que é.

– Qual é a mensagem, *köle*?

– A mensagem é que não estou sozinha nisso. O que me aconteceu também aconteceu com outros antes!

Ele não se impressionou.

– Você está me dizendo que meus melhores homens viajaram por quase três meses por algo que eu já sabia?

– Não. Estou dizendo que este pergaminho é uma prova concreta do nosso segredo. E que, por meio dessas imagens, o *aga* pode ter uma amostra do futuro. Meu mundo! Ninguém do tempo da construção desse templo poderia saber dessas máquinas... Mesmo hoje, o *aga* não pode reconhecer as imagens...

– Você reconhece todos?

– Quase todos. Cada um será uma história para ajudar o *aga*.

– E a pedra? Meus homens disseram que era a continuação do friso. O pedaço estava meio solto e eles trouxeram para mim como um presente.

– Não! Eles retiraram esse pedaço da parede? De um templo do Egito antigo?

– Claro! De onde mais? Estavam obedecendo ordens e queriam me agradar também.

– Eles destruíram o friso! Ninguém verá mais esse pedaço da mensagem novamente... Ao menos não na parede original... Isso não se faz!

– Leia a mensagem! Agora!

Eu comecei a suar. Estava perdendo terreno com ele, depois de já ter ganhado tanto...

– Não posso, *aga*. Não reconheço nada dessa parte.

O pedaço de pedra cinza era a continuação do friso. Uma parte menor, mas ainda assim continha símbolos que pareciam uma continuação da lista. Eram objetos, quiçá máquinas também, mas não reconheci nenhuma. Talvez fossem mesmo palimpsestos, como uma das teorias de Carlos... Talvez eu fosse uma tonta e essa lista fosse só minha imaginação trabalhando por cima do tempo... Fui sincera com ele:

– Não sei estes. Parecem máquinas, mas nunca as vi antes – admiti.

– Não? – perguntou ele e começou a enrolar o pergaminho.

– Não, me desculpe.

– A pedra, então, não é uma mensagem? – insistiu ele e tive uma inspiração rápida:

– Talvez seja, sim!

– "Talvez" não é uma boa resposta, *köle*.

– Quero dizer, a pedra faz parte da mensagem, sim, mas essas máquinas são desconhecidas porque podem ser de outra época! À frente do meu tempo! Elas podem ser do meu futuro... Talvez por isso eu não saiba... – disse isso e me abaixei, orgulhosa da minha conclusão, para examinar melhor a pedra no chão.

– Muitos "talvezes", *köle*.

– O grande *aga* deve concordar comigo que se eu vim parar aqui, alguém do meu futuro também pode ter viajado ao passado. Um passado bem longínquo. Ter ido parar lá no Egito dos faraós...

– Sim, é possível...

Ele sentou-se na banqueta de seda ao lado da cama da *kadin* e ficou pensativo, como se velasse seu sono. Um bom sinal. Aproveitei para continuar:

– E há mais: Seti I foi muito bem-sucedido. Seu filho, Ramsés II, foi o maior faraó de todas as dinastias, construindo templos grandiosos, ganhando guerras e reinando por 68 anos! Ele viveu mais que alguns de seus filhos e netos, e morreu com noventa anos! Muito para aquela época.

Fui ficando mais entusiasmada e falando mais alto. Tinha me esquecido do sono da *kadin*.

– Talvez esses dois faraós tivessem informações privilegiadas do futuro. Estratégias de guerra, melhorias na saúde, novas ferramentas... Imagine o impacto disso no mundo antigo!

– Como uma *köle* pode saber tantas coisas?

– Sou professora de história. Estudei muito.

– Uma mulher? Professora? – disse ele e riu.

Foi a primeira vez que pude ver seus dentes. Eram amarelos e torcidos. O sorriso contrastou com a pele escura e enrugada.

– Uma mulher? – repetiu ele.

– Sim! – respondi e nem pensei antes de continuar: – Mulheres trabalharão em todas as áreas! Como os homens!

– Essa é uma história que não desejo escutar – disse, sério de novo. – Não quero saber dos erros do futuro.

O grande *aga* se levantou e caminhou para a porta.

– E essas coisas, *aga*?

– Um presente. Para começar uma coleção de mensagens. Agora me dê a carta, Arzu.

Entreguei a carta e ele escondeu dentro da túnica. Não pediu uma história, nada. Nem disse adeus ou boa-noite. Do corredor, ordenou:

– Cuide bem de minha velha amiga, mulher.

Mulher... Sim, eu era uma mulher. Que certeza confortadora...

Uma mulher cativa. Não podia deixar que isso se tornasse uma segunda certeza. Pensei sobre outros viajantes do tempo. Existiria alguém fora de seu tempo naquele exato instante? Onde? Preso também em algum lugar? Ou livre para contatar pessoas e fazer alguma diferença? Como poderia saber? Somaríamos forças? Estaria eu enlouquecendo?

Considerar as infinitas possibilidades dessa hipótese era como experimentar o início de uma espiral. Imaginar um grupo de fatores aleatórios coincidindo exatamente com os meus era ridiculamente irreal. Mas sou uma historiadora. Historiadores perseveram. Somos pragmáticos. Dom Pedro II era provavelmente minha única chance, mesmo que remota. O imperador brasileiro e Carlos. Uma combinação bizarra de duas pessoas para depositar minhas esperanças. Depois do friso egípcio, eu podia contar com uma terceira, o *aga*. Ele continuou a fazer perguntas. Apesar de eu nunca estar completamente certa, minhas respostas não me levaram ao fundo do Bósforo, e continuei a responder da maneira que podia.

Lembrei-me de nomes, mapas antigos, moedas fenícias, pedras entalhadas e baterias primitivas das histórias de Carlos e contei tudo ao *aga*. Animada com minha teoria, via novos significados em tudo, de detalhes pequenos a grandes pensamentos. Mistérios, uma vez obscuros, tornaram-se cada vez mais tangíveis por meio do reconhecimento de que os seres humanos foram, são e estarão sempre conectados a despeito do tempo e do lugar que se encontrem, por ações e emoções de uns e de outros, vivenciadas ou não por cada um.

O helicóptero de Abydos era minha conexão com Carlos.

O querido Carlos, meu gênio particular... Como queria poder falar com ele. Em 1870, ninguém poderia reconhecer as máquinas modernas nos hieróglifos, ainda assim, o helicóptero estava lá! Não era uma fraude. Ele ficaria extasiado com a comprovação...

Carlos... Estava começando a esquecer seu rosto...

CARLOS

Se carisma é o poder de incitar uma ação, persuadir alguém ou inspirar, Carlos tem o poder de um sapo na lagoa. A princípio, não inspira ninguém. Quando fica nervoso, seu olho esquerdo se desvia um pouco para fora, o suficiente para deixar um interlocutor desconfortável. Sem saber em que olho focar, as pessoas evitam contato visual com ele. Poderia também se vestir melhor, pois, numa escola católica de elite em Ipanema, roupas importam. Seu eterno par de calça jeans e camiseta branca, suas ideias e maneira de se expressar fazem dele a quintessência do professor excêntrico. É altamente qualificado, com Ph.D. e diplomas das melhores universidades, mas, ainda assim, suas aulas são difíceis de entender.

Seus pais e o único irmão morreram num acidente de carro quando tinha só nove anos. Foi criado por uma tia, que fez o melhor que podia para educar a criança silenciosa e peculiar. Sob a influência da tia, que se dedicava a ajudar vários programas de caridade da igreja católica, ele desenvolveu uma paixão por ajudar os outros. Está sempre envolvido em programas educacionais das favelas, promovendo ou ensinando classes de matemática e história à noite. Carlos identifica alunos brilhantes e se empenha em conseguir bolsas de estudo em boas escolas particulares. Tem se dedicado a isso por quase dez anos e já mudou algumas vidas.

Carlos não propagandeia seus esforços de caridade. Nunca vi alguém mais discreto. Durante um almoço de domingo, uma prima por parte de mãe estava se vangloriando por conhecer um jovem professor de matemática que trabalhava na minha escola e que ajudava tanto os programas da igreja que ela frequentava. Foi difícil imaginar Carlos, um historiador muitas vezes cético, envolvido com religião. Mas agora vejo que há muito mais sobre ele e que definições de caráter muitas vezes não conseguem abranger uma pessoa.

Nunca pensei que um dia eu daria tanta importância às minhas conversas com Carlos. Suas histórias pareciam fantásticas demais para serem críveis, ainda assim, ele disse que havia um helicóptero em Abydos...

Existem mais histórias. E inúmeros artefatos misteriosos. Objetos com tecnologia avançada, totalmente incongruentes com seu tempo. Carlos nunca se cansa de falar deles. Constrói teorias em que classifica esses objetos em três categorias: elétrica, aerodinâmica e construção. Ele considera tanto fatos como mitos. Para meu amigo, mitos não são apenas lendas, fábulas ou alegorias. Não. Longe de ilusões, mitos são baseados em fatos. Fatos com muitas camadas agregadas ao longo de extensos períodos de tempo.

Receio que os outros professores da escola estejam um pouco cansados das histórias de Carlos. Uma pessoa pode escutar com interesse uma ou duas vezes, mas, quando as histórias se repetem vezes e mais vezes, fica monótono. Carlos se torna o professor obcecado, o mestre das ruínas egípcias... Alguns o consideram equivocadamente um esotérico. Outros, mais brincalhões, fazem piadas a respeito disso ou são indiferentes. Ao menos ele sabe que pode falar comigo. Estou sempre disponível para nossas conversas. Pelas razões dele e pelas minhas. Gosto de ver sua animação com esses assuntos. Seu leve estrabismo desaparece... Algum dia, vou pedir para ele que corte o cabelo...

Pai Piri

Era gratificante observar pequenas melhoras na *kadin*. Comida abundante, massagens com óleos aromáticos e banhos demorados no *hammam* estavam tendo algum efeito... Se minha grande teoria de viajantes no tempo nunca se confirmasse ou se a minha viagem ao passado permanecesse desconhecida da humanidade, pelo menos a *kadin* Esma, com sua fragilidade e vida evanescente, beneficiaria-se da minha presença ali.

Sim, ela permanecia indiferente, deitada, só respirando suavemente e piscando na maior parte do tempo. As molduras no teto trabalhadas em gesso parecendo ser seu único interesse. Mesmo assim, ela começou a surpreender algumas vezes quando olhava para mim e discretamente sorria. Depois do meu tombo no samba e das nossas gargalhadas, quando nos conectamos por um brevíssimo momento, esses sorrisos ocorriam mais amiúde e senti uma espécie de elo se formar com a velha senhora. Como se uma janela pudesse se abrir dentro de seu cérebro de vez em quando para dizer: "Estou aqui! Ainda aqui! Não desistam de mim...". E seus cândidos sorrisos nos lembravam de que existia uma alma em sua carne decadente e que um corpo imóvel e inútil era ainda um corpo que vivia.

O *aga* uma vez testemunhou sua melhora.

– Ela olhou para mim e sorriu! – disse ele, surpreso.

Sua afeição pela *kadin*, mesmo que fosse a única que ele teria em sua vida, era genuína.

– Você viu, Arzu? Ela olhou nos meus olhos e sorriu!

Ele estava feliz.

– Sim, vi. Ela faz isso comigo também às vezes. Cada dia, com mais frequência.

– Ela reconhece você?

– Quem sabe... Eu queria que sim. Há ocasiões que chego quase a ter certeza...

– Temos de ter paciência. *Inshallah* ela possa melhorar mais – disse e, num raro momento de gentileza, acrescentou: – Você será recompensada, Arzu. Neste mundo ou no outro.

– Recompensa? O *aga* sabe bem a recompensa que eu preciso... E paciência? Não tive outra opção por dois anos a não ser ter paciência! Odeio a paciência! – explodi de repente, sem mais nem menos.

Não acreditei que tinha falado daquele jeito com o *aga*. Logo me arrependi, olhei para suas mãos, para o chicote. Para minha surpresa, ele permaneceu calmo.

– Penso que você está precisando ouvir uma história hoje, Arzu. Vai ajudar você.

– Sim.

– Os dervixes Sufi chamam de *mel'mati* os homens puros, ingênuos, que podem inspirar os outros por meio de suas experiências místicas. Pai Piri é um desses homens. Ele aparece em muitas histórias e fábulas. Algumas vezes como um sapateiro, outras como um cantor ou um servente de *hammam*.

"Quando ele estava trabalhando no velho *hammam*, alguém reclamou de a água estar condensando no teto e pingando fria em suas costas. Pai Piri olhou para cima, apontou seu dedo indicador e ordenou: 'Hammam, não pingue mais!', e o *hammam* nunca mais pingou novamente.

"Um dia, houve um problema duplo. A caldeira quebrou e o homem responsável pelo aquecimento do velho *hammam* ficou doente. O proprietário se preocupou, porque manter os caldeirões de água quente era um trabalho muito difícil. Ele não encontrou outro homem que conseguisse consertar, manter o calor da caldeira e seguir cortando a lenha ao mesmo tempo. Pai Piri era um homem jovem, então, e trabalhava no *hammam*. Ele se ofereceu ao patrão: 'Vou consertar a caldeira para o senhor e manter tudo funcionando. Vá para casa e descanse por quarenta dias, só apareça na porta para receber o dinheiro. Confie em mim e não olhe para trás. O senhor tem de prometer isso. Se não cumprir sua palavra, tudo o que eu fizer será para nada'. O patrão não viu outra alternativa e aceitou o acordo. Poucos dias depois, da janela de sua casa em frente ao *hammam*, o patrão constatou que seu negócio funcionava normalmente, com o mesmo movimento de antes, apesar de nenhum burrico carregado de lenha ter entrado no edifício. Como Pai Piri poderia estar mantendo o calor e o fogo da caldeira sem lenha era um total mistério, e o patrão foi ficando cada vez mais curioso. Ele manteve sua palavra e, por 38 dias, ia até a porta do edifício somente para recolher seu dinheiro e nunca tentou entrar.

"Depois de 39 dias, ele não pôde se conter mais. Ansioso para descobrir como seu servente estava conseguindo manter o fogo sem lenha, ele pensou que 39 ou quarenta dias não fariam diferença e, num impulso, entrou e foi até a sala da caldeira.

"Lá, debaixo da caldeira imensa, havia uma pequena vela acesa. Uma única vela estava aquecendo toda a casa de banhos. Pai Piri o viu e perguntou: 'Não podia esperar mais um dia? Com mais um dia eu teria continuado a aquecer o *hammam* com a ajuda do outro mundo'.

"Imediatamente o patrão se arrependeu de sua impaciência, porque percebeu que, se tivesse esperado mais um dia, água quente teria brotado do chão naturalmente e o seu *hammam* funcionaria sem lenha. Não fosse por sua pressa, Allah, o Misericordioso, teria lhe dado água quente de graça para sempre."

– É uma história comovente, *aga*. Há nela alguma mensagem para mim? Preciso esperar? Esperar o quê? A ter mais fé? – perguntei.

– É só uma velha história, *köle* – disse ele, sério. – Nem toda história tem de ser sobre você.

Depois que ele saiu, fiquei um pouco triste e olhei para a *kadin*. Talvez ela sorrisse para mim. Desejei que ela pudesse falar e me dissesse, como *büyükanne* sempre fazia: "Tudo vai acabar bem, querida. Não se preocupe...".

Mas ela não disse nada.

UMA PERDA

Suna desapareceu dos salões por mais de um mês e havia muitos rumores a respeito disso. Quando reapareceu, estava mudada. A gravidez tinha aumentado sua beleza, como também sua arrogância e mau temperamento. Os hormônios de Suna estavam deixando todos pisando em ovos no harém. Eu procurava os desvios possíveis ao vê-la caminhando em minha direção.

Numa tarde, no corredor do salão azul, vi Suna admoestando uma servente. Parecia furiosa por um motivo qualquer.

– Como se atreve a olhar para mim, coisa feia! – gritou ela.

– Desculpe! Perdão... – disse a garota tremendo, paralisada, segurando uma bandeja. Era pouco mais que uma menina.

– Não olhe para mim! Você continua a olhar para mim! Está querendo me enfeitiçar?

– Não, senhora, não! – respondeu e finalmente baixou os olhos para o chão.

Não foi suficiente para Suna. Ela golpeou a bandeja com força, lançando cacos de vidro por todos os lados. Antes que a servente pudesse entender o que acontecia, Suna agarrou um pedaço de vidro pontiagudo e riscou o braço da escravizada sem pena. Exatamente como havia feito comigo. Devia praticar muito.

– Para você se lembrar de mim, *köle*! – disse Suna, com uma gargalhada.

Eu fiquei ali, meio escondida, e assisti às duas tranças compridas da menina balançarem enquanto corria para longe da cena aos prantos, deixando a bandeja e os cacos espalhados pelo chão.

Na cozinha, encontrei Ali ocupado. Nossas conversas foram adiadas. Nem Makbule, com seu eterno mau humor, consegui encontrar. Nesses dias, sem ter com quem conversar, eu sentia mais o peso do meu confinamento. Sonhando acordada na janela do quarto de Esma, eu podia ver a mim mesma. Correndo para o Bósforo e mergulhando profundamente nas águas... nadando para o outro lado, para longe... Nadando para casa...

Eu talvez fosse uma das pouquíssimas mulheres do harém que sabia ler, escrever e nadar. Se eu fosse jogada ao mar, talvez sobrevivesse! Se o saco não estivesse bem amarrado ou se tivesse uma faquinha... Por que nunca tinha pensado nisso antes? O *aga* me ajudaria? Afrouxaria o saco? Ele me daria uma faca no último minuto? Ele me deixaria ir? Não. Ele me queria ali. Bem ali. Para lhe contar histórias, para alimentar sua busca por informações e poder.

Alguns dias depois, uma bomba foi detonada no harém: Suna tinha perdido o bebê. Estava enraivecida e gritava incessantemente durante os ataques de fúria. Ninguém que passasse por perto escapava de pragas e maldições.

– Fui envenenada! – gritava. – Alguém há de pagar por isso! Vocês todas irão se afogar no Bósforo! Cortarão suas cabeças!

As acusações de envenenamento evoluíram para feitiçaria:

– Foi um mau-olhado! – continuava ela.

Mas, apesar do descontrole famoso de Suna, o bebê era um filho do sultão e qualquer possível culpa era uma questão de Estado também. Alguém poderia ser condenado de verdade.

No dia seguinte, de manhã bem cedo, escutei outro tipo de grito. Dois eunucos fortes entraram no *seraglio* e capturaram a escravizada das tranças. O corte no braço nem tinha cicatrizado ainda. Eles eram tão fortes e ela tão pequena, que seus pés nem tocavam o chão. Da janela de Esma, no andar superior, dava para ver bem a triste cena no jardim. O dia foi clareando mais enquanto eles colocavam o corpo que esperneava histericamente dentro do saco. Ela gritava alto, suas súplicas podiam ser ouvidas, como as de Suna, por todo o harém. A última coisa a desaparecer de vista foram as tranças escuras.

Os guardas jogaram o saco dentro de um pequeno bote e remaram até o meio do estreito. Lá, eles atiraram o saco que se contorcia na água. Sem esperar que ela afundasse, os dois remaram lentamente em direção às docas do palácio. Logo o movimento na água se acalmou de novo, como se a menina nunca tivesse estado ali. Enquanto o bote retornava sem pressa, um grupo de pássaros migratórios cruzou o céu em perfeita formação.

Um jarro

Havia ainda alguns sinais do inverno, embora fossem poucos. A neblina desaparecera por completo e a neve derretida
que atrapalhava a vida e me gelava os pés quando passava
apressada entre a cozinha e o harém também não se avistava
mais. As poucas árvores do nosso pátio se esverdearam e
notei um ninho maltrapilho, há muito abandonado, sendo
renovado por pequenas gralhas pretas. Uma brisa agradável
levantou no ar o perfume de rosas que se abriam, convidando as mulheres a passearem circundando a fonte novamente. Da janela interna do andar superior, era divertido ver
a fonte jorrando água, as rosas cor-de-rosa e as mulheres,
parcialmente cobertas por véus coloridos, circundando tudo.
Três belos círculos: água, flores, mulheres. A imobilidade
dos dois primeiros contrastava com a fluidez do terceiro. O
movimento nunca cessava no grupo de mulheres enquanto
falavam, gesticulavam, aderiam ou saíam da procissão. Lá
de cima, me pareceu que formavam um grande olho, com

véus esvoaçantes por cílios; ou uma galáxia espiral, com as mulheres servindo de asteroides em volta do sol.

Uma das amigas de Suna jogou uma pedra no meio da fonte. Pequenas ondas concêntricas se espalharam pela água. As ondas gentilmente pincelaram a borda de pedra e encontraram seu caminho de volta para o meio do chafariz. E ficaram assim, indo e vindo até esmorecerem e sumirem. Uma mudança no vento trouxe a primeira chuva da primavera. Num segundo, a imagem perfeita e simétrica se desfez, enquanto as mulheres corriam de volta para o palácio temendo pelo destino de seus penteados. O pátio deserto me reteve. Fiquei ali, na janela, escutando a chuva. Notei a pedra no chão da fonte, esperando.

Eu era como aquela pedra. Uma pedra jogada no tempo.

Meu efeito continuaria a lançar ondas em diferentes direções. Não havia como deter ou prevenir isso. Mas, como terminaria? As ondas retornariam? Com que força? Violentas? Machucariam? Matariam? Eu poderia desaparecer?

Eu era uma perturbação na perfeita ordem das coisas...

Quando o *kizlar aga* apareceu com um presente novo, já era final de abril, talvez maio. Ele me entregou um saco de algodão sujo e ordenou:

– Abra.

– O quê?

– Tem sempre de perguntar o quê? Só abra e veja. Pode ver uma mensagem aí, Arzu?

Com a menção do meu nome, encarei rapidamente seus olhos. Ele estava de bom humor.

– Perdão, não entendi – disse enquanto abria o saco.

– Uma mensagem para você! Não vê?

– Mas é só um jarrinho de barro!

– Este foi bem difícil de encontrar. Mas somos otomanos. Nada é impossível – disse e ficou ali na minha frente, cheio de orgulho, como se posasse para uma foto.

– O *aga* quer dizer que esse jarro é um dos objetos misteriosos a que me referi? Como encontrou? – perguntei, minha curiosidade crescendo rapidamente.

– Você disse somente Khuyut. Não se lembrava do nome todo. Khuyut alguma coisa, me disse. Perto de Bagdá? Lembra?

– Uau!

– Meus homens procuraram vila por vila, reviraram esses lugares pelo avesso, perguntando, explorando as cavernas e escavando a terra até encontrarem isso. O nome correto é Khyut Rabbou'a.

– Mas...

– Que importa a dificuldade? Você me disse só parte do nome. Mais que suficiente para nós... Quero ver: você disse que podia fazer mágica com isso. Algo muito poderoso!

– Uau! – reagi e não conseguia dizer mais nada. Percebi que podia estar enrascada.

– Só sabe dizer isso, *köle*?

– O *aga* trouxe uma das baterias de Bagdá? Como é possível? Os homens não a teriam encontrado antes de 1936! E o resto delas? Seus homens foram cuidadosos? E se...

– Não se preocupe dessa vez. Os homens retiraram somente essa. As outras todas ainda continuam lá, meio enterradas, esperando para serem descobertas no próximo século. Mas ainda não entendo essa sua preocupação.

Seu humor começou a mudar. Agora mostrava sinais de impaciência enquanto seus passos irregulares pelo quarto avisavam sobre seu temperamento errático.

– Qual é a mensagem? E a mágica? Quero ver!

Ele trouxe o jarro para perto da janela. Era um velho jarro de terracota, quinze a vinte centímetros de altura, fechado em cima por uma tampa de metal. A *kadin* estava acordada e silenciosa como sempre. Poderia ter visto um breve facho de lucidez em seus olhos se tivesse prestado atenção nela. Estar face a face com um enigma histórico era demais para mim. Grandioso e ameaçador ao mesmo tempo.

Sem resistir mais, encostei minhas mãos no jarro. Minha pele clara contrastou com a superfície escura e rugosa. Eu acariciei o objeto antigo por um minuto, totalmente alheia a tudo em volta. Havia estado enterrado por dois mil anos, e agora eu o tinha em minhas mãos... Examinei a curva perfeita perto da tampa. A poeira marrom do jarro cobriu minhas mãos, mas continuei. Senti uma protuberância no centro da tampa. Não podia medir mais que cinco centímetros. Na tentativa de abri-la, me cortei. Sangue misturado com poeira milenar. Interessante combinação. Fiquei um pouco zonza. Finalmente a tampa se abriu e identifiquei um cilindro de cobre anexado a ela, contendo uma espécie de varinha de metal. Parecia um prego comprido, bem corroído. O cilindro vazio tinha uns oito centímetros de comprimento e estava situado no meio do vaso, sem encostar na terracota. Reconheci um material que lembrava borracha, mas que devia ser um tipo de betume bem gasto pelo tempo na ponta superior da varinha. Devia agir como um obstáculo. As peças de metal e a tampa se encaixavam perfeitamente no jarro. Meu Deus, como eu faria isso funcionar? Onde estava Carlos agora? O que ele tinha explicado sobre isso?

– Diga algo, mulher!

– Sim, *aga* – disse e coloquei a tampa, seus componentes e o jarro cuidadosamente sobre a mesa. Em seguida, tentei continuar: – Vamos pensar. Nós temos o vaso, o cilindro e a varinha. O cilindro é provavelmente feito de cobre. Consegue ver a cor?

Ele o retirou da mesa e examinou na mão, virando de um lado para o outro.

– Sim – concordou.

– Esta vara, que parece um prego, é feita de ferro.

Ele examinou, então, a varinha frágil com atenção, como se estivesse num mercado de escravizados escolhendo uma nova mulher para o sultão.

– Tem certeza, Arzu? Está muito deteriorada!

– Precisamente por isso. É o que ocorre com o ferro depois de muito tempo – disse, tentando projetar uma confiança que absolutamente não sentia.

– Qual é a mensagem, Arzu?

Recolhi os pedaços da mesa e me aventurei a explicar algo que não compreendia completamente.

– O cilindro não é à prova d'água. Tem perfurações. Se alguém encher o jarro com uma substância ácida, como vinagre ou suco de limão, ela penetraria no cilindro e atingiria a varinha do meio também.

– E qual é a mensagem, mulher?

– Não tenho certeza. Não sou engenheira nem cientista. Nem sei o nome correto dessas coisas...

– Qual é a mensagem?!

– Parece que o ácido geraria uma corrente pela diferença de propriedades eletroquímicas entre os metais. Entre o cobre e o ferro. Por isso tem de ser diferentes... Ou potenciais eletroquímicos. Não sei os detalhes. Não me lembro...

– Uma corrente? – perguntou, confuso. – Propriedades? Como você pode saber?

– Tenho um amigo que sabe dessas coisas. Ele me contou. Mas não me lembro de tudo...

– Quero a mensagem, *köle*. E a mágica!

– A mágica é a de que uma jarra como esta, ou várias jarras como essa, conectadas com um tipo de fio de metal, poderia, hipoteticamente, criar eletricidade!

– Criar o quê?

– Algo que vai substituir as velas para iluminar as casas à noite. Até as lâmpadas de gás ou a óleo não serão mais necessárias! Será a energia que moverá as máquinas!

– E a mensagem?

– Eletricidade será uma revolução! Vai mudar o mundo! Já deve estar em fases de teste hoje...

– E?

– E este jarro, se me lembro corretamente, foi fabricado 250 anos antes de Cristo, e...

– Você quer dizer antes do seu calendário...

– Sim, antes do calendário, *aga*... E a mensagem é que a eletricidade foi inventada por Alessandro Volta no início deste século. Seu século! Somente há poucas décadas...

– Entendo – disse e finalmente ficou intrigado.

– Como alguém podia saber disso há mais de dois mil anos, *aga*?

– Você é quem tem de responder isso, mulher. Não eu.

– Ninguém sabe ao certo, alguns especulam que os antigos usavam isso para fixar o ouro sobre objetos de prata. Objetos assim foram encontrados nesse mesmo período. Outros acreditam que os jarros conectados poderiam ter sido usados para

acender algum tipo de lâmpadas primitivas... Ou para trata-
mentos de acupuntura, e diminuir a dor por agulhas energi-
zadas, não sei...

– Quero ver a mágica. Agora!

– Nós poderíamos tentar com o suco de limão dentro
do jarro, mas talvez seja necessário algum tipo de fio de metal também...

– Qualquer coisa pode ser arranjada.

Ele estava confiante, eu, não.

– Podemos tentar, *aga*. Mas a verdade é que eu não sei
bem como poderia funcionar. E não existem lâmpadas aqui
para serem acesas e...

– Você está me dizendo que eu não verei a mágica? Esteve
mentindo para mim, *köle*? Esse tempo todo?

– Você tem de acreditar em mim, *aga*...

– Então, como as máquinas do Egito, eu terei de acreditar
só na sua palavra. Você não pode provar nada? De novo?

Ele cruzou os braços em frente ao peito e estreitou os
olhos. Tive de explicar e tentar fazê-lo entender:

– A mensagem importante aqui é que esse jarro existe fora
do seu contexto. Como eu, não possui sincronismo com o tempo a que pertence... Pode ter sido desenvolvido pelos homens
antigos. Sim, é uma teoria. Mas talvez esse conhecimento tenha
sido introduzido por um viajante do tempo.

– Então a mensagem é a mesma do Egito? E eu tenho de
acreditar...

– Sim. Um viajante no tempo devia precisar de energia
para algo, mover uma máquina, ensinar aos antigos, não sei!

– Basta! Esses não são pensamentos para uma mulher –
disse, aproximando-se. Vi que suava. – Eu trago os objetos de

que me falou. E você não me mostra nada. Não vejo nenhuma mágica do tempo. Não sei como uma mulher como você veio parar aqui. Mas, agora, pertence a mim, Arzu. E se não mostrar o significado dessas coisas logo, eu a colocarei debaixo dessa cama como parte da coleção! Precisa estar ciente disso!

– Sim.

– Não brinque comigo, *köle*!

– Nunca. Penso que seja uma questão de confiança, *aga*.

Comecei a tremer e olhei para o chão. Ele ficou em silêncio por um momento e depois disse numa voz mais calma:

– Por agora, esse jarro pertence a você. Para sua coleção.

– Sim.

– Não fique tão tensa, Arzu. Pare de tremer.

– Sim.

– Voltarei para ouvir mais sobre eletricidade. Boa noite.

– Sim.

Ele virou-se, beijou a mão da *kadin* e depois saiu. Reparei que Esma *kadinefendi* o presenteou com um de seus raros sorrisos.

Fiquei grata pelo presente e mais ainda por não ser punida. A primeira coisa a fazer pela manhã seria pedir a Ali o suco de limão. Fechei a tampa com cuidado e guardei o jarro embaixo da cama. Ele encaixou perfeitamente perto da pedra egípcia.

Ah, Carlos... Você adoraria ver isso!

Mais um ano

Fiquei acordada, pensando. Seria mais uma noite insone. Nem me preocupei em esticar o fio dos guizos nem em dispor as cascas de ovos no chão, porque fazia um bom tempo que Suna não "aparecia".

Era difícil ter noção da passagem do tempo. Os meses eram nomeados de acordo com a religião e os anos se baseavam no calendário islâmico, que começou seis séculos depois de Cristo. Então eu contava estações. Esse seria o meu terceiro Ramadã e o terceiro inverno no harém. Aprendi a suportar os longos dias de jejum, mas o frio de dezembro tornava a vida quase insuportável para uma carioca como eu. Minha sorte foi trabalhar com a *kadin*.

O *aga* exigia que o quarto da *kadin* sempre tivesse um braseiro de latão, com estoque de carvão para os dias e as noites. O luxo dos luxos. Somente as mulheres da realeza e as concubinas mais poderosas tinham braseiros assim. E a saúde da *kadin* continuava a melhorar. Na cozinha, Ali experimentava minhas sugestões de sopas para ela. Mais consistentes, com mais lentilhas, frango e, às vezes, até carne. As novas sopas lhe davam energia. E, depois de um ano de banhos semanais no *hammam*, sua pele ostentava uma cor melhor. Os braços finos, primeiro o direito e depois o esquerdo, ficaram mais fortes. Massagens frequentes abriram um pouco mais suas mãos e com três dedos a *kadin* finalmente foi capaz de segurar uma colher novamente.

Ela não falava. Ocasionalmente, sons guturais vindos de uma voz baixa e rouca esquecida nas profundezas do seu ser emergiam. Seus olhos tinham clareado e, com intensidade crescente, encaravam os meus agora. O que ela queria me dizer? Apesar da maior parte do tempo ainda ficar inerte, olhando para o teto decorado, eu tinha notado alguns progressos. Havia dias que ela olhava em volta do quarto e depois levantava o braço direito. Pinçando o ar com os dedos enrugados, como se agarrasse insetos imaginários, seu indicador e o polegar ganhavam vida. O gesto era estranho e desajeitado. Mas havia intenção nele e outra vez me perguntei se ela tentava me dizer algo.

Estávamos em dezembro, tinha quase certeza, e eu senti saudade do Natal. Solitária e isolada numa cidade muçulmana coberta com uma fina camada de neve por tanto tempo e tão longe – pensar em meu Natal tropical fez meu coração pular um compasso. No auge do verão do Rio, quando o calor suprimia a fome, comíamos saladas e ficávamos em casa, no ar-condicionado. No Natal, um peru imenso era assado e recheado com farofa. Como eu sentia saudade de farofa... Incrementando a receita básica de farinha de mandioca torrada com manteiga, as cozinheiras também adicionavam passas, azeitonas, ervas frescas e ameixas pretas, devido à ocasião especial. E como eu sentia falta dos doces... Tortas de sorvete em camadas com nozes e frutas cristalizadas, *parfaits* de manga fresca, mousses de maracujá, cremes de papaia gelados com licor...

Sentia falta da praia nas manhãs de Natal. Minhas amigas exibindo seus biquínis novos, típicos presentes num Natal tropical, enquanto eu ficava ao lado delas com meu eterno maiô inteiro preto. Sempre o mesmo...

A saudade da minha família era imensa. Minha avó, minha mãe, meus irmãos implicantes. Sentia falta também da presença séria de meu pai, cortando o peru, fazendo um brinde e deixando a sala cedo com minha avó, antes que começássemos a cantar as músicas tradicionais cristãs.

Mas todas essas saudades não me ajudavam em nada. Precisava conseguir o suco de limão.

Uma lição

Manhãs na cozinha eram sempre corridas, mas Ali conseguiu espremer bastante limão para encher o jarro.

– Obrigada, Ali. Acho que vai dar – disse, e ia saindo quando vi o vidro de pepinos e lembrei:

– Ali, pode me emprestar também duas pinças de madeira? Dessas de tirar os pepinos do vidro?

– Claro. Leve.

– *Shokran*. Obrigada.

– Você é sempre bem-vinda, Arzu.

De volta ao quarto, olhei para o jarro e pensei se em algum momento funcionaria. Derramei o suco dentro dele e esperei. Nada aconteceu. Teria de esperar o *aga* com os fios, caso já existissem nesse tempo e se ele os encontrasse.

O *aga* apareceu mais tarde com dois fios grossos de cobre. Não era muito. Cada um com dez centímetros.

– Você pede coisas difíceis, Arzu. Mas aqui estão. Vamos tentar.

Coloquei o jarro com suco de limão sobre a mesa em frente à cama da *kadin*. Segurei os dois fios com as pinças, um em cada mão, e encostei na tampa. Nada. Absolutamente nada aconteceu. Não sabia mais o que dizer...

– Desculpe, não funcionou. Devo estar fazendo algo errado.

– Conserte. Tente de novo.

Ele realmente queria ver a mágica. Eu me arrependi de ter lhe contado sobre os jarros...

– Sim.

Minhas mãos tremiam, o que deixava tudo pior. Tentei mais três vezes sem sucesso. Seria fácil se eu entendesse mais de ciência... Então me lembrei do betume no final da varinha! Um tipo de borracha... Devia estar bloqueando a corrente! Abri a tampa e enfiei os fios diretamente até encostarem no ferro da varinha, abaixo do betume. O cheiro do limão era forte e agradável. Foi difícil conseguir um bom ângulo de entrada no cilindro com as pinças. Consegui com uma, mas a outra não encaixava. Depois de mais algumas tentativas desajeitadas, desisti de novo. O *aga* permanecia num silêncio perturbador. Decidi dobrar os fios nos terços distais para ficar mais fácil de segurar com as pinças do lado de fora e encaixar a parte mais longa dos fios no pequeno cilindro. Nada. Foi mais fácil de encaixar tudo, mas não funcionava. Numa última tentativa, repeti o movimento, porém tremia tanto que os fios tocaram a varinha de ferro banhada pelo suco de limão do lado de fora e, devido ao meu tremor que não passava, os dois se tocaram também.

Uma faísca!

Finalmente, uma faísca! Funcionou! Não foi uma grande faísca, mas foi o suficiente para iluminar o quarto por meio segundo e me fazer pular para trás, derrubando tudo sobre a mesa. O *aga* continuou calado. Eu não podia estar mais orgulhosa de mim mesma.

– A mágica! Eu vi! – exclamou ele, afinal.

– Sim!

– Você trouxe um relâmpago para o quarto. Isso é mesmo poderoso, Arzu!

– Sim!

– O que se faz com isso?

– Acredito que se possa acender um fogo.

– E?

– Eletricidade! Mas não posso mostrar isso agora. Não agora. É preciso mais e...

Fiquei apavorada de ter de fazer mais experiências...

– Já foi o bastante por agora.

Fiquei aliviada e minha respiração voltou ao normal. A tremedeira passou também. Descartei o suco numa bacia, sequei o jarro e o guardei novamente embaixo da cama da *kadin*. Ficamos os dois, uns bons minutos assim, calados, ainda sob o impacto da faísca. O ronronar do sono da *kadin* foi contagiando o ambiente. Estiquei os braços para a frente e bocejei.

– Teve sua prova, Arzu.

– Sim.

– Nunca a vi tão relaxada...

– Não?

– Não. Está sempre alerta, sempre tensa.

– Estou sempre tensa?

– Sim, sim. Sempre.

Talvez porque eu tenha medo sempre! Medo de você! Eu deveria ter dito, mas não pude. Respondi da maneira mais óbvia:

– Minha situação não ajuda... Distante de casa... do tempo... prisionei...

– Você está com fome? – interrompeu ele.

Estávamos de pé no meio do quarto. O *aga* apoiou a mão direita sobre meu ombro esquerdo e olhou dentro dos meus olhos. Nunca tinha estado tão próxima dele antes. Seu cheiro balsâmico veio até mim. Eu me senti desconfortável, mas tive de responder:

– Não.

– Está doente?

– Não.

– Sente frio à noite?

– Não.

– Tem um amigo? – continuou perguntando, parecia um interrogatório.

Pensei em Ali. Tinha de ser honesta.

– Sim.

– Sua casa é onde você a constrói, Arzu.

Eu não podia sustentar mais seu olhar e fechei os olhos. Ele retirou sua mão devagar, deu-me as costas, caminhou para a janela do Bósforo e virou-se para me encarar de frente, embora interpondo certa distância entre nós. Apesar do inverno, o céu estava limpo e sua pele enrugada e escura contrastava com o brilho da manhã lá fora. Os raios de sol bloqueados pelo seu corpo esguio produziram uma espécie de aura brilhante em volta do seu rosto e ombros. Parecia uma silhueta, não um homem.

Ele parou em silêncio por alguns minutos. Aquilo era tão otomano... Eles adoravam se expressar por parábolas e fazer pausas teatrais. Nunca soube se era para criar um efeito retórico, se tentavam ganhar tempo para pensar no que dizer a seguir ou se era apenas o jeito deles de ser. Depois da pausa, o *aga* disse:

– Você diz que sabe muitas coisas, que estudou muito. Isso é poderoso. No entanto, você desperdiça o maior poder que uma mulher pode ter: o poder sobre o homem.

– Que quer dizer, *aga*? Não estávamos falando de outra coisa? De ciência?

– Essa sua rigidez permanente... Sempre tensa... Penso que veio com você. Sempre foi assim, não estou certo?

– Sobre o que está falando, *aga*?

– Todas as mulheres do futuro são assim, como você?

– Como eu, como?

Parecia que ele falava outra língua agora. Não entendia aonde queria chegar. Estávamos há pouco conversando sobre faíscas e magia e agora isso...

– Quantos anos você tem, Arzu?

– Trinta e dois.

– Tudo isso? – perguntou, genuinamente surpreso, e me senti bem. – Não parece! As mulheres do futuro não mostram a idade como você?

– Acho que sim... Parecem mais jovens, sim.

– É uma coisa boa.

– O que realmente está tentando me dizer, *aga*?

– Preciso dizer isso, Arzu: você é apenas meia mulher.

– O quê?

– Você é inteligente, sabe muitas coisas, viveu 32 anos e nunca esteve com um homem...

– Você quer dizer...

– Sexo? Sim, precisamente isso. Sexo!

– Como pode...

– Saber isso sobre você? Estamos num harém. Sou o mestre das mulheres há mais tempo do que pode imaginar. Apenas sei.

Eu me calei. O que poderia dizer? Que ele estava errado? Que apesar de as mulheres do futuro terem liberdade de escolha – podiam ter namorados, amantes –, eu nunca tivera nenhum? Melhor me calar. Aquele velho, enrugado e estranho homem do século XIX tinha descoberto meu segredo mais bem guardado, que eu nunca admitiria para alguém do meu tempo: eu era virgem. Até o som da palavra me envergonhava. Poucas coisas podiam ser embaraçosas assim. Uma mulher independente do século XXI, do Rio de Janeiro, de Piedade, virgem...

– Vou ajudar você com isso. Será o meu presente em troca da sua mágica. Você precisa de uma lição. Amanhã. *Iyi geceler* – disse ele antes de sair.

– *Iyi geceler* – respondi e foi tudo o que consegui dizer.

Era só o que me faltava agora... Sexo... Desci para buscar o almoço da *kadin*, mas não tirava a conversa com o *aga* da cabeça. Fiquei inquieta a tarde toda. Para desviar meu pensamento e focar algo produtivo, decidi escrever mais uma carta para o imperador.

Depressa, antes que escurecesse.

A TERCEIRA CARTA

Constantinopla, dezembro de 1871

Para Vossa Majestade Imperial
Dom Pedro II, imperador do Brasil

Vossa Majestade não veio.

Apesar de saber que sua primeira viagem não incluía a Turquia, tinha esperança de que Vossa Majestade pudesse trocar o itinerário por minha causa. Esperei este ano todo em vão. Talvez eu não possa afetar a História, afinal. Talvez seja melhor assim. Mas eu sofro. Estou aqui, atrás dos muros altos do Dolmabahçe. Nada mudou para mim.

Acredito que, se Vossa Majestade me presentear com sua visita algum dia, terei de esperar até 1876 quando chegar a hora de sua segunda viagem internacional. Não sei se sobreviverei tanto tempo. Minha posição é de muito perigo e desconforto no harém.

Enquanto isso vou colecionando artefatos. Possuo uma cópia de hieróglifos do templo de Seti I, em Abydos, mostrando uma lista de máquinas muito além do seu tempo e até do meu. Também faz parte da minha coleção um jarro de Bagdá, do século I, capaz de gerar eletricidade. A eletricidade vai revolucionar o mundo. Uma energia para máquinas funcionarem e também iluminarem tudo apenas com o apertar de um botão. Imagine as festas iluminadas à noite...

O chefe dos eunucos é muito curioso sobre o futuro e essa é a única razão pela qual ainda estou viva. Contei a ele sobre esses objetos inexplicáveis e à frente do tempo, e ele os procura para mim dentro do Império Otomano. Como historiador e cientista, Vossa Majestade pode imaginar o quão reconfortante é, para mim, tocar nesses objetos impossíveis. Minha teoria atual é a de que alguém do futuro ensinou aos povos do passado. Alguém como eu.

Aprisionada aqui não posso afetar a História, mas Vossa Majestade pode. Esse conhecimento confere muito poder. Não diria isso a qualquer um. Mas confio em suas profundas convicções humanistas e sua discrição.

Estudei os itinerários de suas viagens e a de 1876 será grandiosa. O imperador do Brasil será o primeiro monarca a atravessar os Estados Unidos, de leste a oeste, e voltar. Vossa Majestade visitará de trem e de barco a motor os grandes rios do sul. Percorrerá 28 dos cinquenta estados americanos e territórios. A imprensa americana vai dedicar uma tropa de jornalistas para cobrir sua viagem. De Nova York a São Francisco, e do Illinois ao Alabama, através do rio Mississipi.

Eu aconselharia Vossa Majestade a registrar suas impressões e a paisagem diariamente. Com fotografias também. Vossa Majestade vai produzir um retrato colorido e detalhado de um país tão grande e diversificado quanto o nosso, com similar abundância de recursos naturais e ainda se recuperando de uma guerra, como o Brasil.

Depois disso, vai partir para a Europa, Egito e Oriente Médio. Estarei esperando aqui. Tenho certeza de que passará por Constantinopla em outubro de 1876, se hospedará no Hotel D'Anglaterre e escreverá para a princesa Isabel sobre suas impressões do império turco. O sultão Abdülaziz estará deposto e o novo sultão, Abdülhamid, tomará o poder em meados do ano. O sultão o agraciará com a ordem de primeira classe "Nisham-i-Madjedieh". Haverá uma cerimônia no palácio.

Seus amigos mais próximos e interlocutores habituais tentarão impedir essa viagem. A condessa de Barral escreverá dizendo: "Insistes, ao ponto da teimosia, em visitar Constantinopla! Contra todos os perigos...".

O químico francês Gurget também o aconselhará a não cruzar terras otomanas. Afirma que ninguém poderá garantir sua segurança. Bem, eu posso. Nada ocorrerá com Vossa Majestade.

Por favor, Majestade, preciso de sua ajuda!

Sua admiradora e súdita,

Catarina A. A. Kir

UM BURACO

Sexo?

De onde tinha vindo isso? De repente eu precisava de sexo? Sexo nunca tinha sido uma prioridade durante toda a minha vida e agora certamente estava em último na minha lista... Estava tão distante do assunto, trabalhando com a *kadin*... Contudo, estava num harém. Apesar das esposas e amantes mais poderosas estudarem um pouco de política e administração do império caso necessitassem orientar seus filhos no futuro, sexo era o que mais importava. Como o *aga* me ajudaria?

Não existia a possibilidade de sexo para mim ali. Os garotos da cozinha? Não, definitivamente... Eunucos? Impossível... Tinha escutado histórias sobre amor entre mulheres no harém... Era altamente proibido e punido com a morte. Não faziam meu tipo, de qualquer modo... Mas qual era o meu tipo? Carlos?

O *aga* voltou na noite seguinte e ordenou que o seguisse. Atravessamos dois corredores vazios, o magnífico salão azul, entramos numa pequena antessala e depois numa outra. Para abrir as últimas portas e antessalas, ele usou chaves de seu cinturão. Eu não era uma especialista na geografia do harém, mas suspeitei que muito poucas teriam tido o privilégio de percorrer aquelas áreas. Ele fechou sua boca com dois dedos, claramente pedindo silêncio. Notei várias pinturas na parede. Quando ele removeu um quadro pequeno, pintado com frutas numa cesta, eu vi o buraco.

Um olho mágico!

Ele olhou primeiro. Depois de uns dois, três minutos, ele me chamou. Levei um instante para focar e então os vi.

– Aprenda com seu inimigo – sussurrou o *aga*, seus lábios tocando meu ouvido esquerdo.

Primeiro, o homem. Ele era alto, gordo e estava quase nu. Reclinado sobre um divã, ele parecia relaxado e excitado ao mesmo tempo. O sultão! Só podia ser o sultão! Parei de respirar. O silêncio ficou pesado naquela pequena sala. Meu coração disparou. Devíamos sair dali! Era muito perigoso, mas o *aga* não se movia. De repente, uma voz feminina:

– Olhe para mim, meu sultão... Olhe para mim!

Suna se aproximou do divã devagar. Os véus transparentes emolduravam a dança sensual bem ensaiada. Movia o corpo com uma graça felina em volta do sultão. Ela comandava agora.

– Olhe para mim, meu sultão... – continuou dizendo, como se fosse necessário.

Eu estava hipnotizada pela cena, pelos olhares oblíquos e movimentos sinuosos. O homem não se movia. Ele simplesmente esperava.

– Venha aqui – disse ele, quando caiu o último véu.

Fiquei espionando o casal um bom tempo. Estava apoiada na ponta dos pés e comecei a sentir câimbras, mas não liguei. Continuei olhando... O sultão tentou readquirir o comando, mas estava claro quem realmente tinha o poder ali. Ele parecia tão pesado... Como ela aguentaria?

– Dê-me um filho, senhor.

Suna finalmente se ofereceu.

Antes do clímax, o *aga* gentilmente me empurrou para o lado. Corei.

– Aprenda com seu inimigo – sussurrou ele novamente, enquanto reposicionava com movimentos lentos o quadro na parede.

Meu corpo tremia e a boca nunca esteve tão seca. Duvidei se minhas pernas bambas aguentariam caminhar de volta até o quarto da *kadin*. Depois que ele trancou as salas secretas e meu pulso se acalmou, perguntei durante o caminho:

– Ela é tão poderosa, *aga*... É por causa do perfume?

– Em parte, sim. Ambergris é sensual, altamente viciante e um afrodisíaco poderoso.

– Ambergris? O que é? – perguntei, já que qualquer coisa capaz de produzir um efeito daqueles merecia ser conhecida.

– Ambergris é quase uma substância mítica. As baleias cachalote se alimentam de lulas amarelas. Os bicos duros das lulas não são digeridos e as baleias os vomitam no oceano – respondeu, enquanto caminhava devagar e relaxado, como se tivesse cumprido um objetivo importante.

– Vômito? – perguntei, enojada.

– Exatamente. O mar, o sol e o vento vão curando, refinando essa secreção que segue boiando até ser despejada pelas ondas nas praias de Socotra e outras pequenas ilhas ao sul do Iêmen.

– Essa ilha, Suna nasceu lá, não é?

– Sim. Ela conhece isso muito bem. Lá, a massa cinza que se parece com cera continua a secar no sol e depois é estocada em álcool por vários meses até amadurecer. Quando está pronta, transforma-se no melhor fixador para agregar outros aromas e construir um perfume complexo. Ambergris tem o cheiro da água do mar... Você quer ter o perfume de Suna, Arzu?

– Estava só curiosa...

Ele parou de caminhar e fez uma pausa, de repente. Bem no estilo otomano.

– Você aprendeu sua lição, mulher?

– Lição? Para que vou precisar dessa lição? – perguntei, parando também e olhando para ele... já estávamos no corredor da *kadin*.

– Nunca se sabe quando poderá precisar dela, *köle* – respondeu e continuou andando devagar.

Ele podia sentir meu desconforto, tenho certeza disso, mas não se incomodava.

– Pelo menos no harém não vou precisar... não existem homens para mim aqui.

– Existe um homem.

– Um homem? – perguntei, e ele fez outra pausa teatral, então continuei: – O *aga* quer dizer... O sultão? – perguntei abruptamente, sem pensar, e minha boca secou de novo... eu nem queria aquilo! – Ele não é para mim, *aga*. Não quero... – disse com convicção.

– Controle suas palavras, *köle*! O sultão, é claro. Sei que você ainda não está pronta. É um grande privilégio e uma mulher deve merecê-lo – disse e lançou um daqueles olhares sérios e profundos que me aterrorizavam e seria melhor não contestar sua palavra.

No meio da noite, acordei suando. O colchonete ao lado da cama de Esma não era mais um refúgio para meus sonhos. Pensei em Carlos, lembrei-me de Suna. Ela era uma pessoa horrível, uma inimiga impiedosa, e eu queria ter o seu perfume! Talvez eu fosse desejada também... Ambergris...

Água do mar... Ao sultão, apraziam-lhe as sereias...

Mais anos

Cinco anos de confinamento podem esfumaçar as memórias.

No verão de 1874, não me lembrava mais do gosto da farofa. Farofa foi o primeiro prato a desaparecer da minha mente. Provavelmente porque possuía um sabor sutil. Alguns rostos também se apagavam: colegas da escola, primos... As melodias de samba continuavam lá, mas só me lembrava da letra dos refrãos.

Cientistas dizem que nossos cérebros selecionam memórias de acordo com o momento que vivemos. Memórias são ativadas pelas circunstâncias. O cérebro humano funciona como um computador dotado de um banco de dados, um arquivo repleto de lembranças. E ele funciona em duas vias: não só bons momentos geram boas memórias, como também bons momentos requerem boas memórias para existirem plenamente. Como máquinas, nossos neurônios são programados para escolher a memória certa para o momento certo que estamos vivendo. O objetivo é a sobrevivência.

Nesse fluxo invertido, memórias relembram fracassos para evitar novos fracassos em desafios do presente. Lembranças terríveis podem ser úteis para criar estratégias rápidas em novas situações perigosas, violentas. Por exemplo, numa guerra. De maneira oposta, salvo raras exceções, durante o sexo, ninguém se lembra de fome ou de coisas ruins... No meu caso, as memórias desapareciam rápido. Mesmo dos momentos de grande alegria, não tinha uma lembrança perfeita. O rosto de Carlos ainda me vinha à mente, mas não tinha certeza se minhas fantasias interferiam. Talvez o Carlos da minha memória não fosse o verdadeiro Carlos, mas não importava. Eu precisava de um Carlos perfeito.

Um Carlos perfeito... As aulas que frequentava agora no harém me levavam a Carlos, não ao sultão. As classes eram esparsas – uma vez por semana, para ser exata –, alguma música, canto, passos de dança. Como me mover, como olhar... Aulas apropriadas para jovens odaliscas, vindo de rincões distantes do império e com aspirações de construir uma "carreira" no harém. Seduzir o sultão e se tornarem *gözdes,* darem à luz seus filhos, chegando a *ikbals.* Tudo muito esquisito para mim. Suna não sabia das classes e o *aga* estava mantendo o projeto em segredo. Eu não tinha escolha, não queria, achava inútil, mas, ainda assim, as aulas eram uma distração. Durante três anos cheguei a aprender algumas coisas, mas nunca vi o sultão novamente.

O *aga* continuava a visitar o quarto pelo menos duas, três vezes ao mês e compartilhávamos histórias. De vez em quando eu checava a coleção embaixo da cama da *kadin.* Todas as vezes que fazia isso me sentia estranha. Alguma atmosfera pesada... Minha imaginação, decerto. Mesmo assim, quando tocava a pedra egípcia, notava mais as veias salientes no dorso de minhas mãos, as manchas escuras na pele. Quando segurava o jarro de barro, sentia uma fraqueza.

Sim, eu parecia mais velha. Para a surpresa dos que a rodeavam, a *kadin* tinha melhorado e sua pele estava mais jovial. Alguém poderia dizer que ela estava prestes a falar de novo. Seu olhar era capaz de sustentar o meu, como se me visse por dentro, profundamente, até minha alma. Os braços já se moviam e, de vez em quando, segurava a colher. Uma noite, depois de voltar do *hammam*, quando sempre ficava relaxada pelas massagens, ela fez uma cena.

Makbule e eu tínhamos acabado de acomodá-la na cama e decidíamos sobre a melhor roupa para vesti-la quando escutamos um barulho. Deixamos o armário para trás e nos voltamos para Esma. Ela movia seu braço direito como se fosse uma maestrina de uma orquestra invisível. O braço esquerdo logo acompanhou e os movimentos se intensificaram, mais enfáticos. Esma *kadinefendi* tinha ficado mais forte. Até sua cabeça seguia o ritmo de mansinho, induzindo seu corpo a balançar discretamente para frente e para trás, como se regesse realmente uma sinfonia num teatro de ópera. Nós rimos, Makbule e eu, bem surpresas e impressionadas com ela.

Havia recebido mais folhas de papel do *aga*, embora ainda não tivesse escrito nada. Aproveitei para fazer um pequeno experimento com a *kadin*. Suspeitando que ela tentava se comunicar, pedi a Makbule que me ajudasse a colocar minha caneta em sua mão. Makbule segurou o papel sobre uma bandeja, posicionou-a no ar em frente a ela e eu direcionei sua mão para frente. Ela não pareceu entender e arruinou duas folhas com rabiscos caóticos. Percebi que ela não estava mais relaxada. Começou a suar, agitou-se, os olhos se mexiam, mas foi capaz de levantar o braço de novo. No terceiro papel, ela escreveu um "i". Uma coincidência? Ela moveu o braço mais uma vez, e com uma intensidade que eu nunca tinha visto antes. Escreveu mais duas letras meio tortas. Um "k" e outro "i". Iki. Não parecia coincidência, mas não convenceu Makbule. Logo a velha senhora soltou a caneta.

– Arzu, já foi demais por hoje. Não vê como ela está cansada? O coração até disparou! Vamos acabar com isso – declarou Makbule, recolhendo os papéis.

Mas a *kadin* tentou de novo, levantando o braço. Rapidamente posicionei a caneta entre seus dedos e Makbule ergueu a bandeja com o papel virado de lado. Ela se esforçou muito, mas foi escrevendo devagar: "sifir". Terminou por desenhar um círculo meio torto.

Não era coincidência! Escreveu o número dois, "iki", e o número zero, "sifir". Em puro turco! O círculo provavelmente ficava na conta do zero... Dois e zero. Vinte? O que queria dizer com isso? Virei outra folha rabiscada de lado e ela escreveu a mesma coisa: dois e zero, dois, zero... iki, sifir, iki, sifir... Depois de tanto esforço ela soltou a caneta, o braço relaxou e logo adormeceu, exausta.

A velha *kadin,* há tempos acamada, desligada do mundo, estava nos dizendo algo? Ao menos, tínhamos descoberto uma coisa: a *kadinefendi* Esma estava mais forte, mais ativa, movia os braços e o mais importante: sabia escrever.

UM MAPA

Nas semanas seguintes, a *kadin* permaneceu quieta. Parecia que ainda se recuperava do esforço. Makbule e eu naturalmente nos engajamos no ritmo tranquilo da *kadin*, nos movimentando devagar, sem pressa nenhuma. Num início de manhã, essa calma foi quebrada pelo *aga*:

— Aqui, outro presente para você, Arzu — disse e me entregou um pergaminho grande enrolado, era velho e estava empoeirado.

— Obrigada. O que é? Onde o encontrou?

— No velho palácio.

— Topkapi?

— Sim. Estava esquecido numa prateleira muito antiga com outros documentos e pergaminhos. Por séculos, com certeza! Alguns estão tão frágeis que nem podem ser removidos. Esses deixei lá, na poeira. Este aqui é mais resistente. É feito de pele de gazela e tem várias cores. Você gostou?

— Um mapa! — disse, enquanto o abria e me encantava. — Este é aquele mapa do qual lhe falei, *aga*?

– Sim. Mapa de Piri Reis.

– Uau!

– E este velho livro também foi escrito por Piri Reis.

– O mapa de Piri Reis! Não acredito! Aqui na minha mão! E o livro...

– É chamado de *Kitab-i-Bahieh*, ou *Livro naval*. O mapa e o livro foram feitos na mesma época: no mês de Muharram do ano islâmico 919. O que corresponde ao ano 1513 do seu calendário. No livro, Piri Reis explica que consultou outros vinte documentos e mapas muito antigos para desenhar o seu mapa. Velhos quadros, planos e *mappae mundi*.

– Já leu o livro, *aga*?

– Só as primeiras páginas. É difícil de entender. Está escrito que Piri Reis trabalhou muitos anos neste mapa. Era um grande presente para o sultão Selim I em 1517 do seu calendário. Piri Reis foi um almirante poderoso, um cartógrafo e geógrafo.

– Sim.

– Por que esse mapa é tão importante, Arzu?

– Permita-me dar uma olhada antes de responder, *aga*...

Notei logo o conjunto de várias cores esmaecidas pelo tempo. Nove no total. Depois deduzi que o mapa chamado de Piri Reis, e o único conhecido até hoje, é, na verdade, um pedaço de um mapa maior. Um *mappae mundi*, talvez? O mapa nas minhas mãos mostrava a costa ocidental da África, a costa do Brasil e a dos Estados Unidos mais ao norte. Foi desenhado no antigo sistema portolano com linhas e círculos, pois latitudes e longitudes só foram estabelecidas pelos britânicos em 1761 após a invenção do relógio marítimo.

– O que você vê, mulher?

– Mais do que eu pensei que veria...

– Fale.

– Foi feito treze anos depois que os portugueses chegaram ao meu país e somente 21 anos depois que Colombo alcançou a América Central. Os detalhes da costa brasileira são incríveis! Os grandes rios em seus lugares certos... Houve tempo suficiente para os otomanos se inteirarem sobre essas informações ultrassecretas de Portugal e Espanha? Mesmo com os otomanos estando no auge de seu poder?

– Otomanos são poderosos. Nós sempre temos espiões.

Ele fez uma pausa. Tive de esperar um pouco para falar...

– Mesmo assim... Mapas eram os objetos mais bem guardados... Segredos de Estado... – objetei.

– Nunca duvide de nós, mulher. Este mapa prova nosso poder. Piri Reis foi um grande almirante otomano. Ele lutou contra os navios da Espanha, Veneza e Gênova. Ele pertencia à uma família de navegadores. Seu tio, Kemal Reis, também era um grande almirante, transportou os últimos muçulmanos da Espanha para o norte da África, quando Granada caiu diante dos cristãos. Uma família de heróis.

– Não duvido disso, *aga*.

– Conte-me tudo o que vê, mulher.

Levantei o mapa da mesa e o segurei aberto, com as duas mãos. O couro ainda era razoavelmente macio e maleável. Como Piri Reis foi esperto ao escolher desenhar sobre pele de gazela... Devagar e com cuidado, aproximei o mapa do meu rosto e o cheirei. Poeira antiga, exatamente do jeito que eu gosto... Alguns séculos. Essa era uma poeira da Renascença! Senti emoções difíceis de descrever. Então não seria um acadêmico alemão que encontraria o mapa numa prateleira esquecida do velho Topkapi em 1936. Fui eu! Bem antes dele! Com movimentos lentos, apoiei o mapa aberto sobre a mesa. Toquei sua superfície com a mão direita aberta, como se acariciasse o couro antigo. Havia poucas rachaduras. Imaginei o almirante turco desenhando o mapa. Cercado por seus documentos, suas fontes, algumas extremamente secretas, outras extremamente antigas, ele trabalharia sozinho sobre uma imensa mesa de madeira abarrotada de tintas raras, caras e os melhores pincéis do seu tempo. Seus desenhos, e ele se esmerava ao detalhar os pequenos navios perfeitos, cada um de um tipo, viajando através das bem proporcionadas costas do Brasil e da África, formando uma fila... Quase como se estivessem em movimento. Os pássaros e mamíferos desenhados em detalhes estavam espalhados pelo mapa por todos os lados pertinentes, nos mostrando que alguém já os tinha visto antes, tinha adentrado as terras e registrado os animais.

Ele deveria saber o quanto o mapa seria precioso, mais precioso que todos os diamantes de Selim I juntos. Conhecimento do mundo inteiro... Conhecimento restrito a muito poucos. A reis... Quanto mais eu olhava o mapa, mais intrigada ficava. O *aga* me apressou:

– Não tenho o dia todo, mulher!

– Vamos ver aqui. Apesar de ter sido desenhado no antigo sistema portolano, que é impreciso, está incrivelmente correto. Não sou geógrafa, mas já vi muitos mapas do século XVI e me parece que, diferentemente dos que eu vi, neste mapa de Piri Reis, os lugares, os rios estão desenhados e dispostos como se obedecessem a latitudes e longitudes! E olhe aqui: as Américas do Norte e do Sul estão ligadas! E eu acho que é o primeiro mapa a mostrar isso.

– Você acha? Não tem certeza?

– Como posso ter certeza? Escutei tudo isso de um amigo há muito tempo... Estou formulando minhas próprias conclusões agora, enquanto conversamos...

– Continue, Arzu.

– Olhe aqui – disse, apontando com meu dedo.

O *aga* se aproximou por trás e ficou logo atrás de mim. Pude escutar sua respiração. Era bem cedo de manhã e os primeiros raios de sol desenharam listras no canto do quarto. Makbule estava ocupada trocando os lençóis da *kadin* e me olhava de soslaio, visivelmente contrariada por não contar com a minha ajuda. Os movimentos de Makbule, sempre tão controlados, transformaram-se em barulhentos. Eu diria até um pouco agressivos, enquanto continuava a limpar o chão, dobrar tecidos, abrir e fechar os armários. Quando ela começou a virar a *kadin* para um lado e para outro na cama a fim de facilitar a troca dos lençóis, o *aga* a mandou parar.

– É o suficiente por hoje, Makbule. Cubra sua *kadin* e volte mais tarde para terminar seus deveres.

A servente baixinha saiu do quarto imediatamente, seu rosto agastado ainda bem visível.

– Continue, Arzu – demandou ele.

– Aqui, vê como as costas do Brasil e da África são bem proporcionadas?

– São?

– Sim!

– Entendo...

– Até a ilha de Marajó está aqui no mapa! Bem na foz do rio Amazonas! Só foi descoberta e descrita pelos portugueses em 1530!

– Entendo...

– Sim! E...

– E você crê que só pessoas vindas do futuro poderiam ter nos dito isso.

– Claro! Quer dizer, existe sempre essa possibilidade!

– O que mais?

– E lá embaixo, a Antártica! Trezentos anos antes de ser descoberta! E ainda podemos ver o Ártico desenhado no Norte! Antes do tempo também!

– Então este mapa mostra que era impossível para uma pessoa de 350 anos atrás, como o almirante Piri Reis, saber disso.

– E o mapa foi feito por um turco e guardado numa biblioteca turca por muitos anos. Será retratado nas notas de dez liras no dinheiro turco do meu tempo! Isso mostra o quanto esse mapa terá valor no futuro. É um símbolo da Turquia e, ainda assim, um mistério para a humanidade!

– Ele vai para sua coleção, Arzu? Uma nova prova para você?

– Claro que sim! Este mapa é tão impossível quanto as máquinas de Abydos e o jarro de Bagdá... É maravilhoso poder tocá-lo assim... Obrigada, *aga*!

Ele levaria o livro de Piri Reis com ele. O mapa ficaria comigo.

Com um exame mais de perto, eu percebi que havia mais mistérios no mapa... Mistérios maiores do que eu podia esperar... Mas eu guardaria para mim. O *aga* não precisava saber de tudo.

– Minha amiga escreveu de novo?

Ele sabia sobre os escritos da *kadin*. Claro que Makbule tinha contado. Era impossível guardar segredo no harém.

– Não. Ela não escreveu.

– Vou dar apenas o bom-dia da manhã, então.

– Antes de sair, *aga*, por favor, poderia ler para mim as fontes deste livro? Piri Reis escreveu no livro, não?

– Sim. Escreveu no mapa também, vê?

– Posso falar o idioma, mas não consigo ler sua caligrafia... Poderia ler para mim, por favor, *aga*?

Ele retirou uma linda lente de aumento do bolso e abriu o livro com gentileza.

– Sim. Aqui está um pouco apagado, mas Piri Reis diz que consultou muitos documentos: um mapa das terras à oeste desenhado pelas mãos de Colombo, roubado dos cristãos após uma batalha; três manuscritos orientais; oito mapas ptolomaicos encontrados nas velhas prateleiras do Topkapi e datados da era de Alexandre, o Grande; um mapa árabe da Índia; quatro mapas portugueses modernos, para a época dele, mostrando o Paquistão, Índia e a China. Mas por que você quer saber isso, Arzu?

– Só estou curiosa.

– Tenha um bom-dia, Arzu – disse ele e se aproximou da *kadin*, beijou-a na testa e saiu.

Eu estava intrigada. Se Piri Reis mencionou em suas fontes mapas da Índia, China e Paquistão, provavelmente o mapa que examinávamos era mesmo parte de um mapa global. Como ele podia saber de todos esses lugares? Os portugueses sabiam tanto? Detalhes, como esses? No século XVI?

Aproveitei que Makbule havia sido despachada para a cozinha, removi todas as velas usadas da mesa, deixando o mapa aberto, reinando sozinho na superfície de madeira lustrada. O sol entrava forte pela janela e iluminava o quarto inteiro. Pude enxergar bem. Os roncos da *kadin* providenciavam um fundo musical. Teria bastante tempo para pensar... Tentei lembrar minha conversa com Carlos sobre o mapa de Piri Reis.

Ele mencionou o mapa num dia quente com bastante sol. Nós nos encontramos depois das aulas da tarde, com a escola vazia, mas o sol ainda forte. Era horário de verão e o dia só se despedia depois das sete da noite. Mate e limonada gelados misturados meio a meio em dois copos descartáveis em cima do balcão de alvenaria cerâmica da cafeteria eram a nossa única companhia. Parecia tão distante no tempo agora... Cinco anos no harém era tempo demais.

Lembrei-me de que ficamos discutindo geografia e a época em que os rincões mais longínquos do planeta foram sendo "descobertos" pelas civilizações. Como os otomanos podiam saber do Ártico e da Antártica? Espiões? Os portugueses, os árabes não sabiam... Provavelmente os chineses também não... Esse conhecimento não poderia ser produto de roubo ou espólio de guerra...

Todavia, o aspecto mais intrigante do mapa se percebia bem ao sul. As ilhas Malvinas, Falklands para os ingleses, também já eram conhecidas! E a Antártica estava ligada à Argentina e ao Brasil! A América do Sul era uma contínua massa de terra que se projetava ao sul, em longa distância para o leste, invadindo o Oceano Atlântico! O que pareciam ser rios na Antártica, estavam muito mais perto do Equador do que a Antártica que todos conhecem hoje. Cuba não era uma ilha e estava ligada à Flórida!

Seriam erros? Piri Reis estava errado? Suas fontes estavam erradas? Poderiam ser o resultado de um efeito ótico? Ou o mapa estava correto, representando a geografia de outra era? A Era do Gelo? Quando o nível dos oceanos era consideravelmente mais baixo? Ou mesmo várias eras do gelo anteriores? Quando a Antártica convivia com um clima temperado e possuía rios cortando pastagens verdes? Quantas perguntas, meu Deus...

Eu me senti uma exploradora de verdade. A primeira pessoa a estudar o mapa em mais de 350 anos! Os britânicos da Real Sociedade Geográfica me invejariam...

A biblioteca de Alexandria me veio à lembrança. Todos aqueles rumores sobre documentos que teriam sobrevivido ao fogo... Piri Reis mencionou oito mapas Ptolomaicos... Sendo Ptolomeu o grande geógrafo do mundo antigo... Então seus mapas seriam de quatro séculos antes de Cristo... Alexandre, o Grande, sabia da Antártica? Que mais sabiam? Se pergaminhos e mapas terminaram seus dias em Constantinopla, outros segredos poderiam ser descobertos no velho Topkapi... E Ptolomeu? Em que fontes ancestrais ele teria pesquisado para elaborar seus mapas? Pergaminhos muito antigos e que não existiam mais?

A grande pergunta é: teria havido no planeta Terra, em eras longínquas, uma civilização que tivesse conhecimento global do planeta? Mesmo que o planeta fosse diferente?

Era do Gelo... Alguns dizem que terminou há seis mil anos. Outros mencionam doze mil anos... Com tantos pensamentos naquela manhã, tentei me lembrar da conversa com Carlos. Ele disse que nos anos 1960, um cientista do MIT estudou o mapa de Piri Reis, além de outros mapas intrigantes também, e concluiu que quem tivesse feito o mapa ou a fonte em que ele foi baseado deve ter empregado altos níveis de matemática: o autor sabia da curvatura da Terra, métodos de projeção (o que quer que isso fosse...) e trigonometria esferoide. Conceitos simples para Carlos, não para mim... E que o mapa foi representado como visto de uma projeção azimutal, (lembrei-me desse nome porque nunca tinha ouvido antes...), ou seja, de uma visão bem acima, alta no céu... Em outras palavras, de quem estivesse voando alto sobre o planeta!

Fui tomada por uma inspiração. Usando um travesseiro e um cobertor, formei uma bola. Posicionei o mapa sobre a esfera improvisada na mesa. As imagens se encaixaram facilmente em seus devidos lugares e as distâncias fizeram mais sentido. A América do Sul parecia estar em posição longitudinal apropriada em relação à África. Provavelmente este era o primeiro mapa a mostrar isso.

Mas esse caso era diferente... Meu coração disparou!

Não só um viajante no tempo teria viajado ao passado e contado às pessoas que a terra era, de fato, redonda, feito todos os cálculos matemáticos difíceis e introduzido o conceito da Antártica...

Esta era uma Antártica diferente!

Minha teoria nunca conseguiria explicar isso. Com tantas informações e elucubrações, pensei que fosse explodir! Como se alguém tivesse riscado um fósforo e eu, de repente, queimasse em chamas. E não havia ninguém para compartilhar... Fiquei ali refletindo sozinha sobre as grandes questões da humanidade. Os minoicos e os fenícios estudaram em Alexandria. Ambos eram exímios navegadores. Platão pesquisou lá, na biblioteca. Ele soube da Atlântida no Egito. O que mais teriam descoberto? Conhecimento sobre uma civilização perdida da qual nada se sabe? Capaz de voar e navegar ao redor do planeta? Navegantes com conhecimento global... Quando? O termo "Pré-História" é muito vago, de uma amplitude avassaladora. Os egípcios chamam esse período de Zep Tepi. A História desconhecida antes da primeira dinastia.

Doze mil anos? Quarenta mil anos? O que teria acontecido no fim da última Era do Gelo para mudar a vida na terra abruptamente? A história da torre de Babel, a barca de Noé, a grande enchente, o quê?

Existiu uma História antes da nossa História?

Minha teoria sobre os viajantes no tempo se tornou insignificante perto disso... Havia assuntos muito maiores a serem abordados. Nunca me senti tão imensamente, terrivelmente, só.

O sol já descia no Bósforo quando finalmente enrolei o mapa e o guardei embaixo da cama da *kadin*. Makbule tinha desaparecido durante todo o dia e me dei conta de que Esma não havia comido nada. No caminho da cozinha, fiquei imaginando se alguém mais saberia algo disso... Um grande mistério. A ideia de sociedades secretas me ocorreu novamente.

Ao retornar com o jantar da *kadin*, senti o cheiro almiscarado. No mesmo instante, busquei o peitoril da janela e lá estava o lenço azul. Será que Suna acreditava que nós não repararíamos em seu estratagema? Ou ela nem se preocupava com isso? Ela se considerava acima de todos?

A noite seria longa para mim, porque ficaria à espreita na janela até aparecer alguém no jardim. Era preciso disfarçar, porque se ela descobrisse que eu sabia, minha precária segurança ruiria por completo. Nessas horas, a angústia e o medo rebrotavam fortes.

O ESPIÃO

A noite insone tinha valido a pena, porque, no final da madrugada, sob uma tênue claridade, eu vislumbrei o eunuco de Suna no jardim. Consegui identificar os dois homens: eram os mesmos! O eunuco alto e o guarda barbado. Dessa vez não estavam debaixo da árvore e vi bem quando o auxiliar de Suna entregou um envelope ao guarda. Um ato de traição? Uma besteira qualquer? Uma encomenda? O que quer que fosse, desencadearia punição! Contudo, para mim, a decisão a ser tomada era simples: o que eu faria com aquela informação.

Makbule já tinha deixado bem claro que não se envolveria naquilo. Sabia, pela vasta experiência que tinha das intrigas no harém, que havia um perigo explosivo ali. Então só cabia a mim decidir. Assim que o *aga* entrou no quarto, numa de suas visitas rotineiras, esperando continuar o jogo de histórias, eu despejei a bomba:

– Há um espião no harém.

Ele parou, me encarou tranquilamente e respondeu:

– Claro que há! Vários! Sempre houve. Isso é um harém imperial...

— Mas, vi com meus próprios olhos... – insisti, menos confiante.

— O quê? Duvido que eu já não saiba. É meu trabalho saber.

— Um dos eunucos de Suna entrega bilhetes para um dos guardas. Um barbudo.

— Entendi... Que mais?

— Esses encontros acontecem depois que Suna deixa um lenço azul na nossa janela para sinalizar...

— Você viu Suna aqui? – perguntou ele, mais sério, de repente.

— Não. Mas senti seu cheiro.

— Sei... Muitas vezes?

— Umas cinco ou seis. Com certeza.

— E verificou o encontro dos homens sempre? Depois do sinal?

— Três vezes, sim.

— Entendi, avise-me da próxima vez – disse ele, encerrando a conversa.

E foi exatamente o que fiz quando duas semanas depois o lenço na janela e o cheiro almiscarado ressurgiram no quarto da *kadin*. A rede de segurança do *aga* não teve dificuldades em prender os dois suspeitos.

Nunca soubemos o conteúdo do bilhete, que devia ter sido escrito por um eunuco e ditado por Suna, que não sabia escrever. Provavelmente algo importante sobre o sultão. Que mais, para ser envolto em tanto mistério e seriedade? Por mais que métodos ancestrais de pressão e tortura fossem aplicados, eu soube, à boca miúda na cozinha, que o nome de Suna nunca foi implicado. O *aga*, então, foi obrigado a fazer uma acareação entre nós duas.

– Como, *aga*? Se eu não tenho nada a ver com isso? Só estava querendo ajudar! – protestei com veemência ao saber da notícia.

– Tenho de seguir um protocolo. Não há outra maneira – declarou ele, fazendo um sinal para segui-lo.

Era a segunda vez que eu entrava na câmara de audiências da *sultana valide*. Dessa vez eu não encontraria a imperatriz da França... Seria interrogada! E mesmo que eu não tivesse nada a temer, as paredes adamascadas em dois tons de vermelho e as molduras douradas me passaram uma sensação de opressão. Um abafamento, sei lá... Com tantas cortinas drapeadas de veludo e todas as janelas fechadas, o ambiente transpirava opulência, autoridade e um leve cheiro de bolor. Suna e a *valide* estavam de pé em cantos opostos do salão quando entramos. O *aga* não perdeu tempo:

– Arzu, *köle*, diga o que testemunhou.

Quando eu terminei meu relato, foi a vez de Suna, e ela nem esperou pelo interrogatório:

– Alguém pode ser acusado por seu cheiro? Alguém me viu no quarto alguma vez, *aga*? Viu?

– Não – respondeu o *aga*.

– Algum suspeito mencionou meu nome? – inquiriu Suna.

– Até agora, não – continuou o *aga*, visivelmente mais nervoso.

– Eu não...

– Eu faço as perguntas aqui! – bradou o *aga*, interrompendo a *gözde*, justo na hora em que ela começava a ganhar terreno. – O eunuco que já foi considerado culpado e está sendo interrogado faz parte da sua criadagem ou não? – questionou o *aga*.

– Sim, mas...

– Ele sabe escrever?

– Sim, mas...

– Sabe se alguma outra mulher faz uso do seu perfume no harém?

– Não. É exclusivo. Fabricado por mim, para mim. Mas isso não quer dizer que alguém não possa ter roubado um dos frascos para me incriminar! Notei que falta um vidro no armário!

– Tem como provar? – perguntou o *aga* mais uma vez.

– Não! Mas e a escrava? Tem como provar essa história do lenço? E quem é essa pobre coitada? De onde veio? Ninguém sabe! – retrucou ela, tentando virar o jogo.

– Não é isso que está em questão hoje aqui. Responda minhas perguntas! Estamos tratando de alta traição! – gritou o *aga*.

– Se há uma traidora aqui, é ela! Plantada por generais, oficiais, inimigos do sultão! Uma mulher com passado desconhecido, com nada a perder! Faz uma acusação para desviar a atenção da própria culpa! Não veem? Não é certo que ela tem acesso à janela do jardim? Não poderia jogar um bilhete pela janela? Talvez a escrava saiba até escrever! Não é proibido? Já investigaram isso?

– Responda às perguntas! Seu eunuco foi preso com um bilhete altamente comprometedor! Há testemunhos contra você! – disse o *aga*, perdendo o controle.

– Os dois acusados me envolveram na trama? Não! É minha palavra contra a dela! O sultão me conhece! Somos íntimos! Geramos um filho juntos! O que vai ser? – acusou-me Suna, com uma postura desafiadora.

Eu não aguentei e tentei me defender diante das acusações:

– Mentira! Não conheço ninguém fora do palácio! Só quis ajudar e alertar o *aga*! – gritei, já bem preocupada com o caminho que o interrogatório tomava.

– Silêncio! – bradou a *valide* com força. – Não preciso ouvir mais nada!

O *aga* levantou as mãos sinalizando para nós duas que o interrogatório havia terminado. Ninguém ousou protestar. A mãe do sultão caminhou para um dos cantos do salão onde havia um biombo pintado com peônias. Por um minuto, pareceu conversar com alguém com uma voz masculina grave.

Meu Deus! Seria o sultão ali atrás do biombo? O bilhete teria essa importância toda? Estaria no centro de um futuro golpe contra Abdülaziz? Minha denúncia teria desvendado uma grave crise política e alta traição? Suna era uma favorita... Eu não era nada... Eu me apavorei. O *aga* estava mais pálido que nunca!

– O sultão já se decidiu – anunciou a *valide* ao retornar para o centro da sala, séria. – Diante de fortes indícios e da dificuldade das provas, ele não quer se arriscar. Precisa limpar o palácio. Os dois acusados presos serão executados amanhã, assim como vocês duas também! Morte pelo saco amanhã às nove horas! – deliberou a sentença e tocou um sino.

Na mesma hora, entraram quatro guardas e nos seguraram.

– Sultão! Meu sultão! Não faça isso! Teremos outros filhos! Sou inocente! Não vê? – gritou Suna, repelindo os guardas. – Salve-me! Abdul! Abdul!

A *sultana valide* sinalizou com a mão e os guardas a arrastaram para fora. Eu fiquei paralisada, imóvel, sem conseguir compreender direito a dimensão da tragédia. Quando o olhar do *aga* encontrou o meu, percebi que estava perdida. Nem retruquei quando os guardas me levaram também. Ainda arrisquei um olhar para ele no último instante, como a pedir um socorro que não viria.

A CELA

É melhor nunca, ninguém, nem por um instante, pensar que já se chegou ao fundo do poço e que nada pior pode acontecer... Como se não bastasse a condenação sem motivo à morte por afogamento dentro de um saco no Bósforo no dia seguinte, descobri que iria passar a última noite da minha vida dividindo uma cela fria com Suna.

Depois que nos largaram na masmorra e trancaram as grades, ficamos em silêncio. Nossas mãos não estavam amarradas, havia um certo espaço entre nós e dois bancos estreitos de pedra que serviriam de camas; contudo, mal nos olhávamos. Ficamos ali, desalentadas, sem querer acreditar na nossa sorte fúnebre em comum. De repente, Suna levantou-se, chegou mais perto e gritou:

– Satisfeita? Tudo por sua culpa!

– Minha? Minha culpa? Ah, tá bom! Quem é que fazia contato e mandava bilhetes para o inimigo? – questionei.

– E quem é que esconde que sabe escrever? Por que você sabe, não é? Coisa feia... – perguntou e me ofendeu ao mesmo tempo.

– Que está tramando, hein? O que contou no bilhete? Está espionando para os generais? Ou está agindo pelos ingleses?

– Espiã dos ingleses? Isso é que é reduzir uma pessoa! – negou ela, com ênfase, cuspindo no chão. – Os *pashas* pagam mais...

– Os bancos de Londres precisam receber suas dívidas, não é? O sultão gasta muito e tem três mil eunucos... Tantas joias... Tantos navios... Não é? Os *pashas* se preocupam? – perguntei diretamente.

– E você? O que escreve para depois jogar pela janela? Espionando para os franceses? Eu vi quando falou com a imperatriz deles aquela vez! Poderiam chamá-la aqui de a escrava de Paris! – retrucou Suna, com um risinho.

– Nós duas sabemos que foi você – disse, mais calma. – Mas, se não quer admitir... vai morrer e sua mentira vai junto. Allah sabe de tudo!

– Vamos morrer, imbecil! As duas!

Resolvi parar de discutir, ignorá-la e tentar alguma saída da situação. Passei a examinar com cuidado as paredes. Poderia haver alguma lasca do reboco ou de pedra...

– O que está procurando? Não há nada aqui. Talvez uns ratos...

– Uma lasca. Algo para cortar o saco! Ainda temos um tempo. Vou lutar até o fim! – respondi.

– É uma tonta mesmo... Agora que me contou, por que acha que não vou denunciar você?

– E perder a pouca chance de se salvar? – continuei.

– Sabe nadar, se conseguir cortar o saco? Porque eu não sei – admitiu Suna.

– Então eu seria a sua única chance. Nado muito bem. Eu poderia cortar o meu saco, cortar o seu e puxar você... – disse.

– E você me salvaria? Há, há... – debochou a ex-favorita.

– Mesmo sem você ter essa certeza, mesmo assim, eu seria a sua única chance. Que ironia, não? Há, há... – debochei também.

As horas se arrastaram naquela cela, mas eram preciosas e as poucas que nos restavam. Não encontrei nada que pudesse ajudar a soltar uma lasca da parede. Suna emprestou um alfinete de ouro do seu penteado.

– Serve isso? – perguntou ela.

– Serve, vamos tentar.

– Ou é melhor isso? – perguntou novamente, retirando uma faquinha minúscula de uma dobra do vestido. – Ou isso? – perguntou de forma teatral, me encarando, enquanto retirava lentamente um pequeno punhal embainhado de dentro do decote. – Eu já podia ter matado você, *köle*... Aqui mesmo, se quisesse... Estava pensando nisso antes dessa conversa!

– Vamos morrer de qualquer jeito! Quantas armas escondidas! Passe uma para cá. Vamos esconder antes que alguém veja – respondi feliz, com uma ponta de esperança.

– Alto lá! Que garantia tenho?

– Nenhuma! – respondi, com certa satisfação.

Fiquei na dúvida se tentava dormir a fim de recuperar as forças para a fuga no mar ou se aproveitava as últimas horas da minha vida acordada, respirando e conversando... Como chorar e se lamentar não adiantariam, e nada poderia reverter nossa condenação, passamos umas horas ali a falar e a tagarelar... O guarda que fez a ronda da madrugada pensou que éramos grandes amigas... Suna contou sobre a infância pobre e os estupros sucessivos que sofrera desde a puberdade na sua ilha natal até ser enviada para o harém. Eu contei sobre a vergonha e timidez sobre o meu corpo... Logo para quem! Suna concordou totalmente, me classificando de horrorosa e um caso perdido de sedução.

Como eu detestava aquela mulher! Estava ali por culpa dela! A verdadeira espiã! A responsável pelos meus grandes problemas no harém! Mas, como não havia mais ninguém ali para nos escutar e ela dava a morte como certa, Suna foi falando sobre a sua vida. Àquela altura, eu fingia que escutava. Minha preocupação era testar se eu conseguiria alcançar a faquinha escondida na faixa da cintura, caso estivesse com as mãos amarradas. Estávamos a poucas horas do afogamento no Bósforo!

A poucas horas da morte!

Destino

No início da manhã, Suna já estava prestes a me revelar o segredo do seu perfume, e eu quase contei a ela sobre o futuro da humanidade quando o *aga* entrou de repente na masmorra. Notei que ele suava e chegou com a respiração acelerada. Não demorou muito para anunciar:

– Saiam. Estão livres! – declarou ele, aliviado.

– Livres? – perguntamos quase juntas.

– Livres!

– Já vou sair daqui! Desse lugar imundo! Agora! – disse Suna, sem querer saber a razão da liberdade. – Devolva minha faca, *köle*! – exigiu ela, antes de me empurrar para passar e nem olhou para trás.

Fui caminhando com o *aga* pelos corredores de pedra e depois por uns caminhos que não conhecia até retornar ao harém.

– Como, *aga*? O que aconteceu? – perguntei ao entrar no quarto.

– Interroguei pela última vez, à minha maneira e sozinho, o eunuco de Suna e ele finalmente acusou uma outra escrava, uma circassiana.

– Mas... tenho certeza de que foi Suna! Quem é esta mulher? Pode ser inocente! – retruquei.

– Interroguei-a pessoalmente também. Já era suspeita de outras traições e confirmou todas – disse ele.

– É?

– O importante é que ela confessou. Fechou-se o círculo e o sultão mandou liberar vocês.

– É?

Foi o que consegui responder.

– Para salvar você, foi preciso liberar Suna também. Cuidado, Arzu. Ela será ainda mais perigosa agora.

– Sim.

– Ela confessou algo aqui, de última hora? – perguntou ele.

– Não. Quase revelou o segredo do perfume, mas não deu tempo... – respondi.

Eu não iria dizer nada. Não mais. Muito menos que os *pashas* pagavam bem... E que Suna deveria espionar para eles. Deviam ser Avni Pasha e Rüstü Pasha. Talvez até o idealista Mithat Pasha estivesse envolvido também... Todas as notícias chegavam à cozinha, inclusive as intrigas políticas. Por isso eu tinha ideia do que podia estar acontecendo. Os três *pashas* eram os otomanos mais poderosos, depois do sultão, da *valide* e do *aga*... Não importava! Eu tinha decidido que não saberia mais de coisa alguma no harém. Makbule estava certa. Eu não interferiria na História. Quanto ao futuro golpe, se fosse mesmo o destino, que viesse!

E que tudo se danasse!

IPANEMA

Quando finalmente fechei a porta e deitei-me no meu colchonete fininho aos pés da cama de Esma, tentei acalmar a minha respiração e senti um alívio imenso. Sonhei que estava de volta ao Rio, em Ipanema, na praia...

Meu corpo deliciava-se ao vencer as primeiras marolas e ir avançando aos poucos, onda por onda, nas águas cálidas do mar.

Ipanema... Estava com saudades do mar, do calçadão, da vista das ilhas Cagarras...

O que tem Ipanema? Por que todo mundo quer morar lá? Não pode ser só pela praia. Certamente não é pela sua arquitetura, pois é feia, monótona, fora de moda. As ruas principais estão lotadas de ônibus barulhentos e carros por todos os lados, que estão sempre em movimento, devido à dificuldade de estacionar. Nem mesmo seu nome sugere algo idílico. Em Tupi-Guarani, Ipanema significa água podre. Há duzentos anos, a faixa estreita e comprida de terra não possuía valor algum. Era uma área lamacenta infestada de mosquitos, coberta por mangues e atormentada pelos ventos.

Os cariocas de Ipanema, na maioria bonitos e bronzeados, não se importam com carros de luxo ou *status*. Suas ruas são cobertas, sim, de gente ostentando biquínis, ternos, a última moda do Rio, Nova York e de Paris, mas também há roupas que já deveriam ter sido descartadas na virada do século. Tudo misturado.

Existe uma atmosfera única em Ipanema, uma fusão harmoniosa de produtividade e pouco caso, que permite a seus moradores trabalhar em horário integral e, ainda assim, ter o prazer de caminhar diariamente pela orla durante o ano todo. Há de tudo: bancos, escritórios, médicos, restaurantes, escolas e igrejas. Por isso, adoro passear por suas ruas, fazer compras, resolver os problemas de rotina e ainda me sentir no paraíso, a praia logo ali...

Ipanema lançou o biquíni fio dental para o mundo. Inventou a bossa nova na rua Nascimento Silva... A musa que inspirou a canção "Garota de Ipanema" caminhava com cadência na antiga rua Montenegro, em direção ao mar. É a praia urbana mais bonita do mundo!

Quando se está longe como eu me encontrava, a mente se lembra mais das coisas boas. Ali no harém, eu evitava pensar nos pivetes, nos mendigos, nos arrastões... E Ipanema também pode ser uma maldição. Pelo menos foi para mim durante muito tempo. Uma lembrança constante e pungente de que, ao contrário de muitos cariocas charmosos, eu era uma mulher gorda e sem graça.

Para falar a verdade, eu não era mais uma pessoa gorda e sem graça no harém. Tinha perdido muito peso subindo e descendo escadas, e aprendido a ser mais confiante depois das aulas semanais de sedução. Queria voltar! Precisava voltar. Passear por Ipanema novamente... Conversar com Carlos cercada por crepúsculos dourados. Sair da escola, me dirigir à areia, tirar os sapatos, enrolar as calças e caminhar pela beira d'água com ele, admirando o atrevimento dos surfistas sobre as ondas. A luz natural diminuindo e se refletindo nas fachadas espelhadas dos edifícios do outro lado da avenida... A montanha Dois Irmãos à direita e a pedra do Arpoador à esquerda, emoldurando a praia... Sempre um cenário perfeito para nossas conversas que nunca terminavam.

De qualquer maneira, voltar a Ipanema estava fora de questão para mim. E, mesmo que lograsse voltar, Ipanema seria a mesma? Como a veria depois de tudo o que passei? Depois do harém, do *aga*, da prisão, de Suna? Eu conseguiria ser a mesma?

Não. Catarina jamais voltaria a Ipanema...

O portão de Murad

Para compensar minha falta de cuidados, durante os quase dois dias na prisão, decidi fazer uma sobremesa diferente para o jantar de Esma. Precisava sobretudo sair do quarto e me distrair. Desci no meio da tarde para trabalhar com Ali. Fiz um sinal para ele sair e me encontrar no corredor aberto entre as portas.

– Então você quer me ajudar de novo, Arzu? Depois de quanto tempo... meses, não é?

– Você não me quer mais na cozinha, Ali?

– É sempre bem-vinda, Arzu... A qualquer hora. O que quer fazer hoje?

– Queria fazer algo da minha terra... brigadeiros de chocolate, se tivéssemos leite condensado... Ou chocolate... – disse, meio sonhadora e saudosista... como se fosse possível...

– O quê?

– Nada, nada. Claro que não conhece. Só sinto falta dessas coisas... Vamos ser práticos. O que você tem disponível na cozinha?

– Ovos, açúcar, amêndoas, pistaches, damascos, mel, farinha...

– Ovos e açúcar? Perfeito! Vamos fazer doces portugueses! Vou precisar de amêndoas também.

Eu ensinei a ele como fazer toucinhos do céu e dom rodrigos, do jeito que minha avó ensinou a minha mãe. Nós os preparávamos na época da Páscoa. As receitas vinham dos nossos ancestrais portugueses do lado materno e eram tradição na família havia muitas gerações. Sempre fui bem limitada na cozinha, mas descobri que cozinhar me acalmava ali no harém. Receitas simples aprendidas ainda nos tempos de criança, com apenas três ou quatro ingredientes, estavam frescas ainda na memória. Os doces de Páscoa nunca são delegados para as empregadas da casa. Pensando bem, essas são as únicas ocasiões em que minha mãe é vista na cozinha. Tenho certeza de que é por essa razão que eu me lembro tão bem.

A companhia de Ali sempre ajudava. Seu sorriso, seu jeito fácil e acolhedor. Mesmo na cozinha silenciosa. Cozinhar me levava para longe de meus problemas por um tempo. De alguma maneira eu conseguia me abstrair da realidade e ir para um outro lugar, totalmente focada. Um mundo diferente, o culinário. Perfeito para curar os traumas das acusações injustas...

Ali estava curioso com os doces:

– Não levam gemas demais? É isso mesmo, Arzu? Doze para cada receita? Nunca vi doces assim...

– As melhores receitas portuguesas são assim, Ali. Os doces são feitos só em ocasiões especiais.

– Será que ficam gostosos? Com tantas gemas... Quem inventou doces assim? – disse ele, realmente incrédulo quanto ao sabor final.

– Foram as freiras portuguesas, com certeza.

– Freiras?

– Mulheres religiosas cristãs. Aquelas que vivem em monastérios religiosos por toda a vida. Elas usam roupas e chapéus especiais, chamados hábitos, e precisam de muitas claras de ovos para engomá-los, deixando as golas e os chapéus bem rígidos e armados. Ficam as gemas. Para não desperdiçar, acabaram inventando esses doces maravilhosos com muitas gemas.

– Maravilhosos?

– Ali... Não seja tão desconfiado. Confie em mim um pouquinho... O segredo é fazer o caramelo antes, deixar esfriar e só então incorporar as gemas batidas. Senão pode acabar com ovos mexidos doces.

– Você é a cozinheira, você manda.

– Nunca fiz sozinha antes, então não me apresse. Estou tentando me lembrar das proporções.

Ele sorriu, mas continuou a fazer perguntas. Falávamos baixo, quase sussurrando, para não atrapalhar os trabalhos em volta.

– Essas religiosas portuguesas foram muito espertas. Mas só se os doces forem bons mesmo...

– Sim.

– Por que as pessoas da velha Konstantinye não pensaram nisso também quando estavam construindo as grandes muralhas de pedra? Vinte metros de altura em volta da cidade toda! Dizem que usaram claras de ovos para fazer o cimento. Consegue imaginar quantas gemas desperdiçaram?

– Bem, o que sei é que esses doces amarelos não serão desperdiçados hoje, não...

Ao final, meus doces portugueses não saíram perfeitos, mas gostei mesmo assim. A *kadin* degustou o toucinho do céu e sorriu quando terminou. Ela pareceu estar com mais energia que de costume e ergueu a mão direita no ar. Seus movimentos de pinça começaram novamente. Queria escrever?

Procurei um papel. Não havia. Só encontrei um já rabiscado, mas usei mesmo assim, disponibilizando a caneta também. Com muita dificuldade e concentração, ela escreveu em letras irregulares e tortas sobre os rabiscos anteriores: "tese". Por cima disso, conseguiu mais quatro letras: "kkür". Por cima de tudo, ainda acrescentou: "lar". *Tesekkürlar*? "Obrigada", ela estava dizendo em turco... Ela estava viva... Lágrimas chegaram aos meus olhos. A velha senhora estava agradecida... E o melhor de tudo, não eram só os números, a *kadin* realmente sabia escrever!

Eu comecei a falar com ela. Um monólogo, claro...

– Então a *kadin* quer se comunicar? Deixe-me falar primeiro... – comecei e falei, falei até desabafar.

Desde aquele dia, Esma se tornou uma espécie de terapeuta involuntária, escutando todos os meus problemas, ansiedades, saudades. Até as teorias históricas mais complexas. Pobre *kadin*, ela não tinha escolha... Surpreendentemente, meus problemas pareceram menores depois que os deixei fluírem para longe, numa bela correnteza.

Pessoas solitárias fazem isso para manter a sanidade. Elegem um objeto, uma árvore, uma estátua. Algo para transformar em seus ouvintes. Pelo menos, Esma era um ser humano e até sorria algumas vezes. Além disso, quando se fala de um problema em alto e bom som, ele parece mais real, encolhe um pouco também. Sempre disponível e quieta, a *kadin* era a ouvinte perfeita. Não revelaria o segredo de ninguém.

Eu estava intrigada com os escritos de Esma. Se pudéssemos classificar os rabiscos como palavras... Não sabia quase nada sobre ela. Onde tinha nascido? Falava outras línguas? E filhos, teria? Estava cuidando daquela velha e gentil senhora havia cinco anos e mal sabia de sua vida. Não que vidas anteriores ao harém importassem muito; ainda assim, Esma devia ter uma história. Por que era tão importante para o *aga*?

A *kadin*, o *aga*, o quarto e as duas janelas: meu grande, vasto mundo...

E, claro, histórias. E uma coleção de objetos impossíveis. E minhas tentativas de contatar o imperador do Brasil. E lendas otomanas... E Suna.

Depois de meses sem ouvir suas lendas, o *aga* apareceu uma noite para contar mais uma.

– Essa noite vou ajudar você com uma história, Arzu. Preste atenção.

– Sim.

– Existem sultões que gostam de ficar dentro de seus palácios, já outros gostam de sair incógnitos para conversar com os cidadãos. O sultão Murad IV sempre fazia isso. Uma vez, ele estava andando pelas ruas vestido como um comerciante e resolveu pegar um barco para Üsküdar. O barqueiro navegou no Bósforo. Quando estavam no meio da viagem, Murad perguntou a outro passageiro do barco: 'Como é seu nome?'.

"Ele respondeu: 'Meu nome é Ahmed Agha de Üsküdar. Sou um geomante'.

"O sultão Murad ficou muito curiosos e perguntou: 'O que é isso que o senhor faz?'.

"'Eu prevejo o futuro', respondeu o homem com voz calma.

"'Então, faça isso agora aqui no barco. Agora. Pode dizer onde o sultão Murad está e o que ele está fazendo neste exato momento?', perguntou o sultão para testar o adivinho.

"O homem pegou uma bolsa com areia e terra, despejou todo o conteúdo sobre uma mesa, observou bem por alguns minutos e disse: 'O sultão Murad está provavelmente no mar'.

"E o sultão, que estava se divertindo, perguntou: 'Pode dizer se ele está perto ou longe de nós?'.

"O homem recolheu a terra na bolsa e a atirou novamente sobre a mesa. Depois de alguns instantes, sorriu e respondeu: 'O sultão Murad está neste barco aqui e agora. O senhor é Sua Majestade, o sultão!'.

"O sultão ficou bem satisfeito. E o parabenizou.

"'Muito bem. Você fala a verdade. Mas quero fazer mais uma pergunta. Se o adivinho acertar, lhe darei uma pequena fortuna. Mas, se estiver errado... Diga-me, por qual portão entrarei na cidade?'

"O geomante atirou a terra pela terceira vez, mas não respondeu. Escreveu algo num pedaço de papel, dobrou bem e disse: 'Dessa vez eu humildemente peço para Sua Majestade que leia a resposta somente depois de passar pelo portão'.

"O sultão concordou e guardou o papel no bolso. Pensou um pouco e, de repente, ordenou ao barqueiro que remasse para a costa imediatamente. O barqueiro ficou confuso: 'Mas não há modo de entrar na cidade por aqui, Majestade...'.

"Murad IV disse a ele para fazer o que lhe era ordenado. O barqueiro obedeceu e atracou o barco. O sultão escalou um pedaço de terra em frente à muralha, chamou os guardas, identificou-se e ordenou: 'Eu sou o sultão Murad. Ordeno que vocês abram um buraco nesta muralha imediatamente, porque quero entrar na cidade por aqui!'.

"Uma ordem do sultão era para ser obedecida de pronto e os guardas fizeram um buraco nas pedras da muralha. O sultão entrou na cidade e retirou o papel do bolso. Estava confiante em sua vitória. Com um sorriso, abriu o papel e leu: 'Sua Majestade, meu sultão. Eu o saúdo pelo seu novo portão!'.

"Por causa disso, houve mais um rico geomante na cidade e o lugar do ocorrido e seus arredores ficaram sendo chamados de Yenikapi, que significa Novo Portão."

– Obrigada, *aga*, gostei da história – respondi, dizendo a verdade.

– Essa é uma história poderosa. Para não ser esquecida, Arzu.

– O *aga* quer dizer que precisarei dela um dia? Terei de quebrar uma muralha para escapar?

– Escapar? Que palavra forte! Tem certeza de que quer escapar?

"Claro que quero escapar!", eu deveria ter gritado. Mas com o *aga* era sempre preferível ser cautelosa.

– A esta altura, não tenho certeza de nada – disse, olhando para o chão.

E com a menção a portões, a quebrar muralhas e a escapes, percebi que estava na hora de escrever outra carta.

A QUARTA CARTA

Constantinopla, verão de 1874

Para Vossa Majestade Imperial
Dom Pedro II, imperador do Brasil

Eu, sinceramente, espero que esta carta alcance Vossa Majestade
e sua família em paz e em boa saúde.

Continuo aqui no harém. Sobrevivi até agora. Por favor, não
desista de visitar Constantinopla. E, por favor, eu imploro a Vossa
Majestade, não desista de me resgatar.

Eu sei que por agora Vossa Majestade está tentando elevar o
império internacionalmente. Vossa Majestade deveria se orgulhar de
seus esforços. A mentalidade em relação ao Brasil mudará em nosso
favor. A participação consistente do Brasil nas Exposições Universais,
juntamente com as nações mais desenvolvidas, está realmente chamando a atenção para o país. O Brasil é o único país da América do
Sul a tomar parte em algo dessa dimensão. A exposição de 1873, em
Viena, foi muito boa, mas a da Filadélfia, em 1876, será um grande

triunfo nosso. A razão principal será a presença de Vossa Majestade. O presidente Grant o dará a honra de cortar o laço inaugural da exposição com ele. Lá, Vossa Majestade chamará a atenção do mundo para um grande invento, que provavelmente passaria despercebido, não fosse por sua curiosidade científica: o telefone.

No terceiro andar do edifício estará uma mesa com a invenção de um professor do Instituto de Surdos, demonstrando sua invenção pela primeira vez. Seu nome é Graham Bell. Sugiro que Vossa Majestade não subestime seu invento. Telefones irão mudar completamente a forma como nos comunicamos nos séculos seguintes, pois possibilitarão ouvirmos uns aos outros a longas distâncias. Será um item essencial em todas as casas do século XX. Vossa Majestade testará o invento e dirá ao se afastar da fonte do som: "Ele fala!". Seu reconhecimento do sucesso de Bell trará os fotógrafos e jornalistas para o terceiro andar. Vossa Majestade ficará tão impressionado com o telefone que o comprará imediatamente, dotando o Brasil com o segundo telefone do mundo, depois dos Estados Unidos.

Humildemente, peço perdão a Vossa Majestade pela inconveniência, mas gostaria de expor algumas questões que me intrigam, mesmo sabendo que receber alguma resposta seja quase impossível. Recentemente, examinei um mapa de 1513 d.C. feito por um almirante otomano chamado Piri Reis. Foi baseado em mapas portugueses; num mapa feito por Colombo; e noutros Ptolomaicos, da época da biblioteca de Alexandria. É bastante preciso para um mapa da época e contém conceitos de matemática avançada. Mostra a Antártica, a massa de gelo no polo sul, o que não se conhecia na época, além de dispô-la ligada ao Brasil e muito mais próxima do Equador do que realmente é.

Vossa Majestade sabe algo disso? É por esse motivo que mostrou tanto interesse em suas cartas para o cientista Louis Agassiz, um notório estudioso das Eras do Gelo? Por isso financiou as expedições dele para estudar os fósseis de peixes pré-históricos da Amazônia? Não tinha prestado muita atenção a suas cartas e suas perguntas durante minhas pesquisas no arquivo de Petrópolis. Entretanto, vendo este mapa, suas perguntas se tornaram muito relevantes para uma teoria que estou desenvolvendo. Vossa Majestade possui informação confidencial sobre este assunto? Isso explicaria sua curiosidade científica? A Botânica, a Astronomia, o estudo de tantos idiomas, incluindo as línguas mortas? É por isso que seu pai, dom Pedro I, comprou grande parte da coleção dos achados egípcios de Belzoni, provendo a Quinta da Boa Vista com a maior coleção egípcia da América Latina e a mais antiga das Américas? E as páginas antigas da Torá que Vossa Majestade adicionou ao acervo Real? E a primeira edição, muito rara, da Geografia de Ptolomeu, de 1486? E o que dizer do carneirinho de ouro que está sempre alfinetado em seu paletó negro? Seria a ordem do Carneiro de Ouro uma sociedade secreta com informações e segredos disponíveis só aos círculos monárquicos? A ordem do Toison D'Or sabe algo sobre uma civilização antes do nosso tempo? Vossa Majestade crê que Atlântida existiu?

Perdoe-me, Vossa Majestade. Acabo de reler minhas palavras e me dei conta de que pareço uma louca com tantas questões. Infelizmente, o papel é escasso e não posso apagá-las. O fato é que as escrevi num momento de frenesi, um estado mental que deve resultar do meu isolamento aqui. Lidar com a minha viagem no tempo já é problema suficiente e, ironicamente, termino buscando mais complicações ao tentar explorar questões maiores ainda.

Francamente, Vossa Majestade é a única pessoa viva com quem posso falar sobre tais assuntos. Só espero que possamos nos encontrar um dia.

Sua humilde admiradora e agora súdita,

Catarina A. A.

CORRENTES

Existe um rio embaixo do mar em Istambul. O único sempre ativo e o primeiro a ser descoberto. Trinta e cinco metros abaixo da superfície, numa profundidade que robôs conseguem explorar melhor, há um rio denso, com altos níveis de salinidade e sedimentos, correndo do Mediterrâneo para o mar Negro. Esse rio submarino possui todas as características de um rio comum: cataratas, canais, corredeiras e até margens com alguma vegetação. Se fosse na terra, seria o sexto maior rio do planeta. Com um quilômetro de largura e sessenta de comprimento, carrega dez vezes mais água que o rio Reno, o maior da Europa. Seu fluxo de quatro nós por hora contribui para formar fortíssimas correntes.

O Bósforo é um lugar perigoso para navegar. Existem duas correntes principais fluindo em direções opostas no estreito mais movimentado da navegação internacional. Vinda do mar Negro em direção ao mar de Mármara, a corrente de superfície é de quatro nós, mas pode facilmente atingir oito nós, na sua parte mais estreita entre a ponta Kandili e Asiyan, mesmo num dia sem vento. As correntes trazem vida aos mares vizinhos, influenciam as marés e geram inúmeras lendas, nas quais o Bósforo parece ter vida própria, decidindo quais navios devem navegar com segurança ou naufragar.

Para mim, depois de mais de cinco anos contemplando o Bósforo, intuí que precisava tocar alguma vez em suas águas. Sonhava com o dia em que finalmente eu o sentiria nas mãos. Seria salgado? Muito frio? O estreito estava tão próximo do palácio, eu escutava suas marolas nos dias de ventania, e, ainda assim, era inalcançável. Não precisei pensar muito para deduzir que Ali, com sua liberdade de ir e vir e seu senso de aventura comum aos jovens, seria o único corajoso o bastante para me ajudar nesse projeto arriscado.

Depois de uma forte oposição inicial, Ali cedeu e criamos um plano juntos. Seu pai, algumas roupas de pescador e um barco a remo estariam envolvidos. Eu estava entusiasmada, qualquer coisa para sair do harém...

A cozinha ficava no térreo e possuía uma porta nos fundos que levava a uma doca pequena, suja e fedorenta, por onde os peixes eram entregues todas as manhãs. No dia combinado, saí disfarçada de pescador e entrei no bote com uma cesta na mão, aparentando uma calma que absolutamente não sentia. Acomodei-me e permaneci quieta, sem olhar para trás até estarmos longe no estreito. Éramos somente Ali, seu pai e eu no velho bote. Fazia um dia claro e corria uma brisa fresca. Fantasiei que aquele dia perfeito era um presente para mim. Deus e os anjos, todos tinham concordado que Arzu merecia esse dia... Os dois homens olhavam para a frente o tempo todo, preocupados com os outros navios e aproveitei para remover o lenço da cabeça e soltar os cabelos. O vento soprou, delicado, e fechei os olhos.

Meus pensamentos viajaram para longe. Como eu precisava disso... Essa brisa... Liberdade... Eu era Cleópatra no Nilo... Rainha do mundo... A água do mar no meu rosto, a brisa, os barulhos das remadas e os pássaros cruzando o céu impediram que ouvisse os gritos de dois homens horrorizados com minha falta de modéstia. Levei uns minutos para entender.

– *Haram*, Arzu!

– O quê?

– *Haram*!

– Sim, sim. Proibido... Desculpe, Ali. Mas foi o vento! – disse, rapidamente cobrindo os cabelos com o lenço novamente.

Navegamos contra a corrente. A fachada branca do Dolmabahçe estava fora de vista, e eu relaxei. Não havia pontes... Na margem direita, vi casarões antigos e palácios menores de dois ou três andares, construídos sobre colunas arqueadas. Todos em madeira e no mesmo estilo, formando uma vista harmônica. As casas situavam-se próximas da margem e refletiam sua imagem na superfície da água, graciosamente, como se flutuassem. Em cada uma delas notei jardins bem cercados e treliças nas janelas. Mulheres confinadas... Antes que o pai de Ali fizesse a curva para voltar, meu jovem amigo me entregou um balde escuro.

– Aqui, segure pela corda e jogue na água. Você não queria provar o mar, Arzu?

Ele me ajudou a puxar o balde de volta e enfiei as mãos na água!

– Finalmente, o Bósforo...

– Claro, o Bósforo! – respondeu Ali, sorrindo.

– Não é tão salgada! – disse depois de provar.

– Sim. A água do Mediterrâneo é mais salgada que essa – disse ele, parecendo feliz com a minha animação.

– É muito fria! – gritei.

– Sim, claro!

– Obrigada, Ali. Esse dia está perfeito.

– Fico feliz por você, Arzu. Mas precisamos voltar.

– Eu sei...

– Você também sabe que isso é muito, muito perigoso...

– Eu sei.

– Para nós dois.

– Eu sei.

– É bom que você saiba.

– Ali... Obrigada. *Shokran. Tesekkürlar.*

Na volta, recolhi mais um balde cheio e derramei tudo sobre minha cabeça. Fiquei encharcada e gelada. Impulsos de me jogar na água e sair nadando me assaltaram. De onde estávamos não seria tão difícil nadar até a costa. As treliças nas janelas me fizeram desistir: não havia escapatória.

De volta à cozinha, retirei o disfarce encharcado, vesti a túnica bege, o véu de sempre e subi com a bandeja do jantar. Com meu espírito leve, relaxei. Estava feliz com o cheiro do Bósforo nos cabelos. O frescor do mar me inspirou e deixei fluírem pensamentos de prazer e liberdade. Ainda relembrando a aventura proibida, me esqueci de evitar o corredor do salão azul. Já tinha percorrido metade do seu comprimento quando encontrei Suna. Não parei, mas minhas mãos e a bandeja começaram a tremer. Ela passou por mim devagar, examinando-me.

– Você cheira mal, *köle*!

Eu ouvi, mas continuei o caminho.

– Você cheira a peixe, *köle*!

Eu já estava quase chegando à escada.

– Conheço bem esse cheiro! Você cheira a água do mar! – gritou ela, por fim. – Onde esteve, coisa feia? Nadando? – perguntou, e corri escada acima. – Ninguém vai poder proteger você agora!

Escutei sua última ameaça à distância.

Corri para cima, tentando equilibrar a bandeja. Nem olhei para trás. No quarto, coloquei a bandeja sobre a mesa e esperei que minha respiração se acalmasse e minhas mãos parassem de tremer. Olhei para a *kadin* e para o Bósforo, que se via da janela.

Deveria ter pulado, disse a mim mesma... Ter mergulhado profundamente nas águas do estreito até o ponto em que as correntes opostas me rasgassem em mil pedaços.

Moedas

Makbule ficava emburrada por qualquer motivo. Acontecia tão frequentemente que talvez fosse seu jeito distorcido de expressar amor... Algumas vezes ela grunhia numa voz rouca, enquanto trocava os lençóis da *kadin*. No *hammam*, suspirava e reclamava que tinha mais trabalho a fazer. Grande parte por minha culpa... Minhas ideias... No fundo, sabia que ela era a melhor pessoa que podia ser.

Já eu, precisava de mais papéis. Para minhas cartas e para a *kadin*. Nesse ponto, sabia muito bem que tudo era uma troca no harém e deveria ter uma bela história quando o *aga* decidisse aparecer. Ele entrou no quarto numa tarde, dois dias depois da minha aventura no mar.

— *Sabaah al-khayr*, Makbule — cumprimentou apenas a ela.

Não era um bom sinal.

— Minha amiga está bem? — perguntou diretamente para Makbule, e fui completamente ignorada.

— Sim — respondeu Makbule, já curiosa para saber o que ocorria.

– Desça e traga algo para minha amiga agora, Makbule. Ela parece faminta. Não tenha pressa em voltar.

A servente emburrada saiu imediatamente do quarto. Eu sabia que algo grave viria. Ele fez sua pausa clássica antes de me perguntar:

– O que faço com você, *köle*? – disse e olhou para mim com aquela expressão temível de novo. – Como posso proteger você? – perguntou, antes de me dar as costas.

A manhã estava clara e ele ficou um tempo em silêncio, observando o Bósforo.

– Eu...

– Deveria proteger você? Quero fazer isso?

– Eu...

– Você, nada! Você não é nada neste palácio! – disse, e pela primeira vez eu o vi subindo o tom da voz, quase gritando.

Eu não ousava dizer nada em minha defesa. Ele sabia. Suna era realmente uma especialista em cheiros. Mas como ele podia ter certeza? Como eu podia esquecer o tamanho do seu poder?

– Nesse momento, nessa altura dos acontecimentos, e acredite quando digo isso, você só tem uma única opção: o sultão – disse e se acalmou um pouco, me ordenando em sua voz baixa e feminina: – Prepare-se. Amanhã será enviada para os aposentos dele. Faça um esforço para agradá-lo. É sua única chance.

– Mas...

– Fez uma inimiga importante no palácio, *köle*. Agora terá de enfrentá-la na seara dela.

– Não!

– Sim – rebateu e se aproximou, furioso. Na verdade, ele estava apertando meu braço esquerdo. – Nunca diga não! Nunca diga não ao *kizlar aga*! Pensei que já soubesse disso!

– Sim – concordei e comecei a chorar.

– Lágrimas pertencem ao Palácio das Lágrimas – disse, finalmente soltando meu braço. – Use o que aprendeu nas classes. Esteja bonita. É tudo o que posso fazer por você – concluiu e, antes de sair do quarto, procurou algo no bolso da túnica. – Aqui, apesar de não merecer nada, trouxe mais estes papéis. Podem ser os últimos.

Ele não entregou nas minhas mãos dessa vez. Jogou-os com displicência sobre a mesa. Algumas folhas se espalharam pelo chão. Ele estava muito zangado...

– Para sua última carta – acrescentou, sério, deixando um envelope na mesa. – E não saia deste quarto até eu vir aqui para buscá-la amanhã – ordenou antes de sair.

Então era isso. Suna tinha finalmente me encurralado. Não havia saída agora. O *aga* não podia mais ajudar. Só o sultão. Se eu tivesse coragem. Se o agradasse.

Ação e reação. Causa e consequência... E eu estava perdida.

Fiquei ali, meio que em choque, pensando. Quando olhei dentro do envelope, encontrei três moedas antigas. Sem pensar, retirei-as e comecei a brincar com elas entre os dedos. Puro nervosismo... O som metálico do tilintar das moedas me distraiu. Algo para me acalmar.

As moedas pareciam antigas. Muito antigas. Olhei com mais cuidado. As três apresentavam um cavalo solitário no centro, dominando a circunferência. Nenhuma letra, número, nada. Duas eram feitas de prata e uma de ouro. Eram bem trabalhadas, e as de prata continham uma palmeira atrás do cavalo. Reconheci o estilo da palmeira e o fio de pérolas nas bordas e concluí que poderiam ser moedas fenícias.

Minha curiosidade cresceu e permitiu que esquecesse por um momento o sultão. O que disse Carlos sobre moedas fenícias? Eu tinha mencionado as moedas para o *aga*. Quase fiz uma lista para ele dos objetos misteriosos. E o *aga* as encontrou e trouxe. Especificamente as que tinham cavalos solitários ao centro.

Decidi examinar melhor as moedas.

A *kadin* dormia sem ter a menor ideia dos problemas com Suna e totalmente indiferente ao meu súbito entusiasmo pelas moedas. Sentei-me na cadeira e alinhei as três na mesa à minha frente. Com exceção da cor e da palmeira, pareciam semelhantes. Vi os três cavalos do mesmo tamanho e na mesma posição. Fiz um esforço para lembrar a conversa com Carlos. De repente, lembrei: havia um mapa escondido embaixo do cavalo. Um mapa do mundo... Onde estaria? Não via nada além dos cavalos e da palmeira... Talvez fosse uma fraude, ou engano... Ou eram as moedas erradas.

Ao diabo com moedas! Já tinha problemas suficientes!

Fiquei no quarto o restante do dia, questionando se eu teria um futuro naquele passado. Makbule trouxe o jantar de Esma e o meu. Ela suspeitava de algo, mas não disse nada. Eu não toquei na comida. Quando o sol desceu ao fim da tarde e um raio oblíquo iluminou dois pontos na mesinha ao lado da cama, notei duas lentes de aumento que nunca haviam estado ali antes. Claro... O *aga*... Recolhi as lentes e me sentei, resolvida a dar uma última examinada nas moedas. Nas prateadas, não encontrei nada, mas, na dourada, havia uma diferença minúscula: uma graminha embaixo das patas. Mesmo com a lente de aumento, não vi nada além de uns tracinhos em relevo embaixo do cavalo. Já ia desistir, quando arrisquei colocar uma lente sobre a outra. Foi difícil posicionar, a imagem se distorcia. Usei o raio de sol a meu favor e encontrei um ângulo fugidio e, por um instante, enxerguei algo mais. Tentei de novo e fiquei pasma...

O desenho estava fora de proporção, mas reconheci o Mediterrâneo no centro. A África logo abaixo; a Europa em cima, com uma Península Ibérica exagerada; a Ásia à direita e uma linha sinuosa representando as Américas à esquerda, do outro lado de um espaço vazio que devia ser o Atlântico. Meu Deus! O mapa era mínimo, rústico, mal proporcionado, mas estava lá! Como os fenícios podiam saber sobre o mundo todo há mais de três mil anos? Uau... Eles sabiam!!! Carlos sabia que eles sabiam! E eu tinha a prova na minha mão. Não por acaso eles fizeram o mapa na moeda de ouro. Eles queriam esconder essa informação preciosíssima das pessoas do seu tempo; no entanto, esperavam que o futuro soubesse que eles sabiam... Uma mensagem! De um viajante no tempo também? Disfarçada de uma graminha microscópica insuspeita... Uau!

Enquanto eu guardava as moedas embaixo da cama da *kadin*, bem ao lado do jarro de Bagdá, pensei que aquela moeda podia mudar tudo. Toda a visão histórica... Os fenícios realmente poderiam ter chegado à América... Teorias incríveis de fenícios nos Estados Unidos e no Brasil em tempos ancestrais pareciam menos fantásticas agora...

Infelizmente, minha coleção terminaria ali se eu não sobrevivesse mais um dia... O sultão e todos os meus problemas encheram minha cabeça mais uma vez.

O GRANDE TURCO

O sultão era mesmo um grande turco, em tamanho e poder. E eu, finalmente, seria enviada a seus aposentos. Qualquer outra estaria feliz, radiante... Aquela era a razão máxima de se estar ali. Eu? Não podia. O sultão? Não... Não! Claro que as aulas tinham me conferido alguma habilidade... Uma mudança de mentalidade... Estava mais preparada, mas ainda assim...

Suna! Eu a detestava... Antes do fim da tarde me ocorreu que, se ela sabia sobre mim, eventualmente poderia ter chegado até Ali! Ele podia estar em perigo também! Desobedecendo as ordens do *aga*, me precipitei para a cozinha. Tomei todos os atalhos e portas secretas que conhecia para evitar os corredores. Estava tomando o maior cuidado, mas precisava ir à cozinha. Os eunucos de Suna, e ela já possuía três agora, poderiam estar em qualquer lugar e me prenderiam, exatamente como tinham feito com a escravizada de tranças e como os guardas da *valide* tinham feito comigo antes, mas tinha de avisar Ali.

Assim que entrei na cozinha intuí que algo estava errado. Ali não estava à vista e apesar dos outros cozinheiros permanecerem silenciosos como sempre, trocaram olhares estranhos quando me viram.

– Onde está Ali? – perguntei a um menino próximo, mas ele não respondeu. – Ali? Ali? – insisti, mas ele só baixou o olhar.

Passei por outras mesas retangulares, mas não consegui nada. Nem um pequeno gesto ou indicação. Uma ansiedade imensa me envolveu, crescendo a cada pergunta não respondida, a cada olhar acusador.

– Ali? – perguntei ao último cozinheiro na última mesa ao lado da pia. Ele também olhou para o chão.

O que eu tinha feito? Um impulso estúpido... E Ali desaparecia? Minha culpa... Totalmente minha culpa... Para o inferno, águas do Bósforo! Eu podia ter assassinado meu único amigo! Por um capricho idiota! Ali... Estava tão triste, tão arrasada, que os eunucos de Suna podiam me agarrar, acorrentar, ensacar, e me afogar, que eu nem ligava mais...

Então aquele era mais um efeito colateral da minha presença ali – matar o único ser humano que me ajudou naquele palácio frio de mármore branco... Um jovem talentoso, de boa índole, feliz... Eu era mesmo uma pedra jogada no Tempo. Uma pedra bem pesada que produzia muitas ondas. Essas ondas voltavam para mim agora de modo cruel.

Eu chorei muito sobre a banqueta no quarto da *kadin*. Uma cena que já tinha acontecido tantas vezes, mas que agora fazia uma nova vítima... Tudo parecia pior... Ao diabo com o *aga*! Ao diabo com o sultão!

Makbule entrou no quarto de madrugada e me acordou. Eu estava tendo pesadelos.

– Acorde, Arzu! – disse ela, beliscando meu braço. – Há uma mensagem para você.

– O quê?

– Ele ainda está vivo.

– O quê?

– É uma mensagem do *aga*. Ele disse que ele ainda está vivo – repetiu ela.

– Realmente? Como? Obrigada!

Eu estava imensamente aliviada. Mas a palavra "ainda" significava muito naquele contexto.

– Eu não sei mais nada. Ele só me disse para dizer isso a você. O que está acontecendo, Arzu?

– Fiz uma coisa errada. Agora vêm as consequências – respondi, completamente acordada agora.

– O *aga* me disse para preparar você para o sultão amanhã. Isso faz sentido? Ele está enviando você para o sultão? Uma *köle*? – perguntou, e ficou claro em sua expressão que ela estava tão surpresa quanto indignada, com inveja, talvez? – Quem ainda está vivo, Arzu?

– Ali.

– Ali? Ele é só um bom garoto! O que você fez, Arzu?

– Pergunte a Suna. São seus atos.

– Suna? Então deve ser grave... O *aga* ordenou que você vá ao *hammam* agora, quando não há ninguém. E depois que fique trancada aqui. Eu tenho de deixar você muito bonita – concluiu, parecendo ter absorvido as más notícias...

– Ah, quase esqueci, há mais... – Makbule continuou: – Há mais uma mensagem – disse, enquanto meu coração batia muito rápido. – Ele disse: "Somente você pode salvá-lo".

– Eu?

– Sim, você.

– Pense bem, Makbule! Como eu poderei salvá-lo? Farei qualquer coisa...

– Sem mais mensagens. Tenho certeza – disse, parecendo bastante preocupada também.

– O sultão! Entendo agora... Tenho de agradar o sultão! É o único modo... Poder... É o objetivo do harém...

– Claro, Arzu! As mulheres têm de agradar sultão! Nem todas conseguem...

– Bom... eu vou conseguir. Tenho de salvar Ali! – afirmei e senti uma energia nova, deixando todos os receios e medos de lado. – Vamos para o *hammam*, Makbule. Traga tudo: óleos aromáticos, perfumes, sabonetes finos...

– O *aga* mandou esta caixa. Tem de tudo aí. Joias e roupas também.

Cruzamos os corredores em completo silêncio. O *hammam* já estava aquecido, e o vapor, ligeiramente perfumado. O *aga* cuidara de tudo. Acendemos só uma vela para não chamar a atenção de ninguém. Logo, me banhava na quase escuridão. Pela primeira vez, Makbule esfregou meu corpo todo e fez uma massagem completa. Não reclamou. Nós sabíamos bem o que estava em jogo.

– Relaxe, Arzu. Só pense em coisas boas. Você vai ficar linda hoje!

– Acredita mesmo nisso?

– Claro! Não se apresse... Aproveite o *hammam*...

Keyif... Finalmente entendi a palavra *keyif*... Eu me senti bem mais calma depois das massagens. Então esse era o estado de relaxamento e satisfação do qual as pessoas falavam... *Keyif*... Tempo para contemplar...

O medo de encontrar alguém encurtou o tempo do banho. Depois de algumas horas de sono, iniciamos as preparações. O *aga* tinha escolhido as sedas mais finas em dourado e azul. Havia também colares e pulseiras de safiras, brincos de diamantes e anéis.

– Olhe isso, Arzu! – disse Makbule, impressionada com as joias. – Você vai ser uma princesa hoje! Ele mandou uma tiara também!

Ao longo da manhã, meus medos retornaram. No meio da tarde, eu estava apavorada. Como eu podia competir com Suna? Conseguiria salvar Ali? Fiquei pronta antes do pôr do sol e quase não reconheci minha imagem quando me olhei no espelho. Eu estava bonita! Sedas douradas, véus transparentes, um novo penteado, joias... O sol finalmente desaparecia quando o *aga* entrou.

– É hora, Arzu – disse ele, sério, mas amigável.

– Estou nervosa... Não sei bem o que fazer. Suna é tão jovem e tão linda!

– Hoje você é a mulher mais linda deste palácio. Vamos, você pode mudar seu destino esta noite.

Quando passamos pelo salão azul, cruzamos com Suna e seus eunucos. Ela parecia furiosa e com pressa. Eu me aproximei instintivamente do *aga*, mas continuei olhando para o chão. Ela não me reconheceu. Depois que o grupo sumiu de vista, o *aga* disse:

– Ela está indo para o quarto da *kadin*.

– Da *valide*?

– Esma. Ela está indo prender você.

– Mas se ela já tem permissão para me prender, não há mais esperança!

– Hoje ela não encontrará você. E amanhã é amanhã.

O *aga* abriu uma porta grande, decorada em bege e ouro.

– Aqui. Daqui você vai sozinha. Lembre-se, você é uma mulher. Comporte-se como tal!

Eu estava nervosa. De repente, me vi sozinha na pequena saleta. Mentalmente, repeti várias vezes os porquês daquela decisão: preciso salvar Ali... Salvar a mim mesma também... E fiquei parada, pensando febrilmente, até ouvir a voz grave pela primeira vez:

– Entre! Não tenha medo! – ordenou a voz aveludada de barítono.

Entrei em seu quarto receosa, olhando para o chão. Como se o grande tapete bege decorado com um padrão floral esmaecido fosse do meu máximo interesse.

– Não tenha medo – repetiu ele.

Mas eu estava com medo. Era a minha primeira vez! Tinha medo também de que ele me reconhecesse do dia do julgamento quando eu estava lá de algodão bege e apavorada. Teria visto algo pelas frestas do biombo? Ou só tinha escutado a acareação até decidir nos condenar? A ansiedade gelou minhas mãos e fiz o que os brasileiros fazem quando ficam nervosos: eu simplesmente sorri. E continuei sorrindo quando olhei para ele. Como a moeda fenícia, o sultão era um homem grande posando impávido, assim como o cavalo da moeda, no centro do quarto com o mundo a seus pés. Uma figura dominadora e solitária. Ele estava sentado numa cadeira ao lado de uma ampla cama dourada e entalhada. Abdülaziz parecia menos formal sem os trajes tradicionais. A túnica branca bem fina não escondia o corpo grande, mas, de alguma maneira, seu tamanho não importou. A barba bem cortada e os olhos negros se mostraram mais amistosos que intimidadores. À minha frente havia uma mesa redonda dourada e, por cima dela, um vaso de porcelana rosa funcionava como um escudo entre nós. O lustre de cristal estava aceso pela metade, mas podíamos nos ver perfeitamente.

– Dance – pediu ele.

Eu dancei. Movimentos otomanos de dança, como tinha aprendido nas classes, eu dancei. Sempre sorrindo, dancei. "Ele é só um homem, Catarina... Só um homem...", eu continuei a dizer a mim mesma em pensamento. Tentei acomodar os movimentos nos espaços atrás da mesa e alternar a coreografia improvisada. Ele me seguiu com olhos contentes. "E você é uma mulher, Catarina! Aja como uma!", lembrei-me das palavras do *aga*. Gradualmente, fui me sentindo mais relaxada e continuei a mudar os movimentos, de fluidos e vagarosos, até os mais rápidos e energéticos. Como samba. A situação começou a mudar. Eu estava mais solta, mais confiante. Ele parecia estar gostando dos passos. O poder foi mudando de mãos. Esqueci-me do *aga*, que certamente devia estar espionando pelo olho mágico, esqueci-me de Ali, de mim mesma, de Carlos... Só me lembrava de Suna, e agi exatamente como ela. Quando tomei coragem e passei para o outro lado da mesa, me aproximei do sultão e disse, sem parar de dançar:

– Olhe para mim, meu sultão! Olhe para mim...

Consequências

Surpreendentemente, o sultão requisitou minha companhia mais vezes. Disse que gostava da minha dança. Da maneira que eu movia os quadris e girava, um jeito que ele nunca tinha visto antes... Nossos encontros começavam sempre com ele sentado, formando a plateia, e eu num palco imaginário, apresentando uma dança lenta enquanto ia soltando os véus. Depois evoluía para um samba. Ele dispensou os músicos e eu cantarolava baixinho enquanto me movia. Fui perdendo a timidez. Aprendi a sustentar seu olhar. No terceiro encontro, o grande e poderoso sultão Abdülaziz disse gostar do meu cheiro! Jamais pensara em concorrer com Suna nessa seara. Então, eu passava as noites ocupadas e, durante o dia, o *aga* me movia pelos quartos secretos do harém. Suna não me encontrava e Ali continuava vivo em algum lugar, o que era o mais importante de tudo.

Depois de dois meses, pude voltar ao quarto da *kadin*. Makbule sorriu quando eu entrei com o *aga*.

— É seguro agora, Arzu — disse ele, com tranquilidade.

— Tem certeza? E Ali?

— Ali retornará à cozinha amanhã – respondeu, e Makbule e eu suspiramos aliviadas. – Mas você nunca mais poderá voltar à cozinha, no máximo, irá trocar recados com ele através de Makbule – continuou o *aga*. – E Suna nunca mais a incomodará – afirmou ele com uma certeza que eu estava longe de sentir.

– Como pode saber, *aga*?

– O sultão a transformou em *gözde* também.

– Mesmo assim, ela é sempre perigosa... E vai ficar furiosa quando me encontrar!

– Suna não pode fazer mais nada. Você está além do alcance dela. Deveria saber, Arzu...

– O que eu deveria saber?

– Ninguém importunará mais. E Ali estará seguro. Você irá ganhar um quarto novo aqui neste mesmo corredor. Um estipêndio mensal e talvez um eunuco. É uma *ikbal* agora!

– O quê?

– As mulheres do seu tempo desconhecem seus corpos assim como você? Não percebeu ainda? Está grávida, Arzu!

Comunicações

Damas aristocráticas do século XVIII se comunicavam através da posição de seus leques: se abertos, fechados, empunhados com a mão direita ou esquerda, inclinados, retos, cobrindo a boca, o nariz, parados ou em movimento. Havia um código embutido nos leques de salão.

Flores também falam. Rosas vermelhas expressam paixão; amarelas, amizade. As rosas azuis exprimem o impossível e o amor verdadeiro – o sentimento mais difícil de ser alcançado. As flores de lótus cor-de-rosa simbolizam o próprio Buda, e estão sempre à vista nos templos. Os lírios são aristocráticos, representando soberania e pureza de espírito, mas são ambíguos também, aventando sensualidade e erotismo devido a sua forma e seus pistilos salientes. As orquídeas são associadas à fecundidade e beleza. O nome *orchids* vem do grego – testículo. A de cor azul sugere reconciliação; a amarela simboliza o desejo sexual.

Os zulus da África do Sul enviam mensagens embutidas em sua cestaria: tramas com losangos, quadrados, linhas inclinadas para um lado ou para outro, os detalhes mais simples, tudo pode ter um significado em suas cestas. E as mulheres usam seus colares de miçangas para avisar se estão solteiras e disponíveis – com a cor verde; se acham que o pretendente é muito pobre e não adianta insistir – com colares rosa-claros; ou se valorizam a pureza e a sabedoria – usando colares brancos.

Durante os meses arrastados de minha gravidez, além de recados trocados com a ajuda de Makbule, Ali mandava mensagens com doces. Nós não podíamos mais nos encontrar, mas ele se lembrava dos doces brasileiros que eu tinha demonstrado, dos nomes dos doces místicos da doçaria conventual portuguesa, e, mais importante, atribuiu um sentimento aos doces de acordo com o estado de espírito que havíamos compartilhado na confecção de cada um... No início, quando eu enjoava muito, ele mandava cremes com muita raspa de limão. Se lhe contassem que eu estava sonhadora ou saudosista, já vinha um manjar de coco, se estava triste, logo chegava um dom rodrigo, embrulhadinho e úmido, como eu tinha ensinado; se estava deprimida, Ali se esmerava num toucinho do céu...

Depois do choque inicial, a notícia da minha gravidez foi sendo absorvida aos poucos. De qualquer forma, preocupava-me, porque eu estava sozinha, sem mãe, sem avó, praticamente sem ninguém. Sabia que o poder do sultão iria durar até algum momento de 1876... A partir daí, o destino de Abdülaziz era incerto... Assim como o meu e o do meu filho... Mas, quando o bebê começou a se mexer, ele passou a me fazer um tipo de companhia, trazer um pouco de esperança e decidi evitar pensamentos ruins.

Eu me sentia mimada e segura no quarto novo, que tinha chave e ficava próximo ao da *kadin*, mas gerar um filho num harém do século XIX ainda era uma situação meio louca, não havia uma palavra melhor. Como quase todos do harém, esse quarto só possuía uma janela para o pátio dos fundos, então preferia passar o dia no quarto da *kadin* para olhar o Bósforo.

Esma tinha melhorado mais, e, quando estávamos sozinhas, eu lhe disponibilizava a caneta e um papel usado para que ela rabiscasse. Na maioria das vezes, eram apenas rabiscos sem sentido, mas havia dias em que eu conseguia notar que ela se conectava com o olhar. Num desses dias, resolvi sacrificar uma de minhas preciosas folhas em branco com ela.

– Quer tentar escrever hoje, *kadin*? – perguntei, e como ela sorriu, continuei: – Vamos fazer um esforço?

Ela estava bem-disposta e escreveu novamente o número dois e o número zero duas vezes, como havia feito antes. Ninguém tinha decifrado aquilo. Depois, olhou fixamente para mim, tentou engendrar um som, voltou a atenção para o papel e escreveu mais: *iki pope*... dois alguma coisa. Outra língua?

– Esma, o que quer dizer? O que tem o número dois? Escreva mais! Só estamos nós duas... Quem sabe hoje consigo entender...

Ela sorriu de novo e fez que sim com a cabeça. Achei mesmo que o momento era propício. Ajudei-a a posicionar a caneta e ela foi escrevendo devagar, mas de um jeito mais legível. Ela estava cheia de energia: *rock*... escreveu e olhou para mim... Não entendi a mensagem.

– Está tentando me dizer algo, Esma?

Ela confirmou com a cabeça.

– Algo importante?

Ela confirmou.

– Importante para mim?

Ela inclinou a cabeça.

– Ou importante para você?

Confirmou também. Será que ela confirmaria qualquer coisa?

– Importante para o mundo?

Dessa vez não abaixou a cabeça, posicionou melhor a mão esquerda e mostrou três dedos com clareza.

– Para mim, para você e para o mundo? Você tem certeza do que diz?

Ela ergueu o polegar. Estranho... Um gesto moderno...

– Escreva mais, *kadin*!

Eu fiquei bem curiosa. Ela estava lúcida naquele momento! Esma tentou de novo: *rol... obam...* fiquei na mesma.

– Escreva algo mais completo para eu entender! – pedi, e foi então que ela suspirou e mostrou um pouco de impaciência comigo, como se eu fosse burra e não entendesse o óbvio. Fez um esforço maior e não terminou antes de escrever uma palavra mais comprida. Uma palavra que mudaria tudo.

Internet.

Uma revelação

Internet?

Fiquei pasma. Palavras em inglês... Internet? Não podia ser uma coincidência!

– Internet? – perguntei, ainda incrédula. – Você quer dizer, computadores?

Ela confirmou com a cabeça.

Internet! Computadores! Seria mesmo possível? A *kadin* conhecia a internet!

– De onde vem, Esma? Qual o seu país? – perguntei, e ela escreveu, confiante: "USA".

– Não! Meu Deus do Céu! Você aqui do meu lado, o tempo todo!

Uma viajante do tempo também? Que conhecia a internet? As histórias do *aga* faziam todo o sentido agora... Bem ali, do meu lado o tempo todo... *Rock, rol, obam*... Rock and roll! Obama! Dois Pope – dois papas! Exatamente como o mundo tinha agora: Bento XVI e Francisco!

– Que loucura, Esma! Como é possível? Você também? – perguntei. Eu olhava para a *kadin* e custava a acreditar. Segurava suas mãos, largava, ia de um lado para outro no quarto, olhava para o Bósforo, para ela, não sabia nem o que perguntar mais.

– Mas em que ano veio? – perguntei, afinal.

Ela suspirou de novo, me achando muito burra novamente e escreveu; dois zero dois zero... Dois mil e vinte! JAN!

Meu Deus! Eu precisei me sentar! Não dava para acreditar...

E o *aga* sabia... Tinha mentido, omitido, escondido aquele tempo todo... Não se podia mesmo confiar nele!

– Você veio, então, em 2020? Janeiro de 2020? – perguntei, e ela olhou para o papel de novo, confirmou com a cabeça e ergueu o polegar também, para eu não ter a menor dúvida. – Veio em 2020... Por isso tantos dois e zeros... Mas viajou para um tempo anterior ao que eu cheguei... Eu tentava raciocinar alto, aproveitando para ver a reação dela.

– Como pude não entender sua mensagem antes? Como sou burra, *kadin*! – disse, e então ela riu, como se concordasse... – Eu sonhei esse tempo todo, anos!, em encontrar alguém como eu, para conversar, desabafar... um colega... E você aqui grudada? – disse, enquanto ela ria e ria... – Igual aos três potes de ouro enterrados debaixo do adivinho na história da sereia?

Ela ria solto agora, quase gargalhando... Do mesmo jeito forte como ela fez no dia do tombo do samba...

Só rindo mesmo... Rir de mim mesma... Das próprias desgraças... Afinal, nada é mais brasileiro que isso... E caí na risada também. Além de tentar escrever mais uma carta, não havia, àquela altura de nossas duas vidas, nada melhor a fazer. A tarde passou e nós ficamos para trás, esquecidas.

A QUINTA CARTA

Constantinopla, outono de 1875

Para Vossa Majestade Imperial
Dom Pedro II, imperador do Brasil

Espero que Vossa Majestade e sua família estejam em paz
e com saúde.

Continuo aqui, a despeito de perigos e intrigas. O que me con-
sola é a esperança de uma libertação. Em outubro do ano que vem,
ao desembarcar em frente ao Dolmabahçe, se seu olhar seguir para
a direita num ângulo de 45 graus, me verá acenando de uma janela
recuada do terceiro andar. Imploro sua compreensão e empenho para
com a minha situação. Reconheço que será difícil, mas, diante de um
imperador, talvez o sultão aceite algum tipo de negociação.

A novidade é que estou grávida. Ter um filho do sultão elevou a
minha posição sobremaneira e agora me chamam de ikbal. Mas não
sou motivada pelas regalias, e o que mais desejo é ter liberdade de ir e
vir e voltar ao meu Brasil. Penso que seria uma boa conselheira para

Vossa Majestade, se assim o desejar. Conhecer o futuro deve melhorar as ações no passado, evitar os erros e os perigos. Por isso, rogo que não desista de me ajudar. Contudo, logo seremos dois para sair daqui: eu e o bebê.

Quanto aos assuntos do futuro, sua segunda viagem internacional será longa e muito interessante. Depois dos Estados Unidos e da Rússia, visitará a Turquia, Grécia, Líbano, Síria e boa parte da Palestina. No Egito, viajará desde Alexandria, no norte, até a fronteira sul. Depois da sua viagem anterior ao Cairo ter impressionado a todos com demonstrações de profunda cultura, o khedif Ismail Pasha pedirá que Vossa Majestade dê uma aula em Alexandria. O assunto será: "O malefício dos rabiscos modernos sobre as ruínas antigas". Um tema importante até no futuro. Receberá como presente um sarcófago fechado com uma múmia. Sugiro a Vossa Majestade que resista à tentação de abri-lo. No século XIX, ou seja, nos dias correntes, abrir sarcófagos e desenrolar múmias é uma diversão para ricos e nobres. Poucas múmias escapam desse destino. No século XXI, sua múmia será conhecida como a Múmia do Rio, uma das dez únicas no mundo sem sofrer violação. Será examinada com um tubo flexível que passará por uma rachadura – se chamará fibra ótica – e se constatará que é uma múmia de uma cantora do templo de Amum. E, graças à visão de futuro de Vossa Majestade, terá grande valor por estar intacta. Sugiro também a Vossa Majestade que deixe o sarcófago deitado, pois a posição vertical não é natural para uma múmia e ela pode se encolher e se curvar lá dentro.

Adiciono a esta carta uma mecha de meus cabelos por interesse científico. Pelos cabelos será possível identificar uma pessoa ou até sua família. Isso poderá ter valor para historiadores do futuro. Nunca se sabe. Aliás, um bom local para guardar estas cartas, que deveriam ser secretas, é o Instituto Histórico e Geográfico Brasileiro fundado por Vossa Majestade. Os historiadores de lá são confiáveis. A revista científica, primeira das Américas, seguirá sendo publicada até o meu tempo, sem interrupções desde 1838. O casarão à beira-mar será derrubado e um edifício moderno será erguido daqui a cem anos, com muito espaço para arquivos públicos e secretos. Seu trono de madeira continuará lá em lugar de honra no auditório. Construirão um grande terraço no topo do prédio com uma vista magnífica para a baía, o morro da Urca e o Pão de Açúcar. Dependendo da hora do dia, num jogo de luz e sombra, é possível ver bem o pássaro gigante na face mais plana do morro. Reza a lenda que, quando esta íbis voar, entraremos numa nova era.

Minha coleção agora possui uma moeda fenícia de ouro, contendo uma miniatura de mappae mundi, comprovando que os fenícios conheciam a geografia global. Não me surpreenderia se tivessem mesmo ido às Américas muito antes de Colombo.

O eunuco-chefe me disse que ele está à procura do aeroplano de madeira de Saqqara, Egito, para minha coleção. Foi comprovado que é de 200 d.C. e, quando foi encontrado no fim deste seu século, foi arquivado como "objeto de sycamore", por desconhecerem os aviões. Aviões serão inventados no início do século XX. São máquinas para voar. Depois se tornarão meios de transporte comuns levando muitas pessoas de uma vez pelos céus. Foi inventado por um brasileiro e testado por ele em Paris: Alberto Santos Dumont, que não registrou bem seu invento, deixando o crédito para dois americanos. Esse aeroplano de Saqqara irá mostrar que alguém já conhecia aviões há dois milênios!

Sinto informar a Vossa Majestade que a República virá. Não já, mas ainda em seu tempo. A família real sairá ilesa e seguirá para a Europa. Em Paris, sugiro procurar o Hotel Bedford, no 8ème. O dono terá a honra de recebê-lo e jamais exigirá pagamento. Vossa Majestade poderá fazer algo que gosta: dar aulas, frequentar as academias literária e científica, publicar suas poesias, fazer traduções e ser aplaudido por isso. A França estará a seus pés. A história brasileira o verá sempre como um líder muito culto, humanista, empenhado e honesto, que teve sempre muito amor pelo Brasil. Algo que poderemos dizer de poucos presidentes republicanos até o meu tempo.

Sem mais, subscrevo, sempre com admiração,

Sua súdita, Catarina

ALEYNA

Ainda fazia frio e nevava quando Aleyna nasceu. Uma menina de pele muito clara e cabelos e olhos negros. Uma sultana... Exatamente como eu preferia. Um homem seria um rival para muitos e eu sabia que nenhum deles sucederia diretamente o pai. Para garantir isso, poderiam até matar os príncipes.

Apesar de não ter formado uma família, no sentido mais tradicional, eu tinha conhecido o sexo e a maternidade, o que era um grande avanço na minha vida. Amamentar era opcional no harém, mas eu fazia questão, e Ali enviava comidas especiais e doces variados todos os dias para que leite não acabasse. Arroz-doce turco com *mastik* era o meu preferido.

Como *ikbal*, mãe de sultana, eu possuía agora dois eunucos e duas serventes. Mas dispensava todos à noite para ficar tranquila com Aleyna. Recebi um broche e um par de brincos de Abdülaziz. Devia ser a tradição. Como eu sabia que ele abdicaria em breve, guardava essas joias para emergências. Passados pouco mais de um mês, houve uma cerimônia no salão azul para a apresentação oficial de Aleyna para o sultão. Havia um protocolo determinando que as mulheres se sentassem de acordo com a importância e depois se enfileirassem para o ritual do beija-mão. Eu estava bem à frente de Suna. Nunca soube se me reconheceu, mas não me importunou mais.

Os últimos papéis que eu ainda tinha usava para me comunicar com a *kadin*. Fiquei sabendo que seu nome era Mary Connely, natural de Indiana, e que tinha viajado no tempo no final da mesma escada curva e escura do harém. Alguém deveria trancar aquela porta!

No final de maio veio a confusão.

O *aga* entrou esbaforido:

– Corra, agora, Arzu. Recolha as joias e os panos da sultana. Vá para o quarto de Esma com as serventes e coloque os eunucos à frente da porta! Tranque-a, aqui está a chave!

– Então o *aga* tem a chave? Mas, o que está acontecendo? – perguntei, enquanto ajudava as serventes com a pequena mudança.

– Abdülaziz foi forçado a renunciar! Saia daqui já!

Corri com Aleyna nos braços, as coisas ensacadas e os servos pelo corredor até o quarto da *kadin*. Trancamos a porta e deixamos os eunucos de guarda do lado de fora. Dali não se ouviu muito, apenas os gritos mais fortes e alguns tiros. Poucos dias depois, Abdülaziz estava morto. A versão oficial de suicídio não convenceu ninguém.

Fiquei triste... Era o pai de Aleyna... Por mais que não o amasse, tinha sido um amante gentil. Permaneci no quarto até o *aga* permitir que saíssemos. E agora? Quem nos protegeria? O *aga*? Não... Porque ele estava furioso comigo.

– Como pôde mentir, Arzu, sobre algo tão sério? – perguntou ele, me acusando assim que entrou.

— Mentir sobre o quê?

— Não foi Abdülhamid II que assumiu o trono! Mas, sim, Murad V!

— Mas não pode ser! Eu li! Não estava escrito nada sobre Murad!

— Agora não importa mais! Todos os meus planos... Em vão! Por que você mentiu, Arzu?

— Algo está errado... Não entendo... – respondi, nervosa.

— E agora o novo sultão quer fazer muitas reformas! Não concordo com a maioria delas! – disse e continuou a me acusar: – Sua culpa, Arzu! Sua culpa!

Ele saiu e fui levando as coisas de volta para o meu quarto. Aleyna chorava sem parar.

DOM PEDRO II

Quatro meses se passaram sob o sultão Murad V e suas tentativas de reformas democráticas. Aos poucos, o novo sultão foi ficando nervoso e desenvolveu crises de ansiedade que evoluíram para uma absoluta paranoia. Via inimigos em todos os cantos do palácio. Chegou a ponto de se jogar numa piscina e gritar para os guardas o protegerem, pois estava sendo atacado, quando não havia perigo algum. Em 31 de agosto foi deposto e banido para o Palácio Çiragan. O *aga* era mesmo poderoso. O sultão tinha durado poucos meses... Pelo menos não foi executado.

Fiquei pensando nessa paranoia repentina do sultão Murad V... Se foi natural ou fruto de alguma substância química misteriosa. Um alucinógeno específico para induzir a sensação de perseguição poderia explicar as crises... Administrado pelo *aga*? Por Suna? Pelos dois *pashas*? Pela nova *valide*? Talvez? Quem mais teria algo a lucrar?

Seu irmão mais novo, Abdülhamid II assumiu daí para frente. Eu não estava tão equivocada, afinal.

Faltava pouco tempo para outubro e a provável vinda de dom Pedro II. E eu não tinha uma bandeira do Brasil. Pedi linha e agulha à Makbule e saí procurando tecidos verdes e amarelos pelo harém. O retângulo com o verde dos Braganças, para representar dom Pedro I, o losango amarelo para representar a casa dos Habsburgos de dona Leopoldina e o brasão imperial brasileiro, ao centro, com a esfera armilar e os ramos de tabaco e café. Bem que a república tinha tentado mudar radicalmente a bandeira, introduzindo uma de listras verdes e amarelas como a dos Estados Unidos. Não funcionou, foi rejeitada pela população. Então substituíram o brasão central pelo círculo azul e o país seguiu em frente, quase com a mesma bandeira. Aos poucos, fui costurando os panos e acabei fazendo uma bandeira de retalhos. Mas se via bem de longe e foi terminada em duas semanas.

Quando intuí que chegara o outono, comecei a guarda na janela da *kadin*. Finalmente iria conhecer dom Pedro... Vi muitos navios atracarem e saírem, esperei por duas semanas, mas nada da bandeira brasileira.

Até que ele veio. Não era um navio muito imponente, mas a bandeira imperial tremulava no mastro. Dom Pedro II ia desembarcar no palácio! Corri, peguei a bandeira e a posicionei para fora da janela. Os primeiros marinheiros apareceram para preparar a descida. Comecei a balançar a bandeira. Freneticamente... Ele veio, meu Deus! Está aqui! Minha última salvação... Podia estar a poucos dias da liberdade... Continuei a tremular a bandeira. Só depois de alguns minutos ele apareceu na ponte. Era realmente uma figura imponente com seus um metro e noventa de altura, casacão preto e cartola. Como eu tinha orientado na carta, ele cumprimentou o *aga*, algumas autoridades que o esperavam, deu uns dois passos para a direita, virou um pouco a cabeça e parou, olhando em minha direção, procurando a janela. Balancei loucamente a bandeira e acenei com a outra mão sem parar.

Ele me viu.

Retirou a cartola e fez uma ligeira reverência. Depois, foi se juntar à imperatriz e suas damas até ser conduzido para dentro do palácio.

Aquela reverência dizia muito. Tudo! Era a prova de que ele recebera as cartas! Então o *aga* mantivera a palavra... E o imperador conseguira ler... e acreditar... Uma sucessão de êxitos num oceano de dúvidas.

Tinha de pensar rápido e me preparar. Não conseguiria ter acesso a dom Pedro, mas a visita das damas brasileiras ao harém seria de tarde... Hoje ou amanhã? Não iria levar nada comigo. Apenas as poucas joias costuradas na manta de Aleyna... Ideal que vestisse minhas botas e o casaco de novo, porque poderia tê-los como prova física de minha história... Deixei Aleyna amamentada e feliz com as servas e consegui pegar as chaves de Makbule, sem que ela percebesse. Corri ao depósito do harém e fui abrindo as portas trancadas com as mãos trêmulas. Encontrei a caixa com facilidade e aproveitei para vestir minhas roupas antigas com todos os ganchos, fechos, velcros e zíperes modernos. Deixei as roupas otomanas lá e me cobri apenas com a capa bordada longa para não chamar a atenção. Tranquei tudo novamente e corri para o quarto de Esma. Makbule ainda estava lá, tagarelando, num de seus raros dias felizes.

– Você viu minhas chaves. Arzu? Não encontro em nenhum lugar...

– Devem estar por aí. Já procurou embaixo da cama?

Quando ela se abaixou, aproveitei para deixar o molho embaixo da mesinha.

– Olhe, estão aqui no chão! – avisei.

– Obrigada, Arzu. Tenho de ir. Hoje temos visitas reais e parece que duas mulheres vão visitar o harém de tarde.

– No salão azul?

– Sim, como sempre. Espero que a nova *kadinefendi* não agrida esta monarca também... – disse, e rimos juntas, e ela ainda acrescentou antes de sair: – Sabia que Suna caiu nas graças de Abdülhamid? Estão dizendo que já deve estar grávida...

Só me faltava essa! O jogo do poder era uma gangorra no harém... Suna de novo? Nunca estaria segura ali... Precisava ir embora daquele lugar! Esma nunca teria tido a oportunidade que se apresentava a mim! Eu poderia terminar como ela numa cama, sozinha... E se o *aga* não estivesse mais ali para me deixar aquecida e alimentada, morreria gelada e doente no Palácio das Lágrimas! Esma... Poderia salvá-la também? Uma pena, mas naquelas condições e ainda levando Aleyna nos braços... Seria impossível. Apenas disse à *kadin,* como uma despedida:

– Fique bem, querida. Você já fez a sua parte. Nosso encontro foi o mais improvável de todos os encontros e, no entanto, aconteceu. Pude ajudar você e, em troca, Mary... Mary Connely... você devolveu minha sanidade. Presenteou-me com o que eu mais precisava, a certeza de que não enlouqueci e de que minhas teorias podem estar certas. Estão certas. O mundo vai compreender tudo isso um dia.

Ela sorriu. Percebi que entendia e estava emocionada. Segurei sua mão e disse:

– Tenho de ir. Por mim, por você, por Aleyna! Ela precisa conhecer a vida fora do harém. Será hoje! Reze por mim... – disse, e Mary apenas sorriu.

Todos os meus esforços culminavam naquela tarde... Todas as cartas, todos os planos... Todos os argumentos, os fatos históricos que havia usado a meu favor... Sete anos de esperas, angústias e perigos... Sete... Um número cabalístico...

Pela altura do sol, já devia ser meio-dia. Abracei a velha senhora, que tinha compartilhado tanto comigo, dei uma última olhada nos objetos impossíveis embaixo da cama para assegurar-me de que realmente existiam e para rever as mensagens dos outros viajantes do tempo como nós. Tirei a caneta de plástico do bolso do casaco e escrevi um bilhete para o *aga* com a última folha de papel limpa. "Por favor, *aga*, devolva tudo aos seus lugares. Obrigada pela nossa coleção. Preciso fazer isso. Perdoe-me. Conto com você." Assinei como Catarina Arzu pela primeira vez ali e coloquei o bilhete embaixo da cama. Passei pela janela do Bósforo, para olhar pela *pencere* que havia testemunhado todos os meus desesperos e esperanças e parti.

No meu quarto, Aleyna chorava, faminta novamente. Mandei as servas saírem, dei folga para os eunucos e tirei a capa para amamentar minha filha. Troquei a fralda e as roupas de Aleyna. Separei um par de roupas extras e uns panos. Fiz uma trouxa pequena e ajeitei embaixo dela como um colchão. Enrolei a trouxa e Aleyna na manta com as joias costuradas e saí com ela embrulhada, feito um charuto, nos meus braços. Só parei quando cheguei a uma das saletas do salão azul.

Esperei até ouvir as vozes das *kadins*, *ikbals* e *gözdes* que começavam a se sentar na ordem protocolar. Esperei até que todas estivessem dispostas, dei ainda mais uma mamada para Aleyna poder dormir satisfeita e coloquei minha filha sobre a poltrona do canto, dormindo. Pela fresta da porta, vi quando a imperatriz do Brasil entrou acompanhada da condessa de Barral. Reconheci-as imediatamente pelos retratos dos museus. Trajavam vestidos escuros acinturados e saias amplas tipo balão. A imperatriz Teresa Cristina usava muitas joias. As duas com olhares bem curiosos. A condessa parecia mais apreensiva e movia os olhos inquietos o tempo todo, como se procurasse por alguém. Por mim?

Teria sido bem-sucedido o pedido do imperador? Abdülhamid teria cedido? Aleyna não era sua filha, afinal... Se fosse no tempo de Abdülaziz, não haveria chance, mas agora... O que o imperador teria prometido em troca? Novos tratados de comércio vantajosos? Pedras preciosas? Alguma jovem esposa brasileira? Meu coração disparou, como sempre acontecia comigo, e minhas mãos gelaram. Senti o amargor familiar na garganta, mas, dessa vez, com certeza não tinha comido pepinos... Cheguei Aleyna mais uma vez, esperei o momento em que as duas brasileiras se levantaram para percorrer alguns salões do harém e me juntei à pequena comitiva. O bebê devia dormir até minha volta.

O grupo saiu do salão azul e entrou no corredor principal. O *aga* percebeu minha presença, mas não disse nada. Só me olhou. Aproveitei que tiveram de esperar o *aga* destrancar uma porta, passei por trás das *kadins*, dei a volta, me espremi ao lado da parede e sussurrei em português, próximo à imperatriz:

– Sou a brasileira. Catarina.

Ela abaixou discretamente a cabeça, sem se virar, como se dissesse que sim.

– O imperador vai conseguir nos levar? – sussurrei mais baixinho ainda, porque a antessala era pequena e algumas mulheres perceberam a comunicação. A imperatriz abaixou a cabeça novamente, como se confirmasse, e virou-se para mim, curiosa. A condessa segurou a mão da imperatriz, olhou nos meus olhos e apenas sorriu discretamente. Não saiu mais nenhum som da minha boca, mas articulei um "obrigada" com os lábios e sorri.

A comitiva seguiu pelos corredores e divisei Suna entre eles. De longe, ela ainda se virou e me lançou um de seus olhares ameaçadores. Tinha me reconhecido com certeza! Decidi esperar com Aleyna por alguma notícia na antessala do salão. Para não arriscar. Se fossem me buscar, já estaria próxima da saída.

Algumas horas se passaram e nada. Ficava ali, imaginando como seria a vida no Brasil... Liberdade, enfim... A vida no Brasil do século XIX... Minha filha iria correr pelas praias... Ipanema devia estar deserta... apenas um manguezal... O morro do Corcovado sem o Cristo... A ausência dos carros, das buzinas... Havia escravizados ainda! Uma vergonha... Eu poderia tentar ajudar a libertá-los... Quantas conversas teria com o imperador... Tantos assuntos em comum... Teria bastante tempo e meios para planejar qual seria minha mensagem para o futuro...

Já tinha amamentado Aleyna mais duas vezes quando abriram a porta. O *aga* entrou apreensivo, nunca o tinha visto pálido daquele jeito. Atrás dele veio Suna, empertigada e com seus três eunucos.

– Pensou que tinha me esquecido de você, coisa feia? Pensou? De novo se atrevendo a falar com monarcas? Quem pensa que é, *köle*?! – gritou ela.

Para minha surpresa, o *aga* permaneceu calado.

– Que *köle*? Sou uma *ikbal*! Mãe de sultana! – gritei também, apertando mais forte o bebê que ainda dormia.

– *Ikbal* de um sultão proscrito! E eu estou grávida do sultão Abdülhamid! Estou bem acima de você agora – disse ela e riu. – A nova *valide* não gostou nada de sua impertinência hoje! Será prisioneira nesta sala até que ela decida seu destino! – continuou e, para completar minha desgraça, ainda se virou antes de sair: – Pensou que eu me esqueceria, *köle*? Isso é muito melhor do que saber nadar! Nem pense em desaparecer de novo. Meus eunucos estão guardando a única saída!

Eu me joguei na poltrona ainda com Aleyna nos braços... Tudo perdido...

O *aga* parecia desolado também. E, pela primeira vez, sem saber o que fazer. Tinha perdido influência sob o novo sultão e a nova *valide*... E pelo jeito Suna estava mesmo por cima!

– E agora, *aga*?

– Uma pena... O sultão já tinha concordado em liberar você. Ia voltar para sua terra, Arzu!

– Não pode fazer nada? Vamos tentar sair de qualquer jeito! Nunca mais terei uma chance como essa! Nunca!

– Não posso desafiar Suna agora, muito menos a *valide*...

– Meu Deus! O que será de mim? De Aleyna? – disse e olhei para minha filha, tão linda... com tanto futuro...

O *aga* examinou a parede com cuidado. Isso era hora? Deu umas batidinhas aqui e ali, foi estudando o som... Compreendi que ele buscava uma saída.

– Suna tem poder agora. E ficou muito próxima da *valide*. São bem parecidas. Elas não gostaram quando falou com a imperatriz. Não há escapatória. A não ser... – disse enquanto encontrava um mecanismo qualquer nas molduras em relevo.

Ouvi um clique e uma portinhola se abriu num canto bem decorado. Nem precisou dizer nada, pegou um candelabro aceso, e nos enveredamos no labirinto escuro. Eu o seguia, enquanto meus pensamentos fervilhavam. Então o imperador tinha conseguido! Ele viera por mim! Curiosidade científica também? Não importava... Tinha conseguido o mais difícil, o mais improvável, e agora Suna de novo, para azucrinar minha vida! Onde o corredor acabaria? Será que o *aga* sabia aonde ia?

– Por aqui, Arzu. Por mais esse corredor... Não passo aqui há muitas décadas. Espero me lembrar...

Segui o *aga* por corredores extremamente estreitos e abafados por um bom tempo. Posicionei Aleyna debaixo da capa, para que não respirasse aquela poeira estagnada misturadas às teias de aranha. Descemos um ou dois lances de uma escadinha. Quando chegamos a uma porta, estávamos na cozinha! Um milagre Aleyna ainda estar dormindo! Passamos pela pia, pelas mesas todas em silêncio. Ao final, encontrei Ali. Com alegria mútua nos saudamos baixinho. Ele ficou emocionado por conhecer o bebê. E eu também fiquei comovida de encontrá-lo de novo, vivo e bem. Ali nem devia saber, mas estávamos conectados por Aleyna agora. Seu nascimento de alguma forma o salvara... As notícias corriam depressa no harém e logo os eunucos de Suna chegariam ali.

– Vamos, Arzu, vamos! – apressou-me o *aga*.

Um burburinho já se ouvia vindo da porta. Eles estavam para entrar.

– Arzu, você quer isso? Quer mesmo partir? – perguntou ele no último instante.

– Sim! Sim! Abra! Rápido! – concordei imediatamente.

O *aga* tirou a chave mais proibida de todas do cinturão de couro e abriu a porta dos fundos. Na última hora, ele entregou Aleyna para Ali, retirou minha capa com um gesto rápido e teatral e, em seguida, me empurrou com força em direção à porta. Ainda teve tempo de gritar enquanto os eunucos entravam na cozinha:

– Confie em mim!

A ESCURIDÃO

Não tive tempo para nada.

Gritar, reclamar, agarrar minha filha, nada. Quando pisquei, já estava tudo girando à minha volta. Uma grande vertigem. Caí no chão.

Acordei suada, cercada de total escuridão. Parecia um limbo. O *aga* tinha me escondido dentro de um armário secreto? Ia acabar ficando sem ar... Aleyna! Meu Deus, Aleyna!

Senti um buraco rasgando o peito. Aleyna!

Estava num fosso... silencioso e totalmente escuro. Tentei me levantar do chão, mas as pernas não ajudaram. Estavam bambas. Fui tateando o chão adjacente, estiquei a mão e percebi uma parede. Logo identifiquei um degrau. Eu me arrastei até ele e tentei me sentar. Não dava para ver nada. Sentei-me e esperei o mundo parar de rodar, e tudo sossegar à minha volta. Continuei a exploração tátil e fui encontrando mais degraus. A cada um, subia mais um pouco e esperava, sentada. Era uma escada e eu subia sentada. Depois de subir uns três ou quatro degraus, esbarrei numa coisa macia. De repente, uma luzinha se acendeu. Pude ver um saco grande, que se iluminava por dentro com uma luz azulada. Segurei o saco aberto e logo identifiquei a origem da luz.

Não!

Um celular! Meu celular! Minha bolsa!

Não!

Aleyna!

Estava na escada curva e escura novamente! O que eu mais queria durante sete anos acabava de acontecer e eu me desesperava... Tinha voltado, mas Aleyna ficara para trás. O desespero foi tão grande, que me esqueci dos eunucos, de Suna e de todos os perigos. Desci os quatro degraus, ainda sentada, e esmurrei a porta.

– Abra! Quero minha filha! Entregue minha filha! – repeti várias vezes, até ficar rouca.

Depois simplesmente chorei... Estava ficando sem ar. Tinha de sair dali e buscar uma solução em outro lugar. Em outro momento. Se a porta fosse um portal do tempo, certamente tinha se fechado por ora.

Fui subindo os degraus com cuidado e de joelhos. Agarrei a bolsa e segurei o celular aceso para iluminar o caminho. Como podia ainda ter bateria? Mais uns degraus e avistei o guarda-chuva. Estava molhado! Saí da escada abafada e me vi no corredor dos quadros. A luz do dia entrava pelo vidro de uma janela fechada e podia reconhecer alguns rostos agora. A face gorda de Abdülaziz me olhava, serena. Do outro lado, na parede das mulheres, estava Suna, de vestido vermelho, com os cabelos esvoaçantes e o olhar ameaçador de sempre. Como eu detestava aquela mulher! Tinha de sair dali, mas minhas pernas fraquejavam. Nem sei como consegui abrir a porta e chegar numa sala maior, onde caí, desmaiada.

A VOLTA

– Cathy! Cathy! *Are you ok?*

Estava ouvindo uma vozinha ao longe...

– Cathy, *wake up!* – insistia a voz...

– Senhorita! Acorde! – disse uma voz masculina, que reforçava o coro em inglês.

Quando abri os olhos, vários olhos preocupados me olhavam. O homem disse, aliviado:

– Graças a Deus, que bom, senhorita! Como se sente? Pedimos uma ambulância para você? Consegue se levantar?

– Alguém traga água! – gritou uma mulher loura.

Ainda sentada, bebi a água gelada que me trouxeram e logo pude levantar e caminhar. Estava no harém de novo, mas as pessoas...

– Cathy, é a Tracy! Lembra-se de mim? Olhe, este é o Tim!

Eu fiz que sim com a cabeça. Os meus companheiros do *tour*? De sete anos atrás?

– Que susto você nos deu! Quando vimos que não seguiu com a gente, voltamos para procurar você e a vimos aí, desmaiada no chão!

Então o tempo aqui não tinha passado... Como se nada do que eu tinha vivido... Aleyna! Só queria Aleyna!

– Quem é Aleyna, Cathy? Você estava balbuciando e só repetia esse nome...

– Aleyna é... Aleyna é...

– Vamos embora. Cathy, acha que consegue andar? Em que hotel você está?

Eu mal lembrava o nome do hotel, mas encontraram um carimbo nos panfletos da bolsa.

– Já estou bem! Vejam, posso caminhar. Não preciso de ambulância, nem nada...

Levantei-me e fui saindo para o pátio do chafariz, um caminho que conhecia tão bem... A lanchonete estava lá de novo, e aceitei um refrigerante e um pouco de batata frita. Talvez precisasse de sal...

– Só falta visitar o museu do relógio aqui do lado, quer vir com a gente ou prefere esperar aqui? – perguntou Tracy.

– Vou com vocês.

O museu era bem pequeno, construído em pedras claras, adjacente ao muro alto de sete metros. Havia uma cerquinha branca de ferro trabalhado na frente. Lá dentro, guardados em armários de vidro, encontravam-se os relógios mais magníficos do harém. Alguns tão trabalhados que pareciam mais joias que objetos funcionais. Muitos eram presentes de reis para os sultões...

Reconheci os que ficavam no harém, nos salões rosa e azul e nos aposentos da *valide*...

Tracy interrompeu meus devaneios:

– Olhe aqui, Cathy! Esse aqui é do Brasil! Parece bem exótico... – disse, chamando minha atenção, e me aproximei, curiosa.

Era um relógio lindo de metal dourado, trabalhado com pedras brasileiras: ágatas, topázios, citrinos, turmalinas. Possuía três elevações em cima onde havia coqueiros em miniaturas. Mais abaixo, duas serpes, o animal mítico da Casa de Bragança, seguravam o pedestal onde se apoiava o coqueiro mais alto. Na frente da base, havia três plaquinhas de porcelana pintadas com bordas verdes e amarelas, exibindo paisagens da baía de Guanabara no estilo de Debret. Era mesmo um relógio do Brasil...

Procurei a informação escrita em papel branco padronizado ao lado do relógio:

"Relógio Tropical. Presente do imperador do Brasil dom Pedro II para o sultão Abdülhamid II."

"Modelo Catarina."

"Feito em liga de bronze com banho de ouro. Contém pedras brasileiras e placas de porcelanas pintadas."

"Fabricado em Petrópolis, fábrica Araújo, em 28 de junho de 1877."

Dom Pedro! Enfim tinha recebido a resposta das minhas cartas... Ele havia arranjado uma forma engenhosa de mandar a sua mensagem... A fábrica e o modelo com os meus nomes... Fabricado no dia do meu aniversário... Em Petrópolis... Como ele era galante. Tracy interrompeu meus pensamentos:

– Vamos deixar você no hotel, Cathy. Tim e eu, ok?

– Sim, mas...

– Podemos ver que ainda está tonta. Se precisar, passamos antes num hospital também.

Eles foram atenciosos e seguimos juntos para o hotel. No caminho, o táxi ficou mais uma vez engarrafado na ponte sobre o Bósforo. Dessa vez eu percorria o caminho contrário, em direção à Ásia. Deixava o palácio para trás. Eu ainda estava bem mareada. À nossa volta, a paisagem, as águas do estreito, as mesquitas pareciam iguais, mas eu estava longe de ser a Catarina de antes. Raízes turcas, sexo, maternidade... Tanto! Mas, no meu peito, só havia aquele oco: Aleyna...

Tracy e Tim recomendaram ao gerente que fosse ao meu quarto mais tarde, para checar como eu estava. Depois que jantei, me senti bem melhor e fui descansar. Precisava descansar. As lágrimas tinham secado. Como minha avó sempre dizia, tudo ficava melhor de manhã.

Nem troquei de roupa. Ainda podia sentir o cheirinho de bebê no casaco.

FÍSICA

Quis o passado e estraguei o presente... O futuro seria nebuloso.

Vivia um luto. Um luto terrível... Quando acordei no dia seguinte, no hotel, tomei um táxi e voltei ao Dolmabahçe. Consegui descer a escada do harém, mas a porta estava trancada, não havia luz, barulho, nada. Bati, chamei, me desesperei. Voltei no dia seguinte e no outro. Nada. Os funcionários do museu começaram a desconfiar e a me seguir discretamente pelos corredores. Até que meu visto terminou.

Voltei ao Brasil e não engrenava a vida de novo. A escola, os alunos, a família, Ipanema, tudo tinha perdido a importância. Minha avó foi a primeira a notar:

– O que se passou com você, querida? Não gostou de Istambul? Pensei que fosse gostar... Você, mais que ninguém, fosse gostar...

Ela tinha razão em se preocupar.

Voltei a Istambul durante as férias nos anos seguintes, mas a porta nunca mais se abriu. Passei a procurar Aleyna na história oficial da Turquia. O que teria acontecido com ela? Que pessoa se tornara? Teria se casado, amado, sido amada? Filhos? Eu teria netos, bisnetos? "Confie em mim", foram as últimas palavras do *aga*... Eu não tive outra opção... Teria cuidado dela? E Ali, também? Suna a teria poupado? Talvez Ali a tivesse levado para sua casa e a criado como filha, junto ao seu pai remador... Ela teria tido uma vida mais simples, mas feliz... Eu fabricava mil cenários para Aleyna, todos felizes.

Sabia que as mulheres do harém se dispersaram quando o Império Otomano oficialmente terminou depois da Primeira Guerra Mundial. Muitas foram para casas aristocráticas de Istambul, outras foram para a Inglaterra e se casaram por lá. Outras foram para a França. Passei a procurar nos arquivos ingleses, franceses, em todo lugar. Até chegar à conclusão de que, quando o universo determinasse, eu saberia...

Nas minhas pesquisas, encontrei uma foto do *aga*! Bem antiga, parecia um cartão-postal, pois apresentava um carimbo e um selo postal esverdeado sobre a foto em preto e branco, esmaecida. O *aga* tinha virado curiosidade turística! Ele estava lá, de túnica escura e chapéu cônico, encostado numa porta extremamente trabalhada em relevo, com a mão direita no cinturão e a esquerda apoiada numa bengala. A cabeça estava virada para a esquerda, como se olhasse para longe. Para o futuro? Teria tirado a foto para mim? Para me alcançar um dia? A descrição da foto relacionava todos os seus cargos e poderes, e informava que ficou no palácio até 1908. Viveu muito. Aleyna teria vivido muito também?

Aos poucos, fui me reaproximando de Carlos e acabei contando tudo para ele. Era a única cabeça capaz de aceitar aquela história. Ficou um pouco em dúvida no início, mas acreditou totalmente quando viu o relógio de dom Pedro II no site do museu. Tudo agora se encaixava para ele. Minha teoria tornou-se a dele também. Juntos, iniciamos uma peregrinação pelos congressos de física, até nos tornarmos quase físicos também...

Aprendemos muito e fomos, aos poucos, nos familiarizando com os jargões. Soubemos que, em 1949, o matemático Kurt Gödel teria vislumbrado novas possibilidades para a teoria da relatividade de Einstein. Uma das hipóteses era a de que a matéria, em todos os pontos do universo, estaria girando em torno de um eixo de rotação local. Pelas leis da física, esse movimento produz geometria suficiente para conter curvas de tempo fechadas, mais conhecidas como CTCs, na sigla em inglês, regiões de arraste gravitacional do espaço-tempo ou o caminho que conduz ao passado.

Entre os defensores da cosmologia do Big Bang, havia unanimidade quanto a existir um único tempo global para todo o universo, restringindo a ideia de Gödel a simples curiosidade matemática.

Mais recentemente, o físico Kip Thorne publicou estudos sobre outra estrutura cósmica, conhecida como Ponte Einstein-Rosen, uma conexão teoricamente possível no espaço-tempo entre dois pontos de um mesmo universo ou entre dois possíveis universos ligados por um ponto de extrema densidade, como um buraco negro. Essas pontes são conhecidas como buracos de minhoca e poderiam, a princípio, em tese e muito hipoteticamente, permitir viagens no tempo.

Outros estudos, inclusive de brasileiros, sugeriram que o universo como um todo não se comporta como a ideia de Gödel. Entretanto, algumas regiões do universo, que podem ser chamadas de células de Gödel, estas, sim, poderiam abrigar CTCs e admitir, hipoteticamente, viagens no tempo.

Contudo, não se poderia viajar para esta ou aquela data do passado, a não ser que a data fosse levada à mesma região da célula de Gödel, o que de maneira alguma faz sentido. Mesmo que algo assim pudesse acontecer, não saberíamos o que voltaria ao passado. Além disso, haveria obrigatoriamente perda de informação, o que é válido tanto para uma partícula quanto para uma pessoa. Dessa forma, segundo alguns físicos, a princípio, alguém que retornasse ao passado não teria a menor consciência de tê-lo feito.

O físico Stephen Hawking não acreditava que a viagem ao passado fosse possível, "Para tristeza dos caçadores de dinossauros e para alívio dos historiadores...", ele costumava dizer. Afirmava que os buracos de minhoca seriam muito pequenos e breves para que isso acontecesse. E que seria necessária uma gravidade extrema, muitíssimo maior do que conhecemos. Talvez, quiçá, no máximo e em teoria, poderia haver uma viagem para o futuro.

Nada disso explica o que aconteceu comigo.

Incêndio

Às vezes sou vista como louca. Hoje em dia, diminuí a medicação. Quando duvido de mim mesma, o que levo de mais precioso, algo para manter a sanidade mental, ironicamente me foi dado por Suna: a cicatriz no meu braço.

Ainda não encontrei as cartas que enviei a dom Pedro. A quinta carta com meu cabelo comprovaria tudo e mudaria o mundo... Penso que ele ou alguém quis escondê-las para evitar polêmicas ou para perpetuar esse segredo fundamental. Talvez seja o grande segredo das sociedades secretas.

Recentemente, um terrível incêndio destruiu o Museu Nacional da Quinta da Boa Vista, antigo palácio imperial no Rio. Diversos esqueletos de dinossauros, múmias egípcias, inclusive a famosa Múmia do Rio, gravações de cantos indígenas de tribos já extintas e borboletas raras foram queimados até as cinzas! Falta de fundos, de manutenção e a ausência de um sistema de sprinklers levou uma simples faísca elétrica a um fogaréu incontrolável. O país inteiro chorou, desconsolado e indignado, enquanto as chamas consumiam séculos de cultura mundial.

Não sei... Difícil afirmar... Ou fazer uma acusação... Embora, bem no fundo da minha mente, uma leve suspeita permaneça... Um incêndio acidental, realmente? Onde estão minhas cartas?

Carlos e eu fomos os primeiros voluntários a chegar ao incêndio aquela noite. Assim que soubemos pela televisão, largamos tudo e partimos correndo para o Museu. Lideramos uma corrente de baldes de água do lago do jardim enquanto os bombeiros ainda se posicionavam. Em meio àquela balbúrdia frenética de gritos, estalar do fogo, vidros se partindo e muita comoção, por uns segundos divisei uma silhueta de capuz ao lado de uma árvore grande... Estava escuro e a única claridade disponível vinha do próprio fogaréu. Era um homem. Não ajudava ninguém e não se mexia. Com certeza olhava em minha direção. Estava apoiado numa bengala. Parei também e olhei para ele. Foi tudo muito rápido. Senti um frio na espinha, um arrepio e uma sensação esquisita, como um *déjà-vu*... Intuitivamente, comecei a caminhar na sua direção.

– Catarina! Ajude aqui! – gritou Carlos, e, num reflexo, virei-me para trás.

Quando procurei o homem encapuzado novamente, ele não estava mais lá.

Sei bem que luzes e sombras pregam peças ao nosso olhar... E que, em meio a uma tragédia como aquela, nas dimensões que abrangeu, sob um perigo iminente e tudo o mais, eu não teria capacidade de perceber nada direito. Mas depois da minha aventura em Istambul, algo que aprendi bem é não menosprezar o sexto sentido. Frio na espinha e arrepios poderiam ter uma razão... E foi assim que, depois que o Brasil e o mundo perderam os tesouros insubstituíveis que dom Pedro II e seu pai colecionaram, além de toda a coleção que foi sendo agregada ao acervo, quando só restaram as cinzas e finalmente voltamos para casa exaustos, devastados, inconsoláveis, eu parei para pensar. Aquele homem... Poderia ser um dos mendigos que se escondiam para dormir nos jardins do parque... Estaria segurando um pedaço de pau qualquer para espantar os cachorros. Mas, fiquei com uma sensação esquisita... Por um segundo eu tinha percebido um brilho e um cinturão... Seria possível? O *aga*? Teria aprendido a viajar no tempo também? Seria o responsável pelo fogo? Para queimar minhas cartas? Ou eu estava completamente maluca?

De novo, lá estava eu achando que o mundo só girava à minha volta... Eu e minha grande importância... Os grandes mistérios da humanidade... Quando, na verdade, se fosse mesmo o *aga*, eu só iria... Meu interesse mais profundo seria... Seria perguntar sobre Aleyna...

Voltei a pesquisar nos arquivos de Petrópolis. Procurei as cartas de dom Pedro II para a princesa Isabel depois da visita ao harém; entretanto, não encontrei a mínima menção ao ocorrido. O diário da imperatriz, tão constante, sumiu do arquivo no que tange aos meses de outubro de 1876 até abril de 1877... A correspondência da condessa não consegui acessar porque deve pertencer à família. Talvez eu esteja mencionada em suas cartas.

Acho impossível que duas mulheres visitem um harém otomano com tantas excentricidades e não escrevam nada em seus diários, cartas, ou não falem nada para ninguém. Acredito que quiseram esconder tudo o que se referisse a mim.

Uma descoberta

Desde que começamos a trabalhar juntos buscando mensagens ocultas, cifradas ou simbólicas de viajantes do tempo, Carlos e eu nos aproximamos mais. Aos poucos, a cada avanço nas pesquisas, nossa euforia levava a toques rápidos de mãos; a cada pista nova, nos abraçávamos; a cada arquivo decodificado, brindávamos nos olhando; e o beijo que se seguia revelava o desejo, queimava a face e refletia o rebuliço interior.

O excêntrico professor desleixado e descabelado passou a se vestir melhor, cortou o cabelo e havia dias em que eu percebia um cheiro amadeirado de sândalo quando ficávamos muito próximos em frente ao computador. Desvendávamos os segredos mais bem guardados da humanidade, os códigos supersecretos... Entretanto, o que mais importava era o que descobríamos de nós mesmos...

Passamos a caminhar pelas ruas de Ipanema de mãos dadas. Sucos naturais nas esquinas de manhã, almoços de saladas incrementadas nos restaurantes a quilo, bicicletas pela orla aos domingos, água de coco e tapioca nos quiosques, sorvetes tropicais do Nordeste, comprinhas na feira hippie.

Incrível como sabia pouco sobre Carlos. Não fazia ideia das associações, grupos de estudos com ramificações amadoras e acadêmicas a que ele pertencia. Além do ensino nas favelas, existiam muitos outros interesses. Havia grupos que investigavam o relevo misterioso do Rio: as possíveis, tantas vezes negadas, inscrições na pedra da Gávea e a teoria da pedra ser uma esfinge...

Carlos é muito mais do que eu antecipava e, agora que nossos interesses convergiram e nossas inibições caíram, estávamos sempre juntos.

Perdi peso e finalmente adotei o biquíni. Um modelo recatado, no estilo internacional. Ao entardecer vamos à praia e mergulhamos. Quando o mar está calmo, nadamos e nos isolamos no fundo. Ficamos abraçados esperando o pôr do sol. E, contando com a cumplicidade do oceano, mesmo com o desconforto do sal e da areia, nos amamos como nossos alunos adolescentes. O embalo das marolas que vêm e que vão, a luz do fim do dia, as fragatas voando nos levam... nos levam...

TEMPO

Carlos e eu nos casamos, e estou grávida novamente. Se for menina, se chamará Aleyna. Depois de um tempo trabalhando em dupla, sem ajuda de ninguém, nós fundamos uma ONG que rastreia os objetos fora de seu tempo e investiga possíveis mensagens de viajantes do tempo. Nessa linha, a princípio, admitimos tudo, sem preconceitos, e vamos tentando descartar fraudes e distorções. É um trabalho bonito, que nos conecta com gente do mundo todo e nos leva a viagens de aventuras nas férias. Contratamos um investigador profissional para pesquisar em arquivos internacionais. Especificamente, procurando pistas de mensagens do passado e mais objetos "impossíveis". Seu primeiro trabalho será em Istambul. Talvez possamos encontrar algo sobre Aleyna, Ali e *aga* nas brechas da História.

Contactei duas Mary Connelys em regiões diferentes de Indiana. Uma jovem atleta é minha aposta para ser a *kadin*. Quando falei com elas, não soube bem o que dizer, fiquei atrapalhada e acabei não revelando nada. O que poderia fazer, afinal? Dizer a elas, simplesmente, assim, na lata, para nunca irem a Istambul? Eu já estaria de novo interferindo na História...

Büyükanne nunca entendeu por que voltei da Turquia tão triste. Mas agora está radiante com meu casamento e, principalmente, com minha gravidez. Aos domingos, adotou uma nova tradição: fazer *baklavas* de pistache (com todo trabalho e tempo que isso exige), o doce favorito de Carlos.

Nas tardes de sexta-feira, Carlos e eu começamos uma tradição. Saímos da escola cedo, comemos um lanche rápido no caminho e seguimos pelo Rio em busca do pôr do sol. Sem celulares, relógios ou clepsidras. Nosso tempo só é medido pela trajetória do sol em direção ao horizonte.

Vamos com frequência à pedra do Arpoador, no início de Ipanema, mas na última sexta, fomos até a praia de Botafogo, com vista para o Pão de Açúcar. Em algum momento da tarde, com a luz oblíqua incidindo sobre o imenso paredão, avistamos a íbis. Da areia, suas pernas ficavam meio escondidas pelo morro da Urca; ainda assim, estava perfeita. Tão perfeita que parecia mesmo ter sido esculpida na rocha.

Havia poucas pessoas nadando, já que a baía está poluída. A maioria gosta de andar pela areia e admirar a vista. E que vista! O Pão de Açúcar, o morro da Urca, casas antigas, pequenas praias e os barcos do Iate Clube. A enseada de Botafogo forma um U perfeito e generoso, terminando na grande baía de Guanabara, que domina a cidade.

Carlos sentou-se na areia e eu me acomodei ao seu lado, descansando minha cabeça sobre sua coxa. Conversamos sobre trivialidades, alunos e as coisas do bebê que ainda precisávamos comprar. Depois, ficamos quietos por um tempo. As cigarras cantavam sem parar, anunciando o começo do verão. Deixei meus pensamentos viajarem longe, bem longe, e lágrimas molharam meu rosto.

— Está com saudade da sua primeira Aleyna... não é?

— Ela era só um bebê... tão linda...

— Uma ferida que não vai cicatrizar nunca, eu sei... – disse, acariciando meus cabelos discretamente, e pensei em como ele tinha mudado depois do casamento.

— Você fez uma promessa, Carlos. Nós nunca vamos desistir de procurar – insisti.

— Nunca.

O sol já estava quase escondido quando ele perguntou:

— Você por acaso já ouviu falar de um conto de Borges chamado "O jardim dos caminhos que se bifurcam"?

— Borges, o escritor argentino?

— Ele mesmo. Era obcecado pelo tempo. Através da vida e dos seus livros.

— E?

— Ele publicou essa história em 1941, antevendo a chance de tempos múltiplos existirem. Talvez até ao mesmo tempo... Um evento impactando outro, abrindo duas possibilidades que continuam se bifurcando e abrindo novos caminhos, novas realidades, como galhos numa árvore.

— O que está dizendo? Tempos diferentes, como dimensões diferentes? Acontecendo ao mesmo tempo?

— Algo assim – disse ele, calmamente.

— Nossa... ele profetizou com palavras, com uma simples história, o que a ciência de hoje ainda está tentando entender?

— Exatamente.

Precisei de um minuto para refletir, antes de perguntar:

— Carlos, você acha... Ele poderia também ser...

– Um viajante do tempo? Por que não? – disse ele, rindo um pouco, e depois continuou, mais sério dessa vez: – Todos os contadores de histórias são... de algum modo...

– Uau! Tempos múltiplos... O universo deveria mudar de nome... O prefixo UNI restringe muito, não acha? Viajar no tempo pode ser parte disso! – disse, animada com o tema, mas ao mesmo tempo sentindo um sono incontrolável.

Lembro que tive uma espécie de iluminação... um *insight*... Eu tinha de fazer alguma coisa! Tomar coragem e me mexer!

Foi aí, nesse instante, que decidi escrever esta história... Minha história... Colocar registrado em livro. Porque os livros muitas vezes sabem o que a ciência ainda nem desconfia.

Logo fiquei cansada, muito cansada, e comecei a bocejar.

Enquanto o sol se despedia, eu dormi sobre a coxa de Carlos. Sonhei que caminhava em faixas estreitas entre inúmeras piscinas. Um mar de piscinas... Tão grandes...

Quando acordei, já anoitecia. Carlos sorria para mim.

– Estava olhando você dormir – disse ele.

A luminosidade ia declinando, eu não o via tão bem, mas tinha certeza de que ele sorria. Em breve iríamos começar uma família. Desejei que pudéssemos ser sempre felizes.

Questões urgentes me forçaram a me sentar ao lado dele e dizer:

– Carlos, vamos embora agora. Chame um táxi!

– Vamos ficar mais. Está uma noite bonita. As luzes da rua se acenderam. Ainda podemos enxergar para sair. Ali tem uns guardas. Ladrões não vão aparecer.

– Vamos. Agora! Minha bolsa estourou!

– O quê?! – perguntou, ficando nervoso de repente e já não sabendo mais o que fazer. – Você quer dizer, o bebê?

Confirmei com a cabeça e sugeri que pedisse ajuda para me levar até um táxi.

– Nossa Aleyna está chegando, Cati! – disse ele, num misto de preocupação e alegria.

Enquanto meu marido e um voluntário incidental, que gentilmente ofereceu ajuda, carregavam meu corpo pesado através da areia para um táxi, eu percebi o reflexo dos barcos iluminados pelas luzes da cidade sobre as águas do mar. Era uma vista linda. Nesses minutos, enquanto chacoalhava nos braços dos homens que se equilibravam pela areia, tudo o que consegui dizer foi:

– Chegou a hora, Carlos! Antes do tempo!

Fiquei pensando sobre o Tempo... A fluidez do tempo que escorre entre os dedos... Será uma ilusão, o Tempo? O raio de sol que sentimos na pele agora saiu do sol há oito minutos, já não estaria no passado? A luz da galáxia distante, que enfeita as noites estreladas, saiu de lá cem anos atrás ou mais... Podemos estar vendo uma luz que nem existe mais...

Qualquer relógio do mundo, inclusive os de sol, de areia, de água, registram o Tempo, e, no entanto, não sabemos bem o que ele é. Um *continuum* mensurável? O Tempo está aqui para ser consumido, desperdiçado, dilatado, morto, revertido, multiplicado... Tempo como um breve intervalo entre nossa não existência e a eternidade; entre realidade e imaginação... Tempo é o que temos na vida... Para experimentar sentimentos eternos como solidão, tristeza, felicidade ou amor...

Tempo também é uma corrente. O legado de um é a matéria-prima do outro. Uma conexão unindo passado e presente que reverbera no futuro sem pedir permissão. Uma espécie de energia universal, que almas sensíveis intuem melhor do que as outras. Uma compreensão que precisa se espalhar mais... Por todos os cantos... Trazendo um novo tempo, uma nova era.

Só então, talvez, a íbis do Pão de Açúcar tenha uma chance de se despregar da rocha para movimentar suas asas livremente, voando rasante pela Guanabara.

Nota sobre os objetos

Os objetos arqueológicos mencionados neste livro não foram inventados. Eles existem, mesmo que permaneçam envoltos por diversas interpretações.

O helicóptero de Abydos faz parte de um friso sobre o alto portal (lado interno, parte superior direita) do templo de Seti I, em Abydos, Egito. O aeroplano de Saqqara foi encontrado em escavações do sítio arqueológico de Saqqara, Egito, e hoje encontra-se no museu do Cairo. O mapa de Piri Reis está sob os cuidados da biblioteca do museu/Palácio de Topkapi, em Istambul. A moeda fenícia com o suposto mapa mundi microscópico pertence à coleção particular de quem a descreveu: o paleontólogo, geógrafo e professor do Mount Holyoke College, nos EUA, Mark McMenamin. As baterias de Bagdá pertenciam ao acervo do Museu Nacional do Iraque, em Bagdá, até a destruição da maioria das peças num ato terrorista, em abril de 2003.

Agradecimentos

A autora agradece a Marie Louise Miller, Mariana Lepecki, Carla Saba, Debora Maisonnave, Isabelle Allet-Coche, João Tabajara, Sandra Tabajara, Angela Alvarez Matheus e Fersen Lambranho, pelas primeiras leituras e opiniões construtivas; a Elif Alptekin, por sua valiosa perspectiva turca; aos sites oficiais do Ministério da Cultura e do Turismo da Turquia, ktb.gov.tr e theottomans.org, pelas informações históricas e as lendas otomanas em sua voz original. Agradece também ao Arquivo do Museu Imperial de Petrópolis, no Rio de Janeiro, onde encontrou apoio e documentos preciosos.

Em www.leyabrasil.com.br você tem acesso a novidades e conteúdo exclusivo. Visite o site e faça seu cadastro!

A LeYa Brasil também está presente em:

 facebook.com/leyabrasil

 @leyabrasil

 instagram.com/editoraleyabrasil

 LeYa Brasil

ESTE LIVRO FOI COMPOSTO EM DANTE MT STD,
CORPO 12 PT, PARA A EDITORA LEYA BRASIL.